Topmodel undercover

Geheimwaffe: roter Lippenstift

Sarah Sky

TOPMODEL UNDERCOVER

Geheimwaffe: roter Lippenstift

aus dem Englischen von Gerda Bean

PLANET!

Für Darren, James und Luke

Kapitel Eins

Die Riesenschlange drückte ihr den Hals zu und zog sie tiefer in das eiskalte Wasser. Jessica fühlte sich von der Kälte geschwächt, und die Schultern taten ihr unter dem enormen Gewicht der Schlange weh. Ihre Lunge wurde eng. Jessica versuchte, die Schlange abzuschütteln, aber sie war größer als sie und rührte sich nicht vom Fleck.

Als Jessica auf den Boden des Beckens sank, geriet sie in Panik. Sie bekam Wadenkrämpfe in beiden Beinen. Ihre Glieder fühlten sich wie Bleigewichte an. Sie versuchte, sich nach oben zu strampeln, aber ohne Erfolg. Hinter dem Glas konnte Jessica verschwommene Gestalten erkennen, aber niemand machte Anstalten, ihr zu helfen. Sie würden zusehen, wie sie ertrank. Sie kam sich so dumm vor. Ihr Vater hatte sie gewarnt – das Ganze sei keine gute Idee. Sie hasste es, wenn er recht hatte, was eigentlich immer der Fall war. Warum hatte sie nicht auf ihn gehört?

Ihre Lunge schrie nach Sauerstoff, und ihre Rippen schienen der Reihe nach zu brechen. Aber sie würde nicht vor all den Leuten sterben! Mit allerletzter Kraft riss sie an der Schlange, die von der plötzlichen Bewegung überrascht wurde, sich kurzfristig geschlagen gab und von ihren Schultern glitt. Jessica kämpfte sich schwach nach oben, indem sie Wasser trat und sich auf den Lichtkreis konzentrierte. Sie durchbrach die Oberfläche, klammerte sich an das Becken und schnappte heftig nach Luft, während Leute sich auf sie stürzten.

»Haare! Lippenstift und Eyeliner!«, tönte eine Stimme. »Und kann sich jemand mal um die Schlange kümmern?«

Jessica schlotterte, als eine Gruppe von Maskenbildnern noch mehr silberfarbenen, wasserfesten Lidschatten, schwarzen Eyeliner und Mascara auftrug. Eine Stylistin kämmte ihr die Haare und klatschte eine Menge Gel darauf, während ein anderes Händepaar an dem grünen Chiffon-Kaftan über ihrem weißen Badeanzug von Gucci herumzupfte und auf ihrem Rücken feststeckte. Jessica schaute ihre blauen Finger an. Würde denn keiner fragen, ob mit ihr alles okay war? Anscheinend waren alle viel zu sehr damit beschäftigt, sie so makellos wie möglich zu machen, bevor sie sie wieder ertränkten.

Ein kleiner Mann, der einen Shih Tzu auf dem Arm trug, kam auf sie zu. Sein winziger schwarzer Bart zitterte vor Wut.

»Jessica, *tu es très belle*, aber wie oft hab ich dir schon gesagt, dass du nicht zwinkern sollst? Warum hast du gestrampelt, obwohl ich dir ausdrücklich gesagt habe, dass du dich treiben lassen sollst? Du hast meine Aufnahmen ruiniert. Schon *wieder*!«

Sie bekämpfte den Drang, die Arme auszustrecken und ihn und seinen schrecklichen, kläffenden Hund ins Wasser zu stoßen. Es handelte sich schließlich um Sebastian Rossini. Er hatte sie eigens für eine Fotostrecke im neuen Hochglanz-Magazin für Teenager *Mademoiselle* ausgewählt. Es war eine fantastische Gelegenheit, und sie war begeistert gewesen. Leider war

Sebastian auch ein unglaublicher Sadist. Es hatte keinen Sinn, mit ihm zu streiten. Er würde sie nicht gehen lassen, bis ihm das Foto, das er wollte, gelungen war.

»Tut mir l-l-leid«, sagte sie mit klappernden Zähnen. »Ich konnte mich ein paar Sekunden lang nicht konzentrieren. Es wird nicht wieder passieren. Ich v-v-versprech's.«

»*C'est bon.*«

Er drückte den Hund in die zitternden Finger seines Assistenten Juan und nahm die Kamera wieder in die Hände. Juan setzte den Hund in einer Ecke der Lagerhalle auf ein Kissen von Chanel und schob ihm ein Stück pochiertes Hähnchen als Snack zu, bevor er sich in sicherer Entfernung zurückzog. Jessicas Bauch knurrte. Sie war schon seit dem Morgengrauen da, und man hatte ihr bisher weder etwas zum Frühstück noch zum Trinken angeboten. Wieso dachte eigentlich jeder, dass Modeln etwas Glamouröses sei? Schade, dass die Mädchen aus der Schule sie jetzt nicht sehen konnten. Sie würden in Zukunft den Mund halten.

Jessica streckte Arme und Beine. Die Durchblutung schien wieder halbwegs zu funktionieren.

»Stillhalten und den Mund weiter öffnen!«, befahl eine Maskenbildnerin.

Sie gehorchte, als die dritte Schicht eines knallroten Lippenstifts aufgetragen und mit einem Papiertaschentuch abgetupft wurde. Jemand anderes besserte die wasserfeste Grundierung nach.

»Das Ganze noch mal!«, befahl Sebastian. »Und dieses Mal keine Fehler.«

»Ich werd mir Mühe geben.«

Sie strahlte, obwohl sie ihm eigentlich sagen wollte, dass er ihr den Buckel runterrutschen könne. Zwei Männer hatten die Schlange aus dem Wasserbecken gefischt und ihr wieder um den Hals gelegt. Sie holte tief Luft und tauchte erneut unter. Diesmal hielt sie die Augen weit offen, obwohl das Wasser furchtbar brannte. Sie posierte, wölbte den Rücken und streckte die Arme in die Höhe. Sie änderte ihre Pose, und ihre Beine trieben anmutig hinter ihr her. Es war schwierig, den Körper zu beherrschen und gleichzeitig mit der Schlange zu jonglieren, aber Ballettstunden und Kickboxen hatten ihr Durchhaltevermögen gestärkt. Sie gab sich alle Mühe, Sebastian zum perfekten Foto zu verhelfen, damit sie möglichst schnell wieder verschwinden könnte.

Jessica nahm eine letzte Pose ein, und Sebastian hielt die Daumen hoch. Die Sache war unter Dach und Fach. Sie tauchte zum letzten Mal auf und wurde mit einer Runde Applaus des Aufnahmeteams empfangen. Jessica schüttelte die Schlange schaudernd von ihren Schultern und merkte, dass sie aus dem Becken gezogen wurde. Ihr war so kalt, dass sie kaum fähig war, die Leiter hinunterzuklettern. Na und? Sie sollte aufhören zu meckern und sich nicht so anstellen. Der Job war toll. Sie lernte unheimlich kreative Leute kennen. Außerdem würde sie mit viel Glück vielleicht bald die Chance bekommen, um die Welt zu reisen. Durch diesen Auftrag würde sie ein super Foto für ihre Mappe bekommen, was zu etwas noch Größerem führen könnte. Sie hätte ja zu gerne einen Job bei einer Werbekampagne für eine Kosmetikfirma oder ein Modelabel wie Prada an Land gezogen.

»*Fantastique! Ma jolie sirène*«, rief Sebastian strahlend aus.

Jessica wurde rot und wünschte fast, sie hätte »Meine hübsche Nixe« nicht übersetzen können – peinlich, oder?

»D-d-danke«, sagte sie und stotterte immer noch vor Kälte.

Jessica hinkte zu einer Umkleidekabine. Sie hatte es also geschafft, mit dem Leben davonzukommen. Louise begrüßte sie mit einem mitfühlenden Lächeln und einem großen weißen Frotteetuch.

»Dir wird bald wieder warm sein, das versprech ich dir«, sagte sie. »Und jetzt raus aus dem nassen Zeug!«

Louise musste Jessica den Kaftan und den Badeanzug ausziehen, weil sich ihre Finger immer noch taub anfühlten. Jessica drückte das Handtuch an sich und zog schnell einen rosa Bademantel an. Dieser Auftrag war besser als die meisten, da es einen separaten Umkleidebereich gab, aber Fotografen und Stylisten platzten trotzdem oft unangemeldet herein. Andere Models zuckten mit keiner Wimper, wenn sie sich vor allen Leuten an- und ausziehen mussten, aber Jessica hatte sich noch nicht daran gewöhnt. Sie bezweifelte auch, ob ihr das jemals gelingen würde.

Als sie die falschen Wimpern abnahm und mit Wattepads am Make-up herumrubbelte, fing sie an, sich unter der Grundierung wiederzuerkennen. Normalerweise schminkte sie sich, wenn sie nicht arbeitete, nicht so stark. Aber an ihrem Lieblings-Lipgloss und ihrer Mascara hing sie doch sehr.

Vor dem Föhnen kämmte Louise Gel und Wachs aus Jessicas langen rotblonden Haaren, während diese auf ihr Handy schaute. Zum ersten Mal hatte ihr Vater ihr keine SMS geschickt. Sonst litt er immer am ÜAVS, dem Überfürsorglicher-Alleinerziehender-Vater-Syndrom, und wollte, dass sie sich sofort bei ihm meldete, wenn ein Fotoshooting vorüber war. Er befand sich auf Dienstreise und hatte auch auf ihre gestrigen Anrufe nicht reagiert; alle waren gleich auf dem Anrufbeantworter gelandet. Vielleicht hatte er zu viel zu tun. War das der Grund, weshalb sie auch von Jamie, dem süßesten Typ in ihrer Klasse, nichts gehört hatte?

Schön wär's. Als ob er ihr jemals eine SMS schicken würde.

»Eine Haarwäsche könnte nicht schaden«, meinte Louise. »Die Knoten krieg ich ja *nie* raus!« Sie hob ein Büschel zerzauster Haare hoch.

»Mach dir keine Sorgen!«, sagte Jessica und fasste ihre Haare zu einem unordentlichen Dutt zusammen. Ein paar Strähnen lehnten es strikt ab, sich an ihren gewohnten Platz zu begeben, aber ihr fehlte die Zeit, sie zu zähmen. Es war schon 7 Uhr 45, und sie steckte im Osten Londons fest – keine U-Bahn-Station weit und breit. Ihre Lehrer waren ihr, seit sie mit dem Modeln begonnen hatte, zwar entgegengekommen, aber sie wollte ihr Glück nicht herausfordern, indem sie wieder einmal zu spät kam und das Durchgehen der Anwesenheitsliste verpasste. Noch so ein Ausrutscher, und sie würde nachsitzen müssen.

Nachdem sie sich den grauen Polyester-Rock ihrer Schuluniform, die weiße Hemdbluse und den grauen Pullover angezogen hatte, schlüpfte sie in ihre schwarzen Ballerinas. Sie trug fast nie hohe Absätze, weil sie so groß war. Jessica guckte in den Spiegel und seufzte. Egal wie oft sie an ihrem Rock herumzupfte – er sah nie gut aus. *Bäh!* Der Stoff kratzte und kletterte an ihren Beinen hoch. Er lenkte die ganze Aufmerksamkeit auf die Tatsache, dass ihre Beine aussahen, als ob sie einer Giraffe gehörten.

Jessica hängte sich die Kette mit dem goldenen Anhänger ihrer Mutter um den Hals und versteckte sie unter ihrer Bluse, damit sie nicht beschlagnahmt werden konnte. Dann zog sie die graue, fusselige Jacke an, die sie in einem Secondhand-Laden gefunden hatte. Sie war, was die strengen Uniformregeln betraf, gerade noch durchgegangen. Jessica wollte eben abzischen, als Sebastian ins Zimmer stürmte und seine Digitalkamera schwenkte. Sein Hund sauste ihm kläffend um die Beine.

»Wir haben die Aufnahme, *ma jolie sirène*. Schau dir das an!«

Jessica und Louise spähten über seine Schulter auf das Foto. Ein wunderschönes nixenhaftes Mädchen trieb so natürlich im Wasser, als ob es darin geboren wäre. Ihre blonden Haare schwammen hinter ihr, und ein geheimnisvolles Lächeln umspielte ihre Lippen. Jessica erkannte sich fast nicht – sie hatte sich *wirklich* in eine Meerjungfrau verwandelt. Niemand würde erkennen, dass sie beinah ertrunken wäre.

»Mann!«, staunte Louise. »So siehst du überhaupt nicht aus! Du lässt dich echt gut schminken, wenn ich das mal so sagen darf. Ich hätte dich nie erkannt.«

Jessica wurde rot.

»So hab ich das nicht gemeint«, sagte Louise. »Du siehst einfach anders aus.«

»Ich weiß, was du meinst«, erwiderte Jessica. »Ich fühle mich auch nicht wie *ich*, wenn ich als Model arbeite.«

Sebastian nickte. »Das ist die Qualität hervorragender Models. Sie können sich mithilfe eines Künstlers wie mir verwandeln. Du bist eine weiße Leinwand, aus der alles werden kann, Jessica, sogar eine Meerjungfrau.«

Sie zuckte zusammen, als er sie auf beide Wangen küsste und mit einem dramatischen Abgang verschwand.

»Ich wollte nicht unhöflich sein.« Louise wandte sich stirnrunzelnd Jessica zu.

»Ich weiß. Mach dir keine Gedanken!«

Jessica umarmte sie und entfernte sich schnell. Louise war nicht gerade die taktvollste Person. Jessica waren aber Assistenten, die ehrlich sagten, was sie dachten, lieber als solche, die hinter ihrem Rücken gehässige Bemerkungen über ihr Aussehen machten. Jessica war die Erste, die zugab, dass sie nicht wie Cindy Crawford oder Claudia Schiffer aussah, die mit ihren wohlproportionierten Figuren und gleichmäßigen Gesichtszügen die Welt der Models dominierten. Ihre Stirn war ein bisschen breit, und ihr Unterkiefer war kräftiger als bei den meisten Mädchen in ihrem Alter und betonte ihre großen grünen Augen und die Sommersprossen auf ihrer Stupsnase.

Sie rief dem Aufnahmeteam »Tschüss« zu und lief durch die Lagerhalle. Jessica schloss die Tür hinter sich und lächelte, als sie die Wintersonne warm auf ihrem Gesicht spürte. Ohne Make-up sah sie wie jeder andere Teenie aus.

Bis auf die scheußliche Uniform fühlte sich alles fantastisch an. Selbst das berühmteste Topmodel der Welt würde mit diesem Look nicht gut aussehen. Sie zerrte ein letztes Mal an ihrem Rock und rannte zum Bus.

Kapitel Zwei

Jessica war unter der Achselhöhle eines Mannes mittleren Alters eingequetscht, während der Busfahrer versuchte, am Montag im Berufsverkehr Kamikaze-Geschwindigkeiten zu erreichen. Super. Wieder mal eine Fahrt, auf der sie neben einer Person mit starkem Körpergeruch feststeckte. Sie drehte sich langsam um. Jemand schob ihr die heutige Zeitung vors Gesicht, weshalb sie die Titel-Story lesen musste, ob sie wollte oder nicht.

TYLER GIBT AUF! *20. Januar*

Das Topmodel Tyler Massey schockiert die Modewelt, weil sie ihrer lukrativen Modelkarriere den Rücken kehrt.
Die Achtzehnjährige hat gestern ihren Multimillionen-Pfund-Vertrag mit der Firma Naturissmo SkinCare gekündigt und alle Mode-Verpflichtungen abgesagt, einschließlich ihres ersten Solo-Projekts als Cover der Vogue.
Sie hatte sich bereits vor ihrem seit Langem erwarteten Auftritt bei der Pariser Haute-Couture-Woche am Donnerstag zurückgezogen und war tatsächlich schon seit der Vorweihnachtszeit nicht mehr in der Öffentlichkeit zu sehen gewesen.

Ihr Pressesprecher erklärte, Pläne für die Markteinführung eines eigenen Parfums seien ebenfalls für unbestimmte Zeit auf Eis gelegt worden.
Lydia Hollings, Chefin der Modelagentur Emerald, sagte, Tyler möchte sich an einer Uni einschreiben. Ihr Aufenthalt ist jedoch im Augenblick unbekannt, und sie ist nicht an ihren Heimatort in Devon zurückgekehrt.
Tyler ist das letzte der »berühmten fünf« Topmodels, das der Modeindustrie den Rücken gekehrt hat.
Auch Olinka, Jacey, Darice und Valeriya haben im vergangenen Monat das Modeln aufgegeben, wofür sie persönliche Gründe nannten. Sie haben sich inzwischen aus dem öffentlichen Leben zurückgezogen.
Der Begriff »berühmte Fünf« wurde von Sebastian Rossini geprägt, der die Topmodels für ein legendäres Titelblatt der Zeitschrift Vogue *fotografiert hat.*

Jessica schaute weg, als die Frau die Seite umblätterte. Sie hatte von den »berühmten Fünf« gehört. Wer nicht? Sie waren alle berühmt genug, um sie beim Vornamen zu nennen. Aber warum gaben alle auf? Der Bus machte plötzlich eine Vollbremsung und alle Leute flogen nach vorn. Die Türen gingen ratternd auf und ein Menschenstrom taumelte ins Freie.

Jessica hielt sich an einer Stange fest und schwang sich auf einen leeren Platz. Sie wühlte in ihrem schwarzen Rucksack, zog ihr iPhone heraus, gab »Tyler« und »Topmodel« ein und landete Tausende von Treffern. Das Internet brummte vor lauter Gerüchten, warum sie das Modeln aufgegeben hätte. Sie schwankten zwischen den Behauptungen, ein Autounfall hätte sie entstellt und sie sei das Opfer einer Entführung durch Außerirdische geworden.

Im Ernst? Glaubte tatsächlich jemand so einen Quatsch?

Sie folgte Links zum Rest der »berühmten Fünf«. Olinka hätte eigentlich in einem größeren Hollywoodfilm mitspielen sollen, aber dann gab Lydia Hollings Anfang des Monats unerwartet ihren Rückzug bekannt. Jacey hatte geplant, eine exklusive Dessous-Kollektion und ein eigenes Parfum auf den Markt zu bringen. Emerald hatte Darice und Valeriya für Shows fast aller Top-Designer während der Haute-Couture-Woche in Paris gebucht. Sie hatten beide erst vor Kurzem abgesagt, obwohl sie die Stars der Shows gewesen wären. Wieder Emerald. Jessica klickte zurück. Jacey war auch ein Emerald-Model. Die Topmodels gehörten der gleichen Agentur an und hatten sich alle auf der Höhe ihrer Karriere von aufregenden Jobs verabschiedet. Seltsam!

Jessica gab die Namen aller Topmodels, Lydia Hollings und Emerald ein und fand einen Artikel in der Zeitschrift *OK!* vom letzten Dezember.

DIE BERÜHMTEN FÜNF REISSEN – ZUM WIEDERHOLTEN MAL – JEDEN VOM HOCKER!

Man konnte niemandem vorwerfen, auf dem fünfzigjährigen Jubiläumsball der Modelagentur Emerald in London underdressed *zu sein.*

Die »berühmten Fünf« zogen alle Register und trugen Smaragde und Brillanten im Wert von insgesamt 20 Millionen Pfund, die ihnen De Beers geliehen hatte.

Sie feierten gemeinsam mit Designern, Redakteuren von Zeitschriften und anderen Berühmtheiten, einschließlich Hollywood-Stars wie Taylor Lautner und Liam Hemsworth.
Die Gäste ehrten Lydia Hollings, Chefin von Emerald, die diese Modelagentur zur erfolgreichsten der Welt machte. Bekanntlich hat sie Tyler, Olinka, Jacey, Darice und Valeriya entdeckt.
Herzlichen Glückwunsch, Emerald!

Lydia Hollings stand in der Mitte der Aufnahme. Jessica vergrößerte das Bild. Was für ein Fischmaul! Zum Totlachen. Sie hatte sich ganz offensichtlich viel zu viel Kollagen in die Lippen spritzen lassen. Links neben ihr stand Tyler in einem fantastischen tintenblauen Kleid. Die Überschrift behauptete, es sei von Christian Dior. Olinka, Jacey, Darice und Valeriya gruppierten sich um sie. Sie hielten Sektgläser in den Händen und lachten. Die Mädchen sahen alle hinreißend aus, vor allem Darice, die ein feuerrotes Fransenkleid von Versace mit einem Schlitz bis zum Bauchnabel trug.

Aber warum konnte sie keine Fotos der Supermodels nach dem Jubiläumsball finden? Sie waren einfach verschwunden, nachdem sie jahrelang im Scheinwerferlicht gestanden hatten. Hatten sie es sattgehabt, ständig von Paparazzi verfolgt zu werden? Es konnte einem ja echt auf die Nerven gehen, aber schien trotzdem kein ausreichender Grund zu sein, einfach aufzugeben. Tyler hätte noch viele Jahre als Model vor sich gehabt und ihr Abitur gut mit der Arbeit vereinbaren können. So hatte Jessica es sich jedenfalls gedacht. Und sie konnte das Geld gut gebrauchen, vor allem, weil ihr Vater aus gesundheitlichen Gründen nicht arbeiten konnte.

Jessica blickte auf und sah die vertrauten Straßen im Westen Londons vorbeiflitzen.

»Nein!« Sie drückte auf den Halteknopf, aber der Busfahrer ignorierte sie und raste über eine rote Ampel. Sie hätte schon zwei Haltestellen davor aussteigen sollen. Es war fünf Minuten vor acht und sie war viel zu spät unterwegs. Zum dritten Mal im Monat hatte ein Fotoshooting länger gedauert als geplant. Welche Ausrede sollte sie diesmal gebrauchen?

Eine schlecht gelaunte Schlange hat versucht, mich zu ertränken? Das würde ihr Mr »Hackebeil« Hatcham niemals abnehmen. Sie würde nachsitzen müssen und einen Brief mit nach Hause bringen, was bedeutete, dass Dad ihr für immer und ewig Hausarrest erteilen würde. Sie hatten einen Pakt geschlossen – das Modeln dürfe der Schule nicht in die Quere kommen.

Sobald sich die Bustüren wieder öffneten, sprang Jessica raus, lief die Straße entlang, an Cafés, Waschsalons und Imbissbuden vorbei, und bremste erst vor der Sankt-Albans-Schule ab. Sie klammerte sich an das Geländer und rang nach Luft. Sie hatte Usain Bolt soeben gezeigt, was eine Harke war. Die Eingangstüren standen offen, also kam sie noch ins Gebäude. Sie zögerte. Vertrauensschüler würden herumlungern und darauf warten, sich auf die Nachzügler mit ihren Ausreden zu stürzen.

Wenn sie einfach so ins Haus stürmte, würde sie auf jeden Fall nachsitzen müssen. Deshalb holte sie das iPad ihres Vaters aus dem Rucksack und schloss einen Kopfhörer an. Dann schaltete sie das Gerät ein, wartete, bis es geladen war, und gab das geheime Passwort ihres Vaters ein.

Jellybean – Geleebonbon!

Also echt! Jessicas Vater war Privatdetektiv und ehemaliger

Agent des britischen Geheimdienstes MI6. Hätte er sich nicht etwas weniger Offensichtliches – und weniger Hackbares – als seinen alten Spitznamen für sie ausdenken können?

Sie machte mit dem iPad eine Aufnahme von der Schule und lud sie auf den Wärmesensor. Innerhalb von Sekunden hatte sie ein 3D-Bild der Schule und einer brodelnden Masse von orangefarbenen Klecksen, also den Schülern und Lehrern im Haus. Nicht jedes Stockwerk war nötig. Sie isolierte das Gelände, den Weg zum hinteren Eingang und das gesamte Erdgeschoss, um ganz sicher zu sein – genauso, wie sie es in einem Hotel in West Kensington schon einmal gemacht hatte, als sie ihrem Vater helfen musste, in der Suite einer Zielperson ein Abhörgerät unterzubringen.

Sie klickte auf »Start Audio« und hielt das iPad ganz fest. Der Bildschirm zeigte zwei orangefarbene Kleckse, die das Gebäude umrundeten: patrouillierende Vertrauensschüler.

»Feind nähert sich in etwa dreißig Sekunden von Osten«, sagte die elektronische Stimme in ihrem Kopfhörer. »Scharf rechts abbiegen. Jetzt los. Dreißig, neunundzwanzig, achtundzwanzig, siebenundzwanzig ...«

Jessica rannte durch das Tor auf den verlassenen Schulhof. Sie hatte den hinteren Eingang fast erreicht.

»Stopp!«

Jessica lehnte sich mit klopfendem Herzen flach gegen die Wand.

»Feind geht vorbei. Fünf, vier, drei, zwei, eins«, sagte die Stimme.

Zwei Vertrauensschüler gingen auf den Fahrradschuppen zu. Sobald sie Jessica den Rücken gekehrt hatten, riss sie die Tür auf und stürmte in den Korridor. Sie holte tief Luft und wartete auf weitere Anweisungen.

»Den Flur in nördlicher Richtung zweihundert Meter weitergehen. Stehende Figuren voraus. Vorsicht angeraten.«

Sie bog um die Ecke und drückte sich an die Wand, während sie langsam den Korridor entlangging. Weiter vorn stritten sich zwei Jungs miteinander. Sie kam an einer Reihe von Schließfächern an und versteckte sich dahinter. Verflixt! Tommy Williams, ein Vertrauensschüler und Weltklasse-Schulhofschläger, versperrte ihr den Fluchtweg. Sie würde sich unmöglich herausreden können. Es wäre ihm nämlich ein großes Vergnügen, sie wegen Zuspätkommens anzuschwärzen.

Die Anweisung folgte. »Linken Korridor weitergehen. Weg frei bis zum Ziel. Fünf, vier, drei, zwei, eins.«

Jessica starrte auf den Bildschirm. Die Aufseher zogen sich zurück, wahrscheinlich in ihre eigenen Klassen. Sie zögerte. Tommys Zahnspange funkelte gefährlich, als er einen viel kleineren Jungen an den Schließfächern festhielt, in dessen Taschen wühlte und Münzen herausfischte.

Sie schaltete das Wärmebildprogramm aus und »Magnetisierung« ein. Diese Funktion hatte sie noch nie ausprobiert, fand sie aber cool. Sie scannte Tommys Gesicht ein und markierte seine riesige Zahnspange. Er sah wie einer der Häscher in James-Bond-Filmen aus.

»Mal sehen, wie dir das gefällt, *Beißer*!«

Klick.

»Was zum …«, sagte Tommy.

Eine Münze flog aus seiner Faust und blieb an der Zahnspange kleben.

Interessant. Sie verstärkte die Magnetisierungskraft mit der Maus. Noch mehr Münzen flogen in die Luft und hefteten sich an seinen Mund.

»Mann!«, schrie Tommy und schlug die Hände vors Gesicht. Die restlichen Worte waren unverständlich, als er den kleineren Jungen an den Aufschlägen seiner Jacke packte, ihn gegen die Schließfächer schleuderte und Drohungen murmelte.

»Ich hab nichts damit zu tun!«, protestierte der Junge.

Als Tommy eine Hand zur Faust ballte, um zuzuschlagen, verstärkte Jessica die Magnetisierung noch einmal. Die magnetisierte Zahnspange drehte ihn von seinem Opfer weg und ließ ihn mit dem Mund voran gegen die Schließfächer krachen. Er versuchte, sich loszureißen, aber die Zahnspange haftete fest.

»Hilfe!« Seine Stimme klang gedämpft.

Der Junge ergriff die Gelegenheit zur Flucht und sprintete den Korridor entlang. Jessica drückte auf die Aus-Taste und Tommy sackte in einem Sturzbach aus Münzen auf den Boden. Sie hatte keine Zeit, sich das lange anzugucken, rannte den linken Flur entlang und stürmte im selben Moment durch die Tür, in dem ihr Klassenlehrer sein rotes Heft zuklappte.

Oje.

»Wieder zu spät, Miss Cole.« Auf Mr Hatchams Gesicht breitete sich ein hämisches Grinsen aus. »Wir fühlen uns ja so geehrt, dass Sie geruhen, uns mit Ihrem Besuch zu erfreuen, anstatt den Laufsteg zu zieren.«

Jetzt richteten sich alle Blicke auf sie. Das war wirklich *so was* von peinlich! Becky lächelte sie mitfühlend an. Aus dem Augenwinkel konnte Jessica einen blonden Jungen sehen, der sie beobachtete. Jamie. Ihre Wangen wurden rot und heiß.

Mr Hatcham verschränkte die Arme über seinem dicken Bauch. Ein paar Hemdknöpfe hatten den Kampf aufgegeben, seinen Bauch bedeckt zu halten und waren aufgesprungen. Ihm gefiel das Ganze. Er machte sich immer über ihre Modelkarriere lustig, um sich bei ihren Mitschülerinnen und -schülern einzuschleimen. Da täuschte er sich aber gewaltig.

»Vielleicht hätten Sie irgendwann einmal Zeit, *mir* ein paar Dinge beizubringen«, fuhr er fort.

Er sprang auf die Füße und versuchte, wie ein Model auszusehen, indem er die Hand hinter ein Ohr legte und eine blöde Grimasse zog. Ein paar Mädchen kicherten. Merkte er gar nicht, dass sie über ihn und nicht über Jessica lachten? Sie hasste ihn. Am liebsten hätte sie ihn samt Schlange in den Tank geworfen.

»Tut mir leid«, sagte sie mit zusammengebissenen Zähnen. »Ich kann alles erklären.«

»Bestimmt, Miss Cole«, sagte er und zog eine Augenbraue hoch. »Sie können es mir, wann immer es Ihnen passt, heute Abend beim Nachsitzen erklären. Wir haben außerdem das Vergnügen, Jamie dabeizuhaben, der genauso unfähig ist, pünktlich zu erscheinen.«

Als Jessica seinen Namen hörte, machte ihr Herz einen Purzelbaum – so, wie immer. Jetzt schlug es schneller. Ahnte er, welche Wirkung er auf sie hatte? Sein Mund öffnete sich zu einem breiten Lächeln und zeigte perfekte weiße Zähne. Er schob seinen Stuhl geräuschvoll zurück und stand auf. Er gehörte zu den wenigen Jungen ihres Jahrgangs, die größer waren als sie. Außerdem hatte er von all dem Sport, den er trieb, einen super Körper. Sein Hemd dehnte sich eindrucksvoll über seinem Bizeps.

»Das Vergnügen ist ganz meinerseits.« Er verbeugte sich tief und grinste Jessica an.

Die Klasse klatschte und pfiff, und Jessica wurde feuerrot.

»Es reicht! Ruhe jetzt!«, schrie Mr Hatcham. »Setzen Sie sich, Jessica! Sie haben an diesem Morgen schon reichlich für Unruhe gesorgt. Becky, nehmen Sie diese lächerlichen Ohrringe raus, sonst können Sie mit Jessica und Jamie nachsitzen. Und denken Sie daran – niemand spielt gerne den Anstandswauwau.«

Jessica stürzte sich auf ihren Platz neben ihrer Freundin. Sie konnte sich nicht überwinden, Jamie beim Hinsetzen anzusehen; sie war schon rot genug. Wieso schaffte sie es, ruhig zu bleiben, wenn sie ihren Vater bei geheimen Einsätzen begleitete? Und warum verwandelte sie sich jedes Mal, wenn Jamie im Spiel war, in ein nervliches Wrack?

Sie guckte ihre Freundin an, die sich ihren ordentlichen schwarzen Bob hinter die Ohren klemmte und die baumelnden Totenkopf-Ohrringe herauszog.

»Schlechter Tag?«, fragte Becky leise.

Jessica seufzte. »Wie immer.«

Kapitel Drei

»Endlich hast du ein Date mit Jamie an Land gezogen«, sagte Becky mit vollem Mund. »Glückwunsch!«

Sie knuffte Jessica mit dem Ellbogen, die auf der Bank ein bisschen weiterrutschte. Sie aßen ihre Brote in der Mittagspause immer im Park, sogar im Winter, um den klaustrophobischen Klassenzimmern und dem Lärm der jüngeren Schüler zu entfliehen.

»Das kann man wohl kaum ein Date nennen«, sagte Jessica. »Es ist Nachsitzen.«

»Aber du bist mit ihm allein! Alles kann passieren …« Becky legte ihren Kopf auf Jessicas Schulter und machte Knutschgeräusche.

»Du spinnst!« Jessica stieß ihre Freundin lachend von der Bank. »Es ist Nachsitzen mit ›Hackebeil‹ Hatcham, nicht Abendessen und Kino.«

»Trotzdem! Vielleicht muss er kurz den Raum verlassen, und eure Blicke können sich quer durch das Zimmer 4B treffen …«

»Sehr witzig.« Jessica streckte Becky eine Hand entgegen, um sie wieder auf die Bank zu ziehen. »Jamie *hat* schöne Augen und er ist superschlau und alles. Er bringt mich auch zum Lachen.«

»Und vergiss nicht, dass er einen tollen Body hat.«

»Echt? Ist mir noch gar nicht aufgefallen.«

Sie bekamen beide einen Kicheranfall.

Jessica wühlte in ihrem Rucksack und holte ihre Puderdose und das Lipgloss heraus. Sie machte die silberne Dose auf.

»Oooh, lass mich raten, was die beiden so draufhaben!«, sagte Becky. »Die Puderdose ist in Wirklichkeit ein Peilsender, damit wir Jamie jetzt gleich finden, und das Lipgloss ist eine Wanze. Damit können wir ihn belauschen, wenn er vor seinen Kumpels von dir schwärmt.«

Jessica verdrehte die Augen. »Du hast dir zu viele Spionagefilme angeschaut. Ich muss dich leider enttäuschen, aber die Puderdose ist tatsächlich – ähm – eine Puderdose, und das ist ein Lipgloss.« Sie klopfte Becky damit auf die Stirn, bevor sie eine dünne pfirsichfarbene Schicht auf die Lippen strich.

»Nicht alle Dinge in meinem Rucksack sind Geheimwaffen«, sagte sie. »Nur das iPad.«

»Wie du meinst!«

Jessica wühlte weiter und stöhnte. »Ich kann's nicht fassen!«

»Was ist?«

»Ich hab *Jane Eyre* vergessen. Ich brauch das Buch für Englisch in der letzten Stunde!«

»Du hast noch Zeit, es zu holen, wenn du gleich losläufst. Ich kann dich beim ›Hackebeil‹ Hatcham entschuldigen, wenn du dich ein bisschen verspätest.«

Jessica umarmte sie und rannte los. Bei all dem Lauftraining, das sie heute absolvierte, könnte sie wirklich an der nächsten Olympiade teilnehmen. Sie kam an den Ealing Studios vorbei. Sonst versuchte sie immer, jemand Berühmtes zu entdecken.

Sie und Becky hatten sogar einmal ein Autogramm von Robert Pattinson bekommen, als er in einem Historiendrama mitspielte. Aber heute hatte sie nicht die Zeit, auf irgendwelche Teenieschwärme zu warten. Sie musste so schnell wie möglich nach Hause.

Erst als sie an der Straßenecke ankam, an der die Chislett Street abzweigte, hörte sie auf zu rennen. Halb gehend und halb joggend kam sie an den hohen viktorianischen Häusern vorbei. Alle hatten hohe Schiebefenster und Buntglas über massiven Eichentüren. Ihr Haus, die Nummer 67, unterschied sich nur in einem Punkt von den anderen. Neben dem Eingang befand sich ein kleines goldfarbenes Schild mit der Aufschrift: *Jack Cole, Privatdetektiv.* Besucher übersahen oft die unscheinbare Plakette. Die anderen Unterscheidungsmerkmale des Hauses waren für das bloße Auge sogar noch unauffälliger: Das Glas sämtlicher Fenster war kugelsicher, und über den Fenstern waren Leisten angebracht, aus denen sich im Notfall Stahljalousien herabließen.

Jessica öffnete mit ihrem Schlüssel die Haustür, trat ein und blieb stehen. Seltsam. Die Alarmanlage funktionierte nicht. Ein gelbes Licht flackerte am Kasten und zeigte eine Fehlermeldung an. Ihrem Vater würde das kein bisschen gefallen. Nachdem er zwanzig Jahre lang für den MI6 gearbeitet hatte, war er extrem sicherheitsbewusst geworden.Vor neun Jahren war er an Multipler Sklerose erkrankt und hatte sich vorzeitig in den Ruhestand versetzen lassen. Danach hatte er eine Privatdetektei eröffnet und behauptet, nicht herumsitzen und auf den Tag warten zu wollen, an dem er im Rollstuhl landen würde.

Jessica tippte Ziffern am Kasten ein, um den Alarm zu reaktivieren. Ein fürchterliches Kreischen ertönte. Sie stellte den Lärm ab. Der Alarm funktionierte wieder. Mattie hatte wahrscheinlich daran herumgespielt. Ihre Großmutter übernachtete zurzeit bei ihnen und brachte sie langsam zum Wahnsinn, während ihr Vater die ganze Woche lang beruflich unterwegs war. Mattie kapierte einfach nicht, wie der DVD-Player funktionierte und erst recht nicht, wie mit der neuesten Sicherheitstechnik ihres Vaters umzugehen war. In technischen Dingen war sie eine Niete.

Jessica blickte hoch. Die Überwachungskamera hatte auch nicht funktioniert. Vielleicht hatte es einen Stromausfall gegeben. Sie ließ ihren Rucksack fallen und ging die Treppe hinauf, um ihr Buch zu holen, das neben ihrem Bett lag. Sie blieb stehen. Die Tür zum Arbeitszimmer stand offen, aber als Jessica am Morgen das Haus verlassen hatte, war sie zu gewesen. Hatte Mattie die goldene Regel verletzt und das Zimmer betreten? Unwahrscheinlich. Das würde sie nie wagen. Jessica trat näher.

Die erste Regel der Überwachung, die ihr Vater ihr eingeschärft hatte, war, stets die Umgebung zu beobachten. Am Schloss waren eindeutig Kratzer. Jemand hatte sich an der Tür des Arbeitszimmers zu schaffen gemacht. Jessica schaute wieder auf die Alarmanlage. Und dann hatte dieser Jemand vor dem Öffnen der Tür den Alarm und die Überwachungskamera außer Betrieb gesetzt.

Als Jessica ins Zimmer spähte, sah sie, dass es ordentlich und aufgeräumt war. Ein Foto ihrer verstorbenen Mutter auf dem Höhepunkt ihrer Model-Karriere nahm immer noch einen Ehrenplatz auf dem Eichenschreibtisch aus Thailand ein. Der Computer ihres Vaters stand auch noch da. Jessica machte schnell eine Runde durchs Erdgeschoss. Nichts schien abhandengekommen zu sein. Ein kleines Häufchen Geldscheine, das ihr Vater ihr dagelassen hatte, lag immer noch auf dem Küchentisch. Ein Einbrecher hätte sich die Beute doch sicher geschnappt? Es waren fast dreihundert Pfund – ein Volltreffer für einen zufälligen Eindringling.

Jessica starrte erneut ins Arbeitszimmer. Es war der einzige Raum, auf den es der Störenfried abgesehen hatte, was kein gutes Zeichen war. Hatte er das größte Geheimnis des Hauses entdeckt, das nicht einmal Mattie kannte? Das musste sie überprüfen. Ihr Vater hätte das Gleiche getan, wenn er hier gewesen wäre.

Als Jessica das Arbeitszimmer betrat, knarrte der Fußboden, und sie erschrak. Jemand stand hinter der Tür. Bevor sie sich umdrehen konnte, lag ein Arm auf ihrer Brust und ein Tuch bedeckte ihre Nase und ihren Mund. Ein süßer, ekliger Geruch drang in ihre Nasenlöcher. Sie riss an der behandschuhten Hand, verlor aber die Kraft. Sie fühlte sich schwach und hilflos wie eine schlaffe Stoffpuppe. Wieso konnte sie sich nicht rühren? Sie sollte versuchen, zu treten oder den Kopf in den Nacken zu werfen und ihren Angreifer umzuhauen – genau so, wie sie es beim Kickboxen gelernt hatte –, aber ihre Glieder gehorchten ihr nicht mehr. Ihr Kopf tat weh und ihre Knie gaben nach. Das Bild an der Wand drehte sich unentwegt und die Fußbodenbretter hüpften ihr entgegen. Dann wurde alles schwarz.

Als Jessica versuchte, die Augen zu öffnen, durchbohrte ein heftiger Schmerz ihre Stirn. Das Licht versengte ihre Augäpfel. Ihr wurde übel. Sie kämpfte gegen den Drang an, sich zu übergeben. Sie musste nachdenken. Der Eindringling war die ganze Zeit da gewesen und hatte sie außer Gefecht gesetzt. Wahrscheinlich mit Chloroform. Jessica öffnete die Augen, dieses Mal langsam. Die Decke des Arbeitszimmers wurde deutlicher. Sie versuchte, beide Arme und Beine nacheinander zu bewegen. Puh! Sie war nicht ernsthaft verletzt. Jessica setzte sich auf. Ihr Kopf drehte sich wieder.

Mann! Das war zu schnell. Als sie ihren Kopf zwischen die Knie klemmte, ließ das schummrige Gefühl nach. Jessica schaute auf ihre Uhr. Es waren nur wenige Minuten vergangen, aber der Fremde war wohl längst über alle Berge. Wer auch immer ins Haus gekommen war, musste ein Profi gewesen sein. Schließlich hatte er die Hightech-Alarmanlage ihres Vaters deaktiviert und war mit Handschuhen und Chloroform ausgerüstet gewesen. Es konnte kein gewöhnlicher Einbrecher gewesen sein. Aber wonach hatte er gesucht?

Jessica starrte auf das Bücherregal. Ihre Hand lag auf ihrem Handy in der Tasche ihres Blazers. Sollte sie die Polizei anrufen? Nein. Ihr Vater würde sie vielleicht nicht hineinziehen wollen. Da es sich offensichtlich nicht um einen normalen Einbruch handelte, würde er wahrscheinlich lieber eine ehemalige Kontaktperson vom MI6 benachrichtigen.

Es dauerte ein paar Minuten, bis sie das Gefühl hatte, aufstehen zu können. Sie stützte sich am Schreibtisch ab. Als das zu klappen schien, konzentrierte sie sich auf die Bücherregale und ging direkt darauf zu. *Die Entstehung der Arten* von Charles Darwin stand rechts der Mitte. Sie griff nach dem großen Buch, aber es war schon nach vorne gekippt. Das Bücherregal war einen Zentimeter weit von der Wand gerückt worden.

Jemand kannte tatsächlich die Geheimnisse des Hauses und hatte die verborgene Tür ihres Vaters geöffnet. Jessica holte tief Luft und zerrte am Bücherregal.

Kapitel Vier

Kalte, abgestandene Luft stieg Jessica in die Nase, als sie die Tür hinter sich zuzog und den Aufzug betrat. Sie drückte auf den Knopf auf der linken Seite und ging in die Hocke. Ihre Beine fühlten sich immer noch wie Wackelpudding an. Der Fahrstuhl machte einen Ruck und fuhr in den Keller. Als er stehen blieb, stemmte sie das Gitter hoch.

Becky würde Jessica nie glauben, wenn sie ihr von dem Bunker erzählen würde. Die Wände und Decken waren mit einer Titan-Aluminium-Legierung versehen worden, die kugel- und bombensicher war. Selbst wenn das Haus mit Raketen angegriffen würde, wäre man hier unten in Sicherheit. Ihr Vater lagerte sogar Lebensmittel und Wasser, die eine Woche lang reichen würden.

Jessica drückte auf einen Knopf und eine Computeranlage leuchtete auf. Sie schaute sich um. So hatte sie den Raum am Abend zuvor nicht zurückgelassen! Als sie sich das iPad auslieh, hatte sie darauf geachtet, dass alles so blieb, wie sie es vorgefunden hatte. Ihr Vater würde sie umbringen, wenn er meinte, sie hätte die Geräte unbeaufsichtigt benutzt. Aktenordner mit der Aufschrift »MI6 Vertraulich« lagen verstreut auf dem Fußboden. Sie ging in die Knie und schlug einen Ordner auf.

Er enthielt die Namen von MI6-Agenten in Algerien. In einem anderen Ordner waren französische Agenten aufgelistet, und ein dritter trug die Aufschrift »Vectra«. Er enthielt das unscharfe Foto eines dunkelhaarigen Mannes mit Sonnenbrille.

Jessica holte ihr Handy heraus und wählte die Nummer ihres Vaters, aber es meldete sich wieder nur der Anrufbeantworter.

Und jetzt?

Das war wirklich eine ganz üble Sache. Der Eindringling hatte offensichtlich nach MI6-Agenten gesucht, aber was hatte ihr Vater nach so langer Zeit noch mit deren Akten zu tun? Sie stammten alle aus dem laufenden Jahr. Jessica guckte sich um. Rechts standen die Schränke, in denen er seine Ausrüstung aus der Zeit aufbewahrte, in der er noch zum Geheimdienst gehörte, und neuere Anschaffungen, die sie sich heimlich auslieh, wenn er auf Reisen war. Sie zog die Schubladen auf, in denen Kugelschreiber, Schlüsselringe und tragbare Spielekonsolen lagen – alles versteckte Überwachungsgeräte. Keiner hatte sie angerührt, auch die Instrumente nicht, mit denen sich Schlösser knacken und Telefone verwanzen ließen. Der Eindringling war auch nicht an einem Stapel gefälschter Führerscheine und Reisepässe interessiert gewesen.

Jessica starrte auf die Reihe von Computern und Bildschirmen. Ihr Vater benutzte den Computer ganz hinten immer, um Ortungsgeräte zu überwachen. Er konnte herausfinden, wo sich eine Person auf der Welt befand. Ein zweiter Computer identifizierte und untersuchte Sprachmuster. Er arbeitete so raffiniert, dass alle Hintergrundgeräusche in einer vollgestopften Bar herausgefiltert und die Worte einer Zielperson erfasst wurden, die diese jemand anderem ins Ohr flüsterte. Beide

Computer waren ausgeschaltet. Jessica überprüfte die Überwachungskameras. Alle Innen- und Außenaufnahmen des heutigen Tages und vergangenen Monats waren gelöscht worden. Der Eindringling war also ganz offensichtlich kein Risiko eingegangen.

Sie ließ sich auf den Stuhl vor dem Hauptcomputer ihres Vaters sinken. Das war schlecht. *Wirklich, wirklich* schlecht. Ein grünes Licht flackerte an der Seite des schwarzen Bildschirms. Der Computer war bereits eingeschaltet. Sie tippte auf der Tastatur herum. Beim Scrollen tauchten die Dateien ihres Vaters auf. Wer immer hier eingebrochen war, musste ein hervorragender Hacker sein. Ihr Vater ging mit seinem Arbeitscomputer – im Gegensatz zu seinem iPad – niemals irgendwelche Risiken ein. Selbst Jessica wusste nicht, wie man den Computer startete. Er war durch mehrere verschlüsselte Passwörter geschützt, aber der Einbrecher hatte trotzdem auf die geheimen Dateien zugreifen können. Das alles war mehr als erschreckend.

Sie blätterte die offenen Dokumente durch. Bei allen ging es um einen Sam Bishop. Auch eine Fotodatei war dabei, die einen Mann in den Dreißigern zeigte. Er hatte strahlend blaue Augen und dunkle Haare und schien direkt in die Sonne zu schauen, wobei eine Hand sein rechtes Auge schützte. Auf einem anderen Bild hatte er einen Arm um die Schulter einer grauhaarigen Frau gelegt.

Sie öffnete einen Brief vom 6. Januar, den ihr Vater eingescannt hatte. Er war von einer Mrs Bishop, 33 Crabtree Gardens, Hastings, und lautete:

Sehr geehrter Mr Cole,
ich habe mir unser Telefongespräch gründlich durch den Kopf gehen lassen und beschlossen, Sie zu beauftragen, Sam zu finden. Meine Befürchtungen in Bezug auf seine Sicherheit nehmen täglich zu, und ich habe das Gefühl, mich an keine andere Stelle mehr wenden zu können.
Wie wir besprochen hatten, wurde Sam von der Firma Allegra Knight Skincare *mit Sitz in Paris im vergangenen Oktober entlassen worden, nachdem er bei einer Stichprobe einen Drogentest angeblich nicht bestanden hatte. Außerdem wurde ihm vorgeworfen, Waren der Firma gestohlen zu haben. Weil er keinen Versuch unternommen hat, in Großbritannien wiedereinzureisen oder sich mit Freunden und der Familie in Verbindung zu setzen, glaubt die französische Polizei, dass er europaweit auf der Flucht ist, um einer Strafverfolgung zu entgehen.*
Ich weigere mich, diese Erklärung zu glauben, und bin weiterhin davon überzeugt, dass die französische Polizei in eine Verschleierung verstrickt ist. Seit mein Sohn die Wirkung von Cannabis bei einigen seiner ehemaligen Schulfreunde miterlebt hat, ist er vollkommen gegen den Gebrauch von Drogen. Ich glaube nicht, dass er Drogen nimmt.
Ich gebe zu, dass er bei unserem letzten Gespräch einen unglücklichen Eindruck machte. Er wollte mir nicht sagen, was ihn belastete, redete aber davon, bald zur Cambridge University zurückkehren zu wollen, um seine Forschungsarbeit fortzusetzen.
Die Firma hat sich mit mir in Verbindung gesetzt, um mir ihre Unterstützung anzubieten, und mich zu einem Besuch in Paris eingeladen, aber mein schlechter Gesundheitszustand erlaubt mir nicht, das Angebot anzunehmen. Ich wäre Ihnen also sehr dankbar, wenn

Sie die Firma an meiner Stelle besuchen und das Verschwinden meines Sohnes aufklären könnten.
Mit freundlichen Grüßen
Louisa Bishop

Das letzte Dokument war die Kopie eines kurzen Artikels in einer Lokalzeitung vom vergangenen November.

VERMISSTER WISSENSCHAFTLER LÖST UNTERSUCHUNG DURCH DIE POLIZEI AUS

Wie gestern bekannt wurde, ermittelt die französische Polizei im Hinblick auf das Verschwinden des britischen Wissenschaftlers Sam Bishop.
Dem Vierunddreißigjährigen, ein Absolvent der Cambridge University, wurde am 30. Oktober von der Firma Allegra Knight Skincare Company (AKSC) gekündigt. Er wurde seitdem nicht mehr gesehen. Die örtliche Polizei bestätigte, dass sie wegen des Diebstahls eines Laptops, von vertraulichen Laborunterlagen und Ausrüstungen der Firma mit ihm reden will.
Ehemalige Kollegen in Cambridge behaupten, sein Verschwinden sei völlig untypisch für ihn. Er war seit sechs Monaten bei dem weltweit vertretenen Unternehmen als Forschungsbeauftragter tätig.
Allegra Knight, Gründerin von AKSC, sagte: »Wir sind extrem besorgt um Sam Bishop. Unsere Gedanken sind bei seiner Familie und seinen Freunden.«
Miss Knight war Anfang der Siebziger das allererste »Topmodel« und eine Muse für alle wichtigen Designer, einschließlich Chanel, Givenchy, Valentino und Christian Dior.

Sie zog sich in den Achtzigerjahren vom Modeln zurück und verschwand aus dem öffentlichen Leben, bevor sie vor fünf Jahren die Firma AKSC gründete.

Jessica las den Zeitungsartikel noch einmal durch und klickte wieder auf das Foto. Warum war der Eindringling an dir interessiert, Sam?

Der junge Mann lächelte geheimnisvoll zurück und weigerte sich, die Lösung des Rätsels preiszugeben. Sie beschloss, alles zu kopieren, um ihrem Vater zu zeigen, worauf jemand zugegriffen hatte, und tippte auf »Drucken«. Als sie die Dateien schloss, fiel ihr Blick auf einen winzigen Mini-Ordner am unteren Rand des Bildschirms. Sie klickte darauf und wartete, bis er sich öffnete. Merkwürdig. Die Datei war nicht datiert. Sie existierte einfach nur, was unmöglich war. Sie musste doch von irgendwoher gekommen sein! Plötzlich tauchten verschlüsselte Seiten auf dem Bildschirm auf – wahllose Zahlen und Buchstaben sowie die Begriffe *Sam Bishop* und *Seestern*, die herausragten.

Jessica schloss den externen Scanner ihres Vaters am Computer an und machte sich auf eine detailliertere Suche des Ursprungs. Sie trommelte mit den Fingernägeln auf dem Schreibtisch herum – besser gesagt, mit dem, was von ihnen noch übrig war. Sie waren abgekaut, und einer hatte angefangen zu bluten. Sie hatte gar nicht gemerkt, dass sie an ihm geknabbert hatte. Als sie ein Geräusch hörte, sprang sie auf. War das der Aufzug? Sie erwartete fast, dass der Einbrecher wieder auftauchte, aber es war nur die Zentralheizung, die im Haus oben anging.

Beruhige dich, Jessica!

Die Informationen erschienen. Die Datei war am Mittag um 12 Uhr 32 hochgeladen worden, die Zeit des Einbruchs. Sie starrte wie betäubt auf den Bildschirm. Hatte der Eindringling die Info auf die Festplatte ihres Vaters gepflanzt? Warum hätte er so etwas getan?

Jessica versuchte, die Symbolleiste zu öffnen, aber die Maus funktionierte nicht. Sie wackelte mit ihr herum, hin und her, aber nichts geschah. Plötzlich bewegte sich der Cursor über den Bildschirm, obwohl sie die Maus gar nicht mehr anfasste. Er klickte in der oberen rechten Ecke und schloss die Datei. Jemand hatte die Steuerung des Computers übernommen. Sie versuchte, die Maus wieder zu bewegen, aber der Cursor gab den Befehl zum »Herunterfahren«, und der Computer meldete sich ab. Sie sackte auf dem Stuhl zusammen.

Mannomann!

Jemand war in den Computer ihres Vaters eingedrungen, und dieser Jemand wurde wahrscheinlich sofort alarmiert, als sie sich einloggte. Er hatte sich in das Programm eingeschlichen, ohne dass sie es bemerkt hatte.

Irgendwo beobachtete jemand jeden einzelnen Schritt, den sie tat.

Kapitel Fünf

Jessica fuhr zusammen. Ihr Handy klingelte. Die Anzeige PRIVATNUMMER leuchtete auf.

»Hallo?«

»Jessica!«

»Dad! Ich hab versucht, dich zu erreichen. Jemand –«

Er schnitt ihr das Wort ab. Seine Stimme war kaum zu hören, klang aber aufgeregt. »*Code Red*.«

Die Leitung war tot. »Dad?«

Jessica hatte keine Zeit, in Panik zu geraten. Schnell wählte sie die Nummer, die sie sich hatte einprägen müssen. Sie hatte sie noch nie benutzt. Es war ein System, das ihr Vater sich für den Fall ausgedacht hatte, dass der Notruf 999 nicht genügte. Sie musste die Nummer wählen und den Code eingeben. Sie hatte keine Ahnung, wer oder was am anderen Ende war, vermutete aber, dass der Empfänger mit dem MI6 in Verbindung stand. Es klingelte acht Mal.

»Hallo?«, meldete sich ein Mann mit strenger Stimme. »Hallo, wer ist da?«

»Ich möchte ein Dutzend weiße Rosen bestellen«, sagte Jessica automatisch.

»Was?« Die Stimme war leise und heiser.

Irgendetwas zwang sie, kurz abzuwarten. »Ich hab gesagt, dass ich ein Dutzend weiße Rosen bestellen möchte.«

Der Mann holte geräuschvoll Luft. »Sie haben sich verwählt. Hier ist kein Blumenladen.«

»Es kann nicht die falsche Nummer sein. Ich habe mich nicht verwählt. Mein Vater hat mir die Nummer gegeben.«

Der Mann schwieg eine Sekunde lang. »Ihr Vater hat Ihnen die falsche Nummer gegeben. Rufen Sie nicht wieder an.«

Die Leitung war tot.

»Nein!« Jessica knallte das Handy auf den Schreibtisch. Sie *hatte* die richtige Nummer gewählt! Sie wusste genau, dass sie sich nicht verwählt hatte. Warum hatte er ihr nicht geholfen? *Code Red* war die höchste Alarmstufe und das Signal ihres Vaters, dass er sich in Lebensgefahr befand. Was war passiert?

Sie musste ihn finden.

Sie schaute sich im Zimmer um. Sie konnte das Risiko nicht eingehen, den Hacker zu alarmieren, indem sie die Geräte ihres Vaters benutzte. Aber sie könnte ihn mithilfe seiner Kreditkarte ausfindig machen. Sie hatte eine Online-Banking-App auf dem Handy. Jessica tippte auf ein Lesezeichen und erhielt das Konto ihres Vaters. Sie kannte seine Passwörter, weil sie ihm bei der Buchhaltung geholfen hatte, und konnte die letzten Bankvorgänge leicht abrufen. Er hatte ein Eurostar-Ticket für den Samstagmorgen nach Paris gekauft und für einen einwöchigen Aufenthalt im *Hotel Relais Saint-Jacques* im Voraus bezahlt. Er war außerdem Anfang letzter Woche in Paris gewesen, hatte im selben Hotel übernachtet und in verschiedenen Restaurants und Cafés gegessen.

Er war auf der Suche nach Sam Bishop.

Das Hotel war ein Anfang. Sie konnte versuchen, von dort aus nach ihrem Vater zu forschen. Als sie noch klein war, hatte sich ein Au-pair-Mädchen aus Frankreich um sie gekümmert, weshalb sie fließend Französisch sprach. Allein zu reisen, wäre also kein Problem. Zuerst würde sie zum MI6 gehen und melden, was passiert war. Nach dem *Code Red* wäre der Geheimdienst die nächstbeste Anlaufstelle. Seine Leute könnten Interpol benachrichtigen und nach ihm suchen. Sie müssten jedenfalls was unternehmen. Auf dem Weg zum Aufzug stellte sie fest, dass sich £ 503.031 auf dem Konto befanden. Schön wär's! Sie drückte auf »Refresh«, um die Daten zu aktualisieren, aber die Zahlen blieben die gleichen. Am Samstagnachmittag waren £ 500.000 von einer Bank auf den Britischen Jungferninseln überwiesen worden.

Wie um alles in der Welt hatte er es geschafft, so viel zu verdienen? Hatte das etwas mit Sam Bishop zu tun?

Wieder im Arbeitszimmer im Erdgeschoss schickte sie Becky schnell eine SMS. Sie ließ ihre Freundin wissen, dass es ihr nicht gut ging und sie deshalb nicht zum Nachmittagsunterricht erscheinen würde. Danach sah sie sich im Schlafzimmer ihres Vaters um, das viele gerahmte Fotos von ihr und ihrer Mutter enthielt. Sie konnte aber nichts Nützliches finden. Ihr Vater ging immer sehr sorgfältig mit seinen Arbeitsutensilien um und ließ keine Ordner oder Geräte herumliegen.

Jessica stellte die Alarmanlage neu ein, schnappte sich ihren Rucksack und ging aus dem Haus. Sie stieß sofort mit etwas Warmem, Festem zusammen – einem Mann, der einen langen schwarzen Mantel trug – und stieß einen Schrei aus. Seine grauen Augen waren ausdruckslos, seine Lippen schmal und zusammengekniffen. Er starrte sie an, ohne zu zwinkern, ohne den Anflug eines Lächelns.

Jessica hielt den Atem an und drückte den Rücken an die Tür. Vielleicht hatte die *Code-Red*-Meldung ihres Vaters ja doch funktioniert.

»Jessica Cole?«

Sie nickte und rechnete sich die Chancen aus, ihn überrumpeln und ins Haus fliehen zu können, falls er der Eindringling und nur zurückgekommen war, um sie zu erledigen. Immerhin besaß sie den braunen Gürtel im Kickboxen. Sie hatte nicht genug Platz, um eine Faust zu schwingen, könnte ihm aber ein Knie zwischen die Beine rammen, bevor sie ihm einen Daumen aufs Auge drückte. Damit würde sie sich zwar keinen schwarzen Gürtel verdienen, aber sie hatte diese Bewegungen gelernt, um sie in gefährlichen Situationen anwenden zu können. Und dies schien eine dieser Situationen zu sein.

»Wir sind vom Außenministerium. Komm mit!«

Er trat plötzlich einen Schritt zurück, als ob er ihre Gedanken gelesen hätte und wenig Lust auf ein Knie im Genitalbereich verspürte.

»Wir?«, fragte Jessica.

Er nickte über seine Schulter hinweg.

Ein zweiter Mann kletterte aus einem schwarzen Mercedes, der vor dem Haus stand.

»Soweit ich weiß, hast du versucht, ein Dutzend weiße Rosen zu bestellen«, erklärte er frostig. »Du musst mitkommen.«

Die Telefonnummer hatte also doch gestimmt!

Jessica holte tief Luft, folgte ihm und kletterte auf den Rücksitz des Autos. Die Fenster waren getönt. Die Tür knallte neben ihr zu. Ihr war klar, dass die Tür verriegelt war. Sie konnte nicht mehr aussteigen. Der Mann ließ sich auf den Beifahrersitz gleiten.

»Wo bringen Sie mich hin? Wissen Sie, wo mein Vater ist? Wie –«

Eine Scheibe glitt geräuschlos nach oben und schnitt ihr mitten im Satz das Wort ab.

»Also nicht. Danke für nichts!«

Während der Fahrer durch West-London raste, klammerte sich Jessica an den Türgriff. Bald tauchte die Themse auf. Auf der Straße war wenig Verkehr und der Mercedes kam schnell voran. Er fuhr durch einige rote Ampeln und zischte am Ufer entlang.

Sie sah die Brücken vorbeisausen und bemerkte ein paar Lastkähne auf dem Fluss. Plötzlich traf es sie wie ein Schlag. Sie wusste, wohin sie fuhren. Zweifelsfrei. Das Hauptquartier des MI6. Der Mercedes bog plötzlich von der Straße ab.

Was jetzt?

Jessica zog den Anhänger ihrer Mutter aus der Bluse und rieb ihn zwischen den Fingern. Das beruhigte sie immer, wenn sie gestresst war. Der Wagen bremste, als er sich einem heruntergekommenen Gebäude mit zerbrochenen cremefarbenen Fensterläden und abblätternder grauer Farbe näherte. Vor dem Fenster unter dem Namen *Hotel Celeste* hing ein Schild mit der Aufschrift »Belegt«. Der Fahrer steuerte auf die Einfahrt eines unterirdischen Parkplatzes mit dem Hinweis NUR FÜR GÄSTE zu. Das Auto fuhr mühelos unter dem Schlagbaum durch und blieb neben einem anderen schwarzen Mercedes stehen. Jessica runzelte die Stirn. Beide Autos passten nicht zur Umgebung. Dies war definitiv nicht die Art von Hotel, deren Gäste einen Mercedes fuhren. Höchstens klapprige Fiestas.

Plötzlich wurde die Autotür aufgerissen. Ihr »Aufpasser« wich ein paar Zentimeter zur Seite, damit sie sich an ihm vorbeiquetschen konnte.

»Hier lang!« Der Mann zeigte ihr mit einer Kopfbewegung, welche Tür sie ansteuern sollte.

Sie folgte ihm langsam. Als sie das Haus durch die Hintertür betrat, roch sie frische Blumen und nicht die Ausdünstungen eines saftigen, gebratenen Frühstücks, die sie erwartet hatte. Das Haus wirkte überhaupt nicht wie ein Hotel. Sie sah keine Rezeption und keine Broschüren herumliegen, die für die Sehenswürdigkeiten Londons warben. Der Fußboden bestand aus frisch polierten Holzdielen. Im Vorübergehen erhaschte sie einen Blick auf ein Arbeits- und ein Wohnzimmer.

»Wo sind wir?«

Der Mann schwieg weiter, als sie Stufen erklommen. Jessica zögerte. Egal was die Aufschrift draußen behauptet hatte – dies war nie und nimmer ein Hotel. Wo waren die Angestellten und die Gäste? Ihr fiel ein, was ihr Vater vom MI6 erzählt hatte. Dass der britische Geheimdienst dafür sorgt, dass es für seine Mitarbeiter im ganzen Land sichere Unterschlüpfe gibt. War das Schild des Hotels eine Tarnung?

Jessica kletterte hinter dem Mann zwei Treppen hinauf und betrachtete dabei die altmodischen Drucke von Schmetterlingen an den Wänden. Als sie einen Treppenabsatz erreicht hatten, blieb er atemlos stehen und räusperte sich. Ein Korridor führte in beide Richtungen.

»Zweite Tür links.« Der Mann ruckte wieder mit dem Kopf. »In wenigen Minuten sind sie für dich bereit.«

»*Wer* ist für mich bereit?«, fragte sie bissig.

»Das darf ich dir nicht sagen. Du brauchst nicht lange zu warten.«

Jessica ging auf die Tür zu und ballte die Fäuste. Sie musste auf alles gefasst sein. Sie holte tief Luft und trat ein. Im Zimmer roch es stark nach Möbelpolitur mit Tannenduft. In der Mitte standen ein langer Holztisch und ein Dutzend Stühle. An den hellbeigen Wänden hingen langweilige Bilder von Meeresszenen und Landhäusern.

»Warte hier!«

Sie drehte sich um. Mister Charmelos stand viel zu nah hinter ihr.

»Es war *so* cool, Sie kennenzulernen«, sagte sie. »Wir sollten bald mal zusammen ausgehen.«

Mit finsterem Blick trat er zurück. Sie erwartete halb, dass die Tür ins Schloss fiel, aber es blieb still. Null-Netzabdeckung. Wen hätte sie auch anrufen sollen? Mehr konnte sie für ihren Vater nicht tun.

Sie machte einen Schritt nach hinten und hörte, dass die Tür aufging.

Kapitel Sechs

Zuerst kam eine Frau herein. Sie trug einen schwarzen Hosenanzug und ein elegant im Nacken geknotetes rotes Liberty-Tuch. Mit ihrem kurzen weißen Lockenkopf und ihrer untersetzten Figur wirkte sie wie eine Großmutter – bis sie Jessica ansah. Ihr Blick aus den blauen Augen war eiskalt. Ein Mann mit kurzen grauen Haaren und Brille folgte ihr. Er gehörte nicht zu den Aufpassern. Er schob seine Brille auf dem Nasenrücken hoch, fischte ein Bündel Papiere aus einem braunen Ordner und vermied Augenkontakt. Jessica stellte fest, dass er nicht so gepflegt aussah wie die Frau. Auf seinem Hemd war ein Kaffeefleck und seine Fingernägel waren genauso abgekaut wie ihre.

»Setz dich!«, befahl er barsch.

»Ich steh lieber. Danke. Sie müssen mir –«

Die Frau hob, ohne aufzublicken, eine Hand, um Jessica zum Schweigen zu bringen. Sie setzte sich neben den Mann und holte selbst einen Hefter aus ihrer Aktentasche. Es war eine Qual, wie langsam sie die Unterlagen durchlas, wobei sie beim Umblättern jedes Mal an ihrem Zeigefinger leckte. Wieso konnten die beiden nicht etwas schneller machen? Sie sollten ihr doch helfen, ihren Vater zu suchen! Sie hatte keine Zeit zu verlieren.

Der Mann schaute Jessica böse an. Sie setzte sich jetzt doch.

»Mein Name ist Nathan Hall, und das ist Margaret Becker.«

»Sie sind beide MI6-Agenten.« Jessica hoffte, selbstbewusst zu klingen. »Und Sie benutzen wahrscheinlich nicht ihre wahren Namen. Aber das ist egal. Ich brauche Sie, um meinen Vater zu finden.«

Nathan starrte ausdruckslos zurück. Es war die klassische Interviewmethode des MI6. Falle niemals auf die Tricks des Feindes herein, indem du seine Informationen bestätigst! Aber hielt er *sie* etwa für den Feind?

»Danke, dass du zu uns gekommen bist«, sagte Margaret freundlich. »Wir sind vom MI6 und hielten es nicht für nötig, dir gegenüber, Jessica, falsche Namen zu benutzen. Wir sind hier alle Freunde. Es tut mir leid, wenn Clifford dich vor eurem Haus erschreckt hat. Seine sozialen Fähigkeiten lassen manchmal zu wünschen übrig.«

Nathan funkelte sie an, als ob sie vom Text des Drehbuchs abgewichen wäre und mehr preisgegeben hätte als geplant. Jessica schaute beide an. *So* wollten sie die Sache also handhaben – guter Cop, böser Cop. Aber warum setzten sie bei ihr eigentlich Verhörmethoden ein?

»Kommen wir zur Sache!«, meinte Nathan. »Wo ist dein Vater?«

»Ich weiß es nicht genau. Er hat es mir nicht gesagt.«

»Du hast also heute mit ihm gesprochen?«

Jessica hatte den Eindruck, dass er alles, was sie sagte, sowieso schon wusste. Nathan schob seine Brille wieder hoch und wartete ab, wobei er ungeduldig mit den Fingern auf dem Tisch trommelte.

»Er hat vor ungefähr einer Dreiviertelstunde angerufen und *Code Red* gesagt. Dann habe ich eine Nummer gewählt, die er mir gegeben hatte.«

Nathan zuckte leicht zusammen.

»*Sie* waren das also am Telefon!«, rief Jessica aus. »Warum wollte er, dass ich Sie anrufe? Kennen Sie meinen Vater? Haben Sie eine Ahnung, wo er ist?«

»Wir stellen hier die Fragen, nicht du«, sagte Nathan patzig. »Und jetzt lass mich mal eines klarstellen! Du hast die Anweisungen deines Vaters befolgt, ihn aber nicht gefragt, wieso er deine Hilfe braucht?«

»Er wurde unterbrochen, bevor ich ihn fragen konnte.«

»Das glaubt keiner von uns, verstehst du? Wir glauben, dass er dir weitere Anweisungen gegeben hat.«

»Wenn es so wäre, würde ich es Ihnen sagen. Ich schwör's.«

»Nicht, wenn er dir beigebracht hat zu schweigen, und er hat dich *bestens* ausgebildet, nicht wahr, Jessica?« Nathan blätterte in ihren Unterlagen. »Du bist eine tolle Spionin geworden – eine Suite im *Ritz* verwanzen und krank spielen, um in ein Haus in Knightsbridge einzudringen. Was hattest du dort zu suchen, würde ich gerne wissen.«

Jessica wurde rot. Sie hatte ihrem Vater geholfen, als er sich nicht wohl genug gefühlt hatte, um allein zu arbeiten. Sie hatte ein Abhörgerät versteckt, um den stellvertretenden Direktor eines Pharmaunternehmens zu schnappen, der im Verdacht stand, Industriespionage zu betreiben. Sie war sicher, dass der MI6 das längst herausgefunden hatte.

»Jetzt bist du wohl gar nicht mehr so scharf darauf, uns alles zu erzählen, wie?«, spottete Nathan. »Du verstehst sicher, weshalb wir ein paar Probleme damit haben, jemandem zu vertrauen, dem man eingetrichtert hat, immer genau das zu tun, was Daddy sagt. Und wie sollst du dich jetzt verhalten? Bei uns nicht nachgeben und abwarten, bis Daddy sich mit einem anderen Code wieder in Verbindung setzt? Und ein paar Wochen später folgst du ihm, hab ich recht?«

»Wenn ich wüsste, wo er in Paris ist, würde ich sofort zu ihm fahren.«

Die Worte kamen einfach so herausgesprudelt.

»Er hat dir also doch gesagt, wo er sich aufhält.« Nathan schlug mit der Faust auf den Tisch.

»Nein! Ich hab sein Bankkonto gesehen. Er hat für ein Eurostar-Ticket bezahlt und im *Hotel Relais Saint-Jacques* eingecheckt. Ich bin ziemlich sicher, dass er einen verschwundenen Wissenschaftler sucht, der Sam Bishop heißt.«

Nathan und Margaret sahen sich an.

Jessica rutschte auf dem Stuhl herum. War es wirklich so furchtbar heiß im Raum oder bildete sie es sich nur ein? Die Heizkörper schienen voll aufgedreht zu sein. Sie hätte alles für ein Glas Wasser gegeben, aber sie boten ihr keines an.

»Was ist hier eigentlich los? Ich will doch nur, dass Sie meinen Vater suchen! Er ist in Gefahr.«

Ein finsterer Blick huschte über Nathans Gesicht. »Dein Vater ist ein Verräter und ein Mörder.«

»Niemals! Das ist ja lächerlich.« Ihre Stimme klang komisch und schien von weit, weit her zu kommen.

»Wir wünschten, wir würden uns irren. Es würde vieles einfacher machen.« Er ruckte mit dem Kopf in Margarets Richtung. »Zeig es ihr!«

Der gute Cop schob Jessica einen Kontoauszug hin. »Vielleicht kannst du uns erklären, warum am Samstagnachmittag von den Britischen Jungferninseln fünfhunderttausend Pfund auf das Konto deines Vaters überwiesen wurden?« Sie zeigte mit einem hellrosa lackierten Fingernagel auf den Vorgang.

Jessica rieb sich die Stirn. Ihr Vater konnte unmöglich so viel verdient haben. Er verdiente bei seinen Aufträgen nicht einmal einen Bruchteil davon.

»Nein, das kann ich nicht erklären. Ich glaube –«

»Aber wir können es erklären«, unterbrach sie Nathan. »Dein Vater wurde von diesem Mann per Überweisung aus einer Steueroase bezahlt, um Sam Bishop ausfindig zu machen und auszuliefern.«

Er schob Jessica ein altes Schwarz-Weiß-Foto zu. Auf dem Bild war ein dunkelhaariger Mann zu sehen, der einen hellen Anzug und eine Sonnenbrille trug. Sie versuchte, keine Reaktion zu zeigen, während Nathan sie aufmerksam betrachtete. Es war das Foto, das sie in einer der MI6-Akten gesehen hatte, die im Bunker ihres Vaters auf dem Boden lagen.

»Vectra gehört zu den am meisten gesuchten Leuten – ein Terrorist mit Verbindungen zum Nahen Osten, Algerien und Libyen«, sagte Nathan. »Er hat ein fanatisches Interesse am Adaptieren wissenschaftlicher Entwicklungen für den Einsatz in der chemischen und biologischen Kriegsführung.«

Jessica schob das Foto über den Tisch zurück. »Mein Vater hätte nichts mit einem Terroristen zu tun gehabt. Sie sind verrückt, wenn Sie das denken. Er wurde von Sams Mutter beauftragt. Ich habe die Datei auf Dads Computer gesehen.«

Margaret hob eine Augenbraue, als sie wieder in der Akte

blätterte. »Glaubst du wirklich, dass eine pensionierte Lehrerin fünfhunderttausend Pfund auftreiben kann und Zugriff auf ein Bankkonto in einer Steueroase hat? Ist es nicht viel wahrscheinlicher, dass dein Vater den Auftrag von Mrs Bishop angenommen und Sam dann verkauft hat, als ihm klar wurde, wie viel Vectra für ihn bezahlen würde?«

Jessica schüttelte energisch den Kopf. Das war total verrückt. Wieso glaubten sie ihr nicht?

»Wir haben eine Reihe von verschlüsselten Nachrichten zwischen Vectra und jemandem abgefangen, der sich Seestern nennt, in denen sie über Sam diskutierten«, blaffte Nathan. »Wir haben den überzeugenden Nachweis, dass der Deckname deines Vaters Seestern ist.«

Jessicas Augen wurden groß. Seestern. Der Name aus der Datei, die der Eindringling auf den Computer ihres Vaters geladen hatte. Wahrscheinlich waren noch viel belastendere Daten eingeschleust worden.

»Erkennst du den Namen Seestern?« Margaret beugte sich stirnrunzelnd näher heran. »Hast du deinen Vater irgendwann einmal diesen Namen erwähnen gehört?«

Verflixt. Sie müsste vorsichtiger sein. Sie waren darauf geschult, die winzigsten Reaktionen zu deuten. Sie müsste cool bleiben. »Natürlich nicht. Mein Vater übernimmt viele Fälle, bei denen Leute vermisst werden – Sams Fall ist ein bisschen anders.«

»Nein, dieser Fall ist *ganz* anders.« Nathan ließ nicht locker. »Der Seestern war äußerst beschäftigt und hat sich in MI6-Dateien eingehackt, die die Namen gegenwärtig tätiger Agenten enthalten, vermutlich, um sie an Vectra zu verkaufen. Deren Leben ist jetzt in großer Gefahr.«

Diesmal verbarg Jessica ihre Gefühle nicht. Sie starrte geradeaus.

»Mein Vater würde sein Land oder den MI6 niemals verraten. Er gehörte doch mal dazu!«

»Ich weiß, es ist ein Schock«, sagte Margaret leise. »Es ist auch für uns ein Schock. Wir wollten es auch nicht glauben. Wir haben früher beide mit deinem Vater zusammengearbeitet. Er war ein guter Agent – ein guter Mann – damals.«

Jessica spürte Tränen in den Augen und zwinkerte sie weg. Sie sprach von ihm in der Vergangenheit, als ob er tot wäre. »Er ist immer noch ein guter Mann. Ein wirklich guter Mann.«

»Aber Dinge ändern sich«, sagte Margaret. »Glaubst du nicht, dass dein Vater sich von dem Geld vielleicht blenden ließ? Ist es nicht möglich, dass er deine Zukunft finanziell absichern wollte? Für den Fall, dass seine Multiple Sklerose ihn irgendwann arbeitsunfähig macht?«

»Niemals!«

Nathan schob seine Papiere hin und her. »Der MI6 – oder vielmehr: *Ich* habe deinem Vater geraten, die Finger von dem Fall zu lassen, aber er hat nicht auf mich gehört. Er ist am Samstag nach Paris gefahren, ungefähr zur gleichen Zeit, als Vectra landete. Er setzte sich mit einer unserer Agentinnen in Verbindung, der der Fall Sam Bishop zugeteilt worden war, nachdem wir von Vectras Interesse erfahren hatten.«

Er schob Jessica ein Farbfoto hin. Sie erkannte die schöne Rothaarige sofort.

»Aber das ist ja Lara Hopkins, das Gesicht von Mulberry!«

»Dein Vater verabredete sich mit ihr, um am späten Nachmittag über Sam zu sprechen.«

Nathan schob ihr ein weiteres unscharfes Bild zu, das um 15:02 Uhr von einer Überwachungskamera aufgenommen worden war. Ein Paar saß an einem Tisch und hielt Kaffeetassen in den Händen. Jessica erkannte ihren Vater sofort, obwohl sie nur sein Profil sehen konnte. Laras Haare waren zu einem Dutt zusammengefasst. Sie hatte einen hellen Regenmantel an.

»Lara ist eine Spionin?« Jessica konnte es kaum glauben. Sie war das Gesicht von einem halben Dutzend Modelabels, einschließlich Louis Vuitton und Marc Jacobs.

»*War* eine Spionin«, korrigierte er sie. »Am späteren Abend wurde diese Aufnahme gemacht.«

Er schob ihr ein drittes Foto zu. Dieses Mal lag Lara wie ein Kleiderhaufen mit wirren roten Haaren auf einem grünen Teppich.

»Ach du meine Güte! Was ist mit ihr passiert?«

»Sie wurde in ihrem Hotelzimmer erwürgt aufgefunden«, teilte ihr Nathan grimmig mit.

Jessica presste ihre Finger auf die Lippen, als ihr Magen sich fürchterlich zu drehen begann. Für Nathan war es wahrscheinlich nur eine Routinesache, aber sie selbst hatte noch nie eine Leiche gesehen. Dass sie Lara erkannt hatte, machte die Sache noch schlimmer.

»Natürlich verraten wir das nicht der Presse«, fuhr Nathan fort. »Die Zeitungen werden morgen berichten, dass sie wegen des Beginns der Couture-Woche gestresst war und einen tödlichen Asthmaanfall erlitt.«

Das Zimmer schwankte. Jessica packte die Tischkante, während Nathan weiterredete. »Wir nehmen an, dass Lara Sam ausfindig machen konnte und den Fehler beging, deinem Vater seinen Aufenthaltsort mitzuteilen. Dann brachte er sie um, bevor sie die Chance hatte, sich bei uns zu melden.«

Jessica schmeckte Gallenflüssigkeit. Sie schob das Foto weg. Sie brachte es nicht fertig, es weiter anzusehen. »Das hat er nicht getan.« Ihr versagte fast die Stimme. »Dass er sie getroffen hat, bedeutet noch lange nicht, dass er sie auch getötet hat.«

»Stimmt«, sagte Nathan. »Aber wir haben noch mehr belastendes Material auf seinem Computer gefunden, das deinen Vater, den Seestern, mit Vectra in Verbindung bringt.«

Jessica schaute von einem zum anderen. Sie zogen die Möglichkeit, dass diese Dinge eingeschleust worden waren, um ihn zu verdächtigen, überhaupt nicht in Betracht.

»Du musst sofort aufhören, deinen Vater zu schützen, und mit uns zusammenarbeiten«, sagte Margaret. »Wann wollte er sich denn wieder mit dir in Verbindung setzen?«

Ihre Stimme klang jetzt so streng wie die von Nathan. Sie spielte nicht länger den guten Cop.

»Sie irren sich beide! Dad ist …« Ihr Stuhl kippte um, als sie auf die Füße sprang. »Jemand hat ihm die Beweise untergeschoben, und Sie sind viel zu blind, um das zu sehen. Oder Sie wollen es einfach nicht sehen!«

Sie erzählte noch einmal schnell, was am Nachmittag passiert war, und erwähnte auch die Attacke und die MI6-Dokumente, die praktischerweise im Bunker zurückgelassen worden waren und nur darauf warteten, entdeckt zu werden – genau wie die verschlüsselte Datei im Computer.

Nathans Stirn runzelte sich. »Bist du sicher, dass jemand im Haus war? Ganz sicher?«

»Glauben Sie, ich bilde mir ein, mit Chloroform außer Gefecht gesetzt worden zu sein? Oder halten Sie mich auch für eine Lügnerin? Machen Sie sich nicht die Mühe, das zu beantworten! Ich bin mit Ihnen fertig. Ich finde selber raus, wo mein Vater ist. Sie wollen mir ja doch nicht helfen.«

Jessica stakste zur Tür, aber Nathan war bereits aufgesprungen und stellte sich ihr in den Weg. »Lass deine Finger aus dem Spiel! Das ist ein Befehl.«

Sie funkelte ihn an. »Damit Sie ihn in aller Ruhe in die Pfanne hauen können? Kommt nicht infrage!«

Er packte sie am Arm. »Dein Vater lässt dich vielleicht Detektivin spielen, mein Fräulein, aber das wird *jetzt* nicht geschehen. Halt dich da raus! Die Sache ist eine Nummer zu groß für dich!«

Sie schüttelte ihn ab und ballte ihre Hände zu Fäusten. »Finger weg von mir!«

»Beruhige dich, Jessica«, sagte Margaret. »Damit kommen wir nicht weiter. Ich verspreche dir, wir werden alle Beweise im Hinblick darauf, was du uns erzählt hast, neu bewerten. Du hast uns sehr geholfen. Aber das Beste, was du jetzt tun kannst, ist, zurück in die Schule zu gehen und uns Bescheid zu sagen, wenn sich dein Vater wieder bei dir meldet. Wir setzen uns mit dir in Verbindung, falls wir wieder mit dir reden müssen.«

Jessica rauschte an Nathan vorbei und riss die Tür auf.

»Wir beobachten jede Bewegung«, rief er ihr nach. »Und glaub ja nicht, dass wir dich nach Paris fahren lassen! Wir haben überall Augen und Ohren.«

Sie knallte die Tür laut hinter sich zu.

Kapitel Sieben

Auf dem Rücksitz des schwarzen Mercedes ballte Jessica wieder die Fäuste. Sie war so wütend, dass sie am liebsten geschrien hätte. Wie konnten sie ihrem Vater so etwas zutrauen? Er würde den MI6 oder sein Land niemals verraten. Jedes Mal, wenn sie ihn über seine Arbeit beim Nachrichtendienst ausfragen wollte, verstummte er. Er erzählte ihr keine Geheimnisse. Es war einfach unmöglich, dass er einem Terroristen alles verraten würde. Er war der ehrenhafteste, patriotischste Mensch, dem sie je begegnet war.

Es war ihr egal, was Nathan sagte. Sie würde ihren Vater retten und seinen guten Ruf wiederherstellen. Und zwar ohne Hilfe des MI6. Sie *musste* es tun! Dafür hatte er sie schließlich ausgebildet.

Während das Auto am Flussufer entlangraste, hatte sie plötzlich eine Idee. Sie klopfte an die Trennscheibe und wartete darauf, dass sie nach unten glitt.

»Ich muss mal kurz zu meiner Agentur. Ich hab einen Termin bei meinem Booker. Könnten Sie mich dort bitte rauslassen?«

Der Fahrer nickte, als sie ihm die Adresse nannte. Das Auto scherte aus und fuhr ziemlich schnell durch Seitenstraßen in Richtung Covent Garden.

Der Mercedes wartete vor der Agentur Primus, während Jessica die weißen Stufen hochrannte. Sie lief an den großen Schwarz-Weiß-Fotos der berühmtesten Models der Agentur vorbei – Taja, Albany, Domenica und Vita. Am Empfang war wie immer eine Menge los. Booker redeten mit Kunden laut über ihre Headsets, während ein paar langbeinige Models auf den blauen Sofas saßen und durch ihre Mappen und Modemagazine blätterten. Die Agentur war einer der wenigen Orte, an dem sie sich nicht wie ein Monster vorkam. Zur Abwechslung war sie mal nicht das größte Mädchen im Raum. Im Gegenteil – im Vergleich zu den Amazonen, die vorbeistolzierten, kam sie sich richtig klein vor.

»Ach, wer kommt denn da?«, schrie eine Stimme.

Michael zog seinen Ohrstöpsel raus, streckte die Arme über die Theke und küsste die Luft neben ihren beiden Wangen.

»Darling, ich *liebe* deine Schuluniform!«, sagte er sarkastisch und rümpfte die Nase. »Aber ich glaube nicht, dass du sie in nächster Zeit für ein Shooting brauchen wirst. Und was hast du da in den Haaren?«

Er hob eine gezupfte Augenbraue und zog ihr einen Papierschnipsel aus einer Strähne. »Weißt du überhaupt noch, was ein Kamm ist?«

»Ich weiß, ich weiß, ich seh schrecklich aus.« Sie strich sich die Haare hinter die Ohren und schaute an sich hinunter. Ihr Rock war staubig vom Fußboden des Arbeitszimmers. »Ist Felicity da? Ich muss sie unbedingt sprechen.«

»Sie ist in ihrem Büro, Darling. Aber wenn sie dich in deinem Zustand sieht, platzt ihr bestimmt eine Ader. Du siehst aus, als hätte dich jemand rückwärts durch eine Hecke geschleift.«

»Danke.« Für nichts. Er würde auch nicht aussehen wie aus dem Ei gepellt, wenn er überfallen worden wäre. Jessica ging zum Büro ihrer Agentin und blieb an der Tür stehen. Eine Frau um die fünfzig mit silbernen Haaren wühlte in Fotos auf ihrem Schreibtisch herum und telefonierte laut. Sie blickte auf, grinste und winkte Jessica herein. Jessica setzte sich auf die Kante eines roten Stuhls und wartete darauf, dass Felicity ihr Gespräch beendete.

»Jessica, Liebes! Wie geht es dir?« Felicity riss sich den Ohrstöpsel heraus.

Jessica hätte ihr am liebsten erzählt, dass der heutige Tag der schlimmste ihres Lebens war. Sie war überfallen worden, ihrem Vater war etwas Schreckliches passiert, und der MI6 glaubte, dass er mit einem berüchtigten Terroristen zusammenarbeitete. Es war viel einfacher zu lügen.

»Mir geht's super, danke, aber wir müssen reden. Kannst du mir für die Couture-Woche ein Casting oder irgendwas anderes in Paris verschaffen? Dort soll nämlich richtig was los sein.«

Felicity guckte sie verwundert an. »Hattest du nicht mal gesagt, dein Vater sei unheimlich streng und erlaube nicht, dass du tagelang Unterricht versäumst, um zu modeln?«

Jessica lächelte Roberta dankbar an, die hereinplatzte und ihnen beiden eine heiße Schokolade brachte. Sie fühlte sich schuldig, weil sie Felicity anlog, aber sie hatte keine andere Wahl. Sie musste unbedingt so schnell wie möglich nach Paris, und der Kauf des Tickets für den Eurostar und die Buchung ihres Hotelzimmers würden über die Agentur laufen und nicht in ihrem Namen erfolgen.

»Er hat seine Meinung geändert – außerdem ist er geschäftlich dort«, sagte sie beinahe *zu* überzeugend. »Kannst du es machen?«

Felicity zögerte und fuhr sich mit der Hand durch die Haare, wobei ihr klobiges Bernstein-Armband klapperte.

»Ich mag deinen Enthusiasmus, Darling, aber ich weiß nicht, ob du für die Haute Couture schon bereit bist. Ich wollte dein Portfolio erweitern, bevor wir mit den Shows beginnen. Du kennst die Stutenbissigkeit, die dort herrscht. Die Designer suchen sich lieber erfahrenere Mädchen aus, die mit allem, was sie kriegen, fertigwerden.«

»Aber das kann ich doch auch!«, sagte sie. »Ich bin bereit, das weiß ich. Ich will mitmachen.«

Felicity musterte sie. »Ist alles in Ordnung, Darling?«

Jessica hätte am liebsten aus vollem Halse *nein* gebrüllt, aber sie sagte: »Natürlich. Alles ist cool. Das Fotoshooting mit Sebastian und andere Fotostrecken in Zeitschriften haben bestimmt mein Profil verbessert. Ich weiß, ich bin auf keinem Titelblatt der *Vogue* oder *Tatler* –«

»Noch nicht!«, sagte Felicity. »Aber das kommt.«

»Danke. Deshalb finde ich ja, wir sollten die Gelegenheit wahrnehmen und nicht noch ein ganzes Jahr warten. Das Geld könnte ich übrigens auch gebrauchen.«

Felicity trommelte mit den Fingern auf dem Schreibtisch. »Es ist ziemlich spät, um für diese Woche noch etwas zu bekommen. Die meisten Castings haben schon stattgefunden.«

»Bitte, Felicity, ich flehe dich an! Wenn mein Vater die Handy-Rechnung für diesen Monat sieht, gibt er mir Hausarrest bis ich alt und verschrumpelt bin. Oder zumindest bis ich dreißig bin.«

Felicity lachte schallend. »Okay, du junger Hüpfer. Ich kann dir keine Modenschau versprechen, aber du hast recht, in Paris ist in dieser Woche viel los. Sara ist schon dort und jemand von AKSC hat ihr heute sogar einen Job angeboten.«

»Allegra Knights Firma?«

»Genau. Sie bringen anscheinend ein neues Produkt auf den Markt. *Très* aufregend und *très* geheim.«

»Kann ich auch zum Casting gehen?«

Bitte, bitte, bitte! Das wäre mehr als perfekt. Sams Mutter hatte Dad gebeten, AKSC zu besuchen. Sie hätten vielleicht Informationen über ihn, wenn er dort erschienen ist – welchen Eindruck er gemacht hat und wo er anschließend hingehen wollte.

»Ich würde Allegra Knight unheimlich gerne kennenlernen«, fügte Jessica hinzu. »Sie scheint richtig cool zu sein. Ich könnte bestimmt eine Menge von ihr lernen.«

»Sie war sagenhaft in ihrer Glanzzeit«, sagte Felicity. »Solche Supermodels gibt es nicht mehr. Okay, probieren wir's aus! Ich finde es toll, dass dein Vater seine Meinung geändert hat.«

»Danke! Du wirst es nicht bereuen, das versprech ich dir.«

Felicity steckte ihren Ohrstöpsel wieder rein und rief alle Haute-Couture-Häuser an, um nachzufragen, ob vielleicht noch jemand in letzter Minute verzweifelt ein Model suchte, während Jessica an ihrer heißen Schokolade nippte.

Dankbarerweise hatte Felicity nicht allzu viele bohrende Fragen gestellt. Jessica war nicht sicher, wie viele Verhöre sie an einem Tag ertragen konnte.

Eine halbe Stunde später riss Felicity ihren Ohrstöpsel wieder raus und schob ihren Stuhl mit einem breiten Lächeln zurück.

»Mission erfüllt, Darling! Du hattest recht. Die Nachricht über deine Arbeit mit Sebastian hat sich verbreitet. Du bist gefragt.«

»Bei AKSC?«

»Von denen habe ich noch nichts gehört. Tut mir leid. Ich glaube, sie sind auf Sara fixiert.«

»Oh.« Typisch. Das wäre ja auch *zu* praktisch gewesen.

»Mach nicht so ein trauriges Gesicht! Ich habe ein Casting in letzter Minute und ein Fotoshooting für die Zeitschrift *Étoile* am Mittwochmorgen für dich gebucht. Zum Glück haben einige Models abgesagt, und das Magazin will dich unbedingt haben.«

Jessica sprang auf und umarmte Felicity. AKSC wäre fantastisch gewesen, aber das andere war ein guter Anfang. Zumindest kam sie damit nach Paris. »Du bist mein Glücksstern! Danke!«

»Du solltest auch Emerald danken«, sagte Felicity und lachte gackernd.

»Wieso?« Jessica schaute sie verwundert an. Die Agentur Emerald war Primus' größte Konkurrenz.

»Alle Designer scheinen durchzudrehen, weil die Supermodels von Emerald ausgestiegen sind.«

»Du meinst Lara Hopkins?«, fragte Jessica schaudernd.

»Nein, warum sollte sie aussteigen?« Felicity sah verwirrt aus. »Sie ist doch ein Star!«

Natürlich. Der Tod des Supermodels war noch nicht bekannt. »Tut mir leid. Sie war das erste Emerald-Model, das mir eingefallen ist. Wen meinst du denn?«

»Ach, du weißt schon. Darice, Valeriya und der Rest der berühmten Fünf. Du hast doch bestimmt darüber gelesen. Weil sie ihre Jobs hingeschmissen haben, ist ganz oben eine Lücke entstanden – eine gute Nachricht für junge Mädchen wie dich. Dadurch kannst du die Karriereleiter viel schneller erklimmen.«

Jessica hatte die berühmten Fünf ganz vergessen. »Was machen sie jetzt überhaupt?«, fragte sie.

»Keine Ahnung.« Felicity lehnte sich auf ihrem Stuhl zurück. »Sie scheinen spurlos verschwunden zu sein. Niemand hat einen Pieps von ihnen gehört. Ich würde ausflippen, wenn sie für mich gearbeitet hätten, aber sie waren bei Emerald, also bin ich ziemlich entspannt.«

»Aber es ist doch merkwürdig, findest du nicht?« Jessica warf sich ihren Rucksack über die Schulter und machte sich für ihren Abgang bereit. »Sie haben alle gleichzeitig beschlossen aufzuhören und sind vollständig untergetaucht.«

Felicity lachte. »Würdest du Lydia Hollings kennen, dann wüsstest du wahrscheinlich warum. Für sie zu arbeiten, ist der reinste Albtraum. Sie ist ganz anders als ich. Ich bin eine sagenhafte Chefin – eine ganz liebe Miezekatze.«

Jessica brachte ein leichtes Lächeln zustande. Sie wagte es nicht, dieser Miezekatze zu widersprechen, denn sie hatte *sehr* scharfe Krallen.

Felicity schaute auf die Uhr. »Du musst jetzt verschwinden, Jessica. Ich habe ab fünf eine Konferenzschaltung mit New York. Ich werde Roberta bitten, dir ein Eurostar-Ticket für morgen früh zu besorgen und dich per E-Mail über alles, was mit den Jobs zu tun hat, zu informieren. Sie muss eine Verzichterklärung beschaffen, damit du an den Shows teilnehmen darfst, und außerdem eine weibliche Begleitperson engagieren.«

Jessica verdrehte die Augen. »Wirklich?« Das hatte ihr gerade noch gefehlt. Ein Anstandswauwau würde ihr furchtbar im Weg sein. Sie müsste eine Möglichkeit finden, sie bei der erstbesten Gelegenheit loszuwerden.

»Ich weiß, ich weiß, du bist ein großes Mädchen, und die Sache wird dich einengen und so weiter und so fort«, sagte Felicity lachend. »Aber es ist notwendig bei Vierzehnjährigen, sogar bei rothaarigen, und jedes Argument ist sinnlos. Außerdem musst du deine Schulstunden nachholen.«

»Ich verstehe.«

»Das freut mich zu hören. Denk daran, dich vor den Castings zu schminken und deine *gebürsteten* Haare offen zu tragen. Du weißt, wie wichtig erste Eindrücke sind. Wenn du so aussiehst wie heute, kommst du nicht einmal dazu, deine Mappe zu präsentieren oder vorzuführen, wie du gehst. Dann bist du gleich wieder aus der Tür.«

»Ich werde mir Mühe geben«, sagte Jessica.

»Super. Weil auch *unser* Ruf dabei auf dem Spiel steht. Vergiss das bitte nicht!«

»Bestimmt nicht.« Jessica warf ihr eine Kusshand zu. Felicity hatte ihr den Weg nach Paris sehr erleichtert. Über den Rest wollte sie sich später Gedanken machen. Sie sprang die Treppe hinunter.

Der Mercedes wartete immer noch mit laufendem Motor.

Der Wagen fuhr Jessica bis zu ihrem Haus. Sie lief den kurzen Gartenweg entlang, ohne sich umzuschauen, und schloss die Tür auf. Drinnen lehnte sie sich mit geschlossenen Augen dagegen.

»Wo, um alles in der Welt, bist du gewesen, Jessica? Die Schule hat mich angerufen und gesagt, du wärst am Nachmittag nicht mehr erschienen!«

Oje. Jessica schlug sofort die Augen auf. Eine große Frau mit messerscharfen Wangenknochen funkelte sie an. Sie trug ein rosafarbenes Chanel-Kostüm. Ihre weißen Haare waren elegant eingeschlagen. Sie sah nicht wie die meisten Großmütter aus und schätzte es auch nicht, so genannt zu werden. Sie hatte immer noch die Haltung und Figur eines Models, obwohl sie bereits in den Siebzigern war.

»Nicht jetzt, Mattie!«

»Entschuldige! Ich warte auf eine Erklärung, mein Fräulein. Hast du vielleicht einen Freund besucht, den ich nicht kenne?«

Schön wär's. »Nein, mir war nicht gut, das ist alles. Ich bin nur ein bisschen herumgelaufen, bis es mir besser ging.« Die Lügen kamen ihr jetzt problemlos über die Lippen. Sie hatte heute ja auch tüchtig geübt.

»Ich hätte dich abgeholt, wenn du mich angerufen hättest«, sagte Mattie. »Ich habe mir solche Sorgen gemacht! Hast du eine Ahnung, was hier los war?« Sie zeigte auf das Arbeitszimmer, wobei ihre Brillant- und Saphirringe glitzerten.

Jessica schüttelte den Kopf. Es war keine gute Idee, zu verraten, was sie wusste, wenn sie morgen nach Paris fahren wollte. Mattie würde sie niemals ziehen lassen, wenn sie die Wahrheit erzählte, vor allem die Sache mit dem Chloroform.

»Im ganzen Haus sind Spione herumgeschlichen!« Matties Stimme klang empört; sie brachte es immer noch nicht über sich, vom MI6 zu reden. Sie redete auch so gut wie nie über den ehemaligen Beruf von Jessicas Vater. »Weiß der Himmel, was sie aus dem Arbeitszimmer mitgenommen haben! Hast du gewusst, dass er im Keller einen geheimen Bunker hat?«

Jessica blickte zur Seite. Sie hatte keine Lust auf eine weitere Konfrontation.

Mattie verschränkte frustriert die Arme. »Aber was rede ich da? Natürlich hast du es gewusst! Dein Vater weiht dich doch immer in alles ein.«

Also griffen sie doch wieder die alten Streitigkeiten auf. Mattie war an die Decke gegangen, als sie erfuhr, dass Jessicas Vater sie im vergangenen Monat mitgenommen hatte, um an einer Observierung teilzunehmen. Sie hasste es, wenn Jessica in Spionageeinsätze verwickelt wurde. Mattie war der Meinung, sie sei zu jung dafür. Aber sie täuschte sich.

»Mach Dad keine Vorwürfe! Ich geh runter, wenn er weg ist, und wühl in seinen Sachen rum. Er weiß nichts davon.«

Mattie rümpfte die Nase. Sie war nicht überzeugt. »Wirklich? Er hat dir also nicht beigebracht, wie man Räume verwanzt und Schlösser aufbricht, kaum, dass du dreizehn warst? Das war ein wirklich nützliches Geburtstagsgeschenk. Die meisten Teenager bekommen Kleider und Schminkutensilien geschenkt.«

Jessica ignorierte die Spitze. »Wieso war der MI6 überhaupt hier? Haben sie es gesagt?«

Mattie schüttelte den Kopf. »Kein Wort. Sie kamen mit Durchsuchungsbefehlen und haben den Bunker unten und das Arbeitszimmer auseinandergenommen. Weiß der Himmel, worauf sich dein Vater dieses Mal eingelassen hat, aber er muss in enormen Schwierigkeiten stecken.«

Jessica biss sich auf die Unterlippe. Das war das Understatement des Jahres.

Mattie sah sie neugierig an. »Ich habe den ganzen Tag lang versucht, ihn zu erreichen. Hast *du* mit ihm gesprochen?«

Jessica zögerte. »Ja. Kurz. Er hat einen Auftrag in Paris. Er möchte, dass ich morgen zu ihm fahre. Meine Agentur hat ein paar Castings für mich arrangiert, und Dad hat gesagt, es wäre eine gute Gelegenheit, ein bisschen Zeit miteinander zu verbringen.«

Es war erschreckend, wie leicht ihr die Lügen über die Lippen kamen. Sie war inzwischen ein Profi im Irreführen von Leuten.

»Was? Jack hat nichts dagegen, dass du deinen Unterricht versäumst?«

Okay, Mattie gehörte nicht zu den Leichtgläubigen.

»Ich hab versprochen, in Paris Hausaufgaben zu machen.«

»Das sieht Jack aber gar nicht ähnlich. Überhaupt nicht. Ich werde noch mal versuchen, ihn anzurufen.« Sie griff nach ihrer cremefarbenen Chanel-Tasche.

»Du kannst nicht mit ihm reden«, sagte Jessica. »Er ermittelt verdeckt. Ich sollte dir ausrichten, dass der MI6 auftauchen könnte. Du bräuchtest dir aber keine Sorgen zu machen. Die Sache würde sich in Wohlgefallen auflösen.«

Mattie stellte ihre Handtasche wieder ab und schnaubte verächtlich. »Typisch. Also, *das* sieht Jack ähnlich. Er steckt wie immer den Kopf in den Sand und hofft, dass das Problem verschwindet.«

»Das macht er nicht. Ehrlich!«

»Wirklich nicht? Warum ist er dann nicht nach Hause gekommen? Erwartet er etwa von mir, dass ich das alles wieder für ihn in Ordnung bringe? Ich habe auch ein Leben, weißt du?«

Jessicas Unterlippe zitterte. »Wieso kannst du ihn nicht *einmal* in Ruhe lassen? Immer musst du ihn runtermachen!«

Mattie sah sie verblüfft an. »Ich weise nur darauf hin, dass er hier sein und sich um dieses Problem kümmern sollte, anstatt dich zu ermutigen, Schulstunden zu versäumen, vor allem, wenn es dir nicht gut geht. Du siehst richtig blass und müde aus.« Sie streckte eine Hand aus, um Jessica zu berühren, was sie normalerweise nicht tat. Sie war kein Fan davon, Zuneigung zu zeigen. »Ich will ja nur wissen, was los ist.«

Jessica machte einen Schritt zur Seite. »Vergiss es einfach, okay?« Sie packte ihren Rucksack und sprang die Treppe hoch – drei Stufen auf einmal. Sie knallte die Schlafzimmertür zu, warf sich aufs Bett und umarmte ihr Kopfkissen.

»Ich komme, Dad! Das versprech ich dir.«

Kapitel Acht

Jessica hatte es geschafft, ihrer Großmutter beim Frühstück auszuweichen, aber jetzt hielt Mattie Wache an der Haustür, makellos wie immer in ihrem anthrazitfarbenen Chanel-Kostüm, ihrer Perlenkette und ihren Ringen, deren Edelsteine im Licht der Flurlampe funkelten. Jessica machte sich auf einen Riesenkrach gefasst.

»Es tut mir leid, dass ich dich gestern aufgeregt habe«, sagte Mattie. »Ich wollte dich nicht aufregen.«

Das hatte Jessica nicht erwartet. »Mir tut es auch leid.«

»Ich hatte versucht, dir zu sagen, dass du viel zu schnell erwachsen werden musstest, ohne daran schuld zu sein«, fuhr Mattie fort. »Du bist es gewohnt, dich um andere Leute zu kümmern, aber es ist auch nötig, dass sich jemand um dich kümmert.«

»Heute geht es mir gut. Ehrlich«, sagte Jessica. Sie zog ihre Cabanjacke an und knöpfte sie zu. »Es ist keine große Sache. Es war eben einfach nur ein schlechter Tag. Für uns beide.«

»Das ist wahr.« Matties Augen wurden feucht, als sie Jessica mit einem Knopf half, den sie übersehen hatte. »Du weißt, dass du mich sehr an deine Mutter erinnerst, besonders, wenn wir uns streiten.«

Jessica schaute sie überrascht an. Mattie war sonst nie so offen. Für sie und ihren Vater war es meist zu schwierig, über Jessicas Mutter zu sprechen. Sie war bei einem Hubschrauberabsturz gestorben, als Jessica vier Jahre alt war. Sie bekam immer nur Gesprächsfetzen mit.

»Bin ich wirklich wie Mum? Inwiefern?«

»Du siehst genauso aus wie sie. Und bei einem Streit hat sie nie klein beigegeben. Ich hackte ständig auf ihr herum, sie solle ihr Zimmer aufräumen.«

»Was noch?«

Mattie spielte mit ihrem Saphirring. »Sie war äußerst zielstrebig und überredete mich, ihr zu erlauben, schon als Teenager mit dem Modeln zu beginnen – so wie du deinen Vater. Sie versuchte auch, es vor mir geheim zu halten, wenn sie nachsitzen musste.« Mattie strich ihren Rock glatt. »Aber ich bekam es immer heraus.«

Jessica lachte. »Mach dir darüber keine Sorgen! ›Hackebeil‹ Hatcham hat nur wieder mal den starken Mann markiert. Du weißt, wie er ist, wenn ich zu spät komme.«

»Aber heute solltest du nicht zu spät kommen«, sagte Mattie und schaute auf ihre goldene Cartier-Uhr. »Wenigstens hast du am Vormittag noch Unterricht, bevor du nach Paris fährst.«

Jessica zuckte zusammen. Das war *noch* eine Lüge, die sie Mattie gestern erzählt hatte. Aber was sollte sie machen? Falls ihr jemand folgte, musste sie den Weg zur Schule einschlagen. Vielleicht gaben sie auf, wenn sie glaubten, sie würde das Übliche tun und zum Unterricht gehen. In Wahrheit würde ihr Zug um 10 Uhr 25 abfahren, und sie würde nicht in ihrer Klasse erscheinen.

Mattie reichte ihr einen Umschlag mit einigen Hunderteuroscheinen. »Ich weiß, deine Hotelrechnung ist schon bezahlt, aber hier ist noch etwas, falls du Geld brauchst. Keine Widerrede. Ich bestehe darauf.«

»Echt? Das ist sehr großzügig von dir. Danke.« Jessica schlang die Arme um Mattie und schloss die Augen. Sie hatte ihre Großmutter schon lange nicht mehr umarmt. Sie roch nach Rosen. Eine Erinnerung an ihre Mutter kam zurück. Obwohl sie Lily hieß, hatte sie Rosen am liebsten gemocht. Sie hatte immer viele Vasen voller Rosen im Haus verteilt.

»Schon gut«, sagte Mattie und schob sie von sich weg. »Du weißt, es gefällt mir immer noch nicht, dass du allein verreist. Am liebsten würde ich dich von der Schule abholen und heute Nachmittag nach Paris begleiten.«

»Ehrlich, es ist alles okay. Ich fahre andauernd allein mit der U-Bahn. Der Eurostar ist kein bisschen anders. Außerdem wartet eine Begleitperson am anderen Ende auf mich und Dad ist ja schon in Paris.«

Es war keine Lüge, nur nicht die ganze Wahrheit.

»Du hast sicher recht.« Mattie klang nicht überzeugt.

»Es ist cool! Du bist doch auch allein durch die Welt gereist, als du so alt warst wie ich. Das ist kaum anders.«

Mattie starrte sie an. »Hast du eine Ahnung!« Sie reichte ihr die große Reisetasche von Louis Vuitton, die sie vor Kurzem bei einem Fotoshooting geschenkt bekommen hatte, und ihren Rucksack für die Schulsachen. »Vergiss nicht, vorsichtig zu sein, und ruf mich bitte jeden Tag an!«

»Mach ich. Versprochen.« Jessica öffnete die Tür und ging über den Gartenweg bis zur Straße.

»Warte, Jessica!«

Sie drehte sich um.

In Matties Auge hatten sich Tränen gebildet. »Du würdest es mir doch sagen, wenn etwas nicht stimmt, ja?«

»Natürlich.« Die Lüge schwebte in der Luft, während Jessica die Straße entlangging.

Als Jessica nach einem Umweg am Tor der Schule ankam, ging sie in die Hocke. Sie fummelte an den Riemen ihres Rucksacks herum und tat so, als ob sie etwas vergessen hätte. Sie holte einen Spiegel aus der Tasche und blickte damit über ihre Schulter. Sie hatte versucht, den schwarzen Mercedes abzuschütteln, aber er war ihr immer noch auf den Fersen. Er fuhr in kurzer Entfernung von ihr an den Straßenrand und hielt mit laufendem Motor.

Sie erhob sich und überquerte schnell den leeren Pausenhof. Plötzlich warf sich ihr jemand entgegen und umarmte sie stürmisch von hinten. Ihre Arme wurden an ihren Körper gepresst.

»Ich hab dich!«, knurrte eine Stimme.

Jessica warf den Kopf zurück. Es knirschte, als sie mit einem Kinn zusammenknallte. Sie trat zurück, schabte mit dem Absatz an einem Schienbein entlang und stieß der Person hinter ihr den rechten Ellbogen in den Solarplexus. Die Hände ließen sie los. Sie wirbelte herum und spürte das zufriedenstellende Knirschen eines Knochens, als ihre Faust auf eine Nase schlug.

»Aaaauuu!«

Jessica schaute auf Tommy Williams, der sich zu ihren Füßen wand und seine Nase umklammerte.

»Du!«, rief Jessica aus.

»Ich glaub, du hast mir die Nase gebrochen, blöde Kuh!«, sagte er und spuckte einen Mund voll Blut aus.

»Du hättest mich nicht so packen sollen! Ich hab gedacht, jemand überfällt mich. Tut mir leid.«

»Wenn ich es melde und du von der Schule fliegst, wird es dir *richtig* leidtun.« Er tupfte an seiner Nase herum.

»Es war Selbstverteidigung«, behauptete Jessica. »Sollen wirklich alle erfahren, dass dich ein Mädchen zusammengeschlagen hat? Das könnte nämlich deinem Image als – ähm – Psychopath echt schaden.«

Tommy zögerte. Er schüttelte den Kopf.

»Gut.« Jessica half ihm auf die Füße. »Tun wir doch einfach so, als sei nichts passiert!«

Tommy schüttelte sie ab und riss den Kopf hoch.

»Okay, das heißt dann wohl *ja*.« Sie rannte zum Fahrradschuppen, wo Becky auf sie wartete und in ihrem kurzen grauen Rock und Pullover zitterte. Die Piratenohrringe steckten wieder in ihren Ohrläppchen.

»Hab ich eben gesehen, dass du Tommy Williams eins auf die Rübe gegeben hast?«

»Ich glaube nicht, dass er so schnell wieder über jemanden herfällt. Ich hoffe nur, dass er mich nicht verpfeift. Damit könnte er alles kaputt machen.«

»Was kaputt machen? Warum hast du gestern Abend nicht an der Tür geklingelt, als du den Zettel hinterlassen hast? Und wieso hast du mich nicht einfach angerufen?« Becky berührte Jessicas Arm. »Hat es was damit zu tun, dass du gestern nicht in die Schule zurückgekommen bist?«

»Ja. Auch.« Sie hatte es nicht riskiert, ein Treffen mit Becky per Handy oder E-Mail zu vereinbaren. »Ich erzähl dir irgendwann alles, ich schwör's. Aber jetzt noch nicht. Es ist sicherer, wenn du im Moment nicht alles weißt.«

»Sicherer? Was meinst du damit?« Beckys Stirn legte sich in besorgte Falten.

»Ich hab keine Zeit, dir das Ganze jetzt zu erklären.« Sie reichte Becky die Entschuldigung für ihre Abwesenheit, die Mattie auf ihr Drängen unterschrieben hatte. »Bitte gib das einfach ab.«

»Natürlich. Aber ich mach mir eben Sorgen –«

»Ich weiß«, unterbrach sie Jessica. »Brauchst du aber nicht. Alles ist cool. Echt. Hast du es mitgebracht?«

Becky fischte ihr iPhone aus der Schultasche und gab es Jessica.

»Das ist das beste Geburtstagsgeschenk, das ich je bekommen habe«, erklärte sie. »Versuch, es nicht zu verlieren! Es sind viele Bilder drauf, die ich noch nicht gesichert habe.«

»Ich pass gut darauf auf. Versprochen.« Jetzt brauchte Jessica ihr eigenes Telefon nicht zu benutzen, das der MI6 zweifellos abhörte. Sie konnte auf ihrem Handy nachschauen, wer anrief oder textete, und dann Beckys iPhone benutzen, wenn sie jemanden anrufen müsste. Sie loggte sich bei Beckys E-Mail-Konto ein, der Kontaktpunkt, den sie Primus genannt hatte. Roberta hatte bereits mitgeteilt, dass sie für Jessica ein Zimmer im Hotel *Keppler* in der Nähe der Champs-Élysées reserviert hätte. Camille, ihre Begleitperson, würde am nächsten Tag mit ihr zum Shooting gehen.

»Super«, sagte sie zu Becky. »Du musst noch was für mich erledigen.«

»Sag schon.«

»Ich bin ziemlich sicher, dass mir ein schwarzer Mercedes bis zur Schule gefolgt ist. Du musst den Fahrer ablenken, damit ich verschwinden kann. Wahrscheinlich sitzt noch jemand daneben. Sie haben etwas weiter unten auf der rechten Straßenseite geparkt.«

»Im Ernst?«

Jessica nickte. »Du musst sie loswerden.«

»Okay, wird gemacht. Das wird eine oscarreife Leistung. Schade, dass mich kein Regisseur aus Hollywood sehen kann!«

Jessica lächelte. Das liebte sie so an Becky – sie unterstützte sie, egal was sie von ihr verlangte, und stellte nicht allzu viele unangenehme Fragen. Sie gingen schweigend bis ans Tor.

Becky umarmte sie kurz. »Pass auf dich auf und viel Glück!«

»Dir auch.«

Becky schritt zügig voran. Ein paar Sekunden später hörte Jessica einen Schrei. Sie spähte um die Ecke. Becky stand neben dem Mercedes und hatte die Fäuste in die Hüften gestemmt.

»Was glotzt ihr so?«, schrie sie. »Seid ihr pervers oder was?«

Ein paar Bauarbeiter, die in der Nähe an einem Haus herumwerkelten, blickten auf.

»Alles in Ordnung, Kleine?«, brüllte einer.

»Nein! Die Typen hier belästigen mich! Sie haben gesagt, ich krieg zehn Pfund, wenn sie mir unter den Rock schauen dürfen!«

Die Bauarbeiter schritten auf sie zu, während ein Mann auf der Beifahrerseite ausstieg. Es war Clifford. Das war Jessicas Chance. Sie schoss hinter dem Torpfosten hervor und raste links die Straße entlang. Als sie um die Ecke bog, schaute sie über ihre Schulter zurück. Einer der Arbeiter zerrte den Fahrer aus dem Auto und schlug ihm mit der Faust ins Gesicht, während sein Kumpel mit Clifford rang und ihn auf den Gehweg schmiss.

Hurra! Jessicas Plan hatte funktioniert. Jetzt, wo sie außer Sicht war, rannte sie bis zur Hauptstraße. Sie stieg in einen Bus und schaute aus dem Fenster, aber niemand schien sie zu verfolgen. Nach ein paar Haltestellen stieg sie schnell wieder aus und nahm die U-Bahn, falls ihr doch jemand auf den Fersen war. Mit der U-Bahn ging es direkt zum Bahnhof St Pancras.

Sie fand die Toiletten und schloss sich in einer Zelle ein. Rasch zog sie eine ausgeblichene Röhrenjeans, einen cremefarbenen Pullover von Topshop, eine schwarze Lederjacke im Aviatorstil und Stiefel an. Sie stopfte die Schuluniform in ihren Rucksack und ging hinaus. Sie spritzte sich Wasser ins Gesicht und starrte in den Spiegel. Kein Model schaute zurück und auch keine Spionin. Nur ein ängstlicher, dummer Teenie.

Was zum Kuckuck machte sie überhaupt? Sie war es gewohnt, mit ihrem Vater zusammen irgendwelche Aufträge zu erledigen, aber das hier war etwas ganz anderes. Sie war allein. Sie war vollkommen auf sich selbst gestellt. Sie hatte keine Rückendeckung.

Jessica tupfte sich etwas Lipgloss auf den Mund und trug ihren Eyeliner und Mascara auf. Mit der Kriegsbemalung fühlte sie sich mutiger. Sie würde es schaffen. Sie *musste* es schaffen. Sie ging zurück, das Online-Ticket in der Hand, und stellte sich in die lange Schlange vor der Sicherheitskontrolle. Die Atmosphäre war angespannt, weil eine Schülergruppe alles aufhielt. Jungs und Mädchen kreischten vor Aufregung, hampelten herum und waren allen Leuten im Weg, während ihre Rucksäcke die Röntgenscanner passierten.

Sie folgte ihnen zur Passkontrolle. Der gestresst aussehende Mann am Pult winkte die Gruppe durch und seufzte gereizt, als sie näher trat. Sie reichte ihm ihren Pass und lächelte. Der Mann warf einen flüchtigen Blick darauf.

»Viel Glück! Sie werden es brauchen«, murmelte er. »Gehen Sie weiter.«

»Danke.«

Sie hatte keinen Alarm ausgelöst. Er hielt sie wahrscheinlich für eine der Hilfskräfte, die die Schulklasse begleiteten. Es war noch ein bisschen Zeit, bis der Zug abfuhr, also kaufte sie sich vor dem Einsteigen ein Croissant und einen Karamell-Frappuccino. Niemand blickte auf, als die Wagentür zur Seite glitt.

Jessica fand schnell ihren Platz. Der Zug war nicht voll und sie hatte einen Tisch für sich allein. Ein Mann in einem Geschäftsanzug, der vor ihr saß, tippte auf seinem Computer herum. Links neben ihr blätterte eine Frau in den Dreißigern, die einen schicken schwarzen Hosenanzug trug, in einer älteren Zeitschrift. Sie schaute so lange auf eine Fotostrecke, dass Jessica einen Blick auf ein schlecht gelaunt aussehendes Mädchen werfen konnte, das ein perlenbesticktes goldfarbenes Maxikleid von Marni und eine schwarze Lederjacke des Labels Religion präsentierte. Das war *sie* bei einem ihrer ersten Aufträge für *Teen Mode*! Jessica hatte diesen kantigen Rock-Chick-Look sehr gemocht. Es war der Wahnsinn! Die Frau schaute auf und starrte sie an. Jessica wurde rot. Hatte sie sie erkannt oder war sie eine MI6-Agentin, die sie beschattete?

Jessica holte ihren iPod heraus und schloss die Kopfhörer

an. Es war das einzige andere Gerät – außer dem iPad ihres Vaters, das sie mit in die Schule nahm –, das der MI6 aus Versehen zurückgelassen hatte. Zum Glück hatte sie es Mattie gestern geliehen, und niemand, nicht einmal der MI6, wagte es, in ihre Chanel-Tasche zu schauen. Die hütete sie nämlich wie ein Rottweiler.

Jessica aktivierte die App und tat so, als ob sie einen Track auswählte, wobei sie das Gerät in Richtung der Frau hielt, die in dem Heft blätterte. Das Handy und der Laptop in ihrer Aktentasche hatten normale Frequenzen und Firewalls, auch der Laptop des Geschäftsmannes. Sie überprüfte den ganzen Wagen, um sicher zu sein. Geräte, die einem Geheimagenten des MI6 gehörten, würden aufgrund ihrer komplizierten Sicherheitssysteme aufleuchten wie ein Feuerwerk am Nationalfeiertag. Sie wären besser geschützt als der Buckingham Palace.

Der Wagen war sauber.

Nach ein paar Minuten fuhr der Zug aus dem Bahnhof, und Jessica entspannte sich zum ersten Mal an diesem Tag. Bisher war alles nach Plan gelaufen. Halb verhungert verschlang sie das Croissant und spülte es mit großen Schlucken Frappuccino hinunter. Sie ging die E-Mails der Agentur durch. Primus hatte arrangiert, dass sie am Gare du Nord von einem Auto abgeholt würde, und schickte ihr einen detaillierten Zeitplan und die Handynummer ihrer Begleitperson. Sie hatte heute noch frei, aber in der restlichen Woche würde viel los sein. Sie würde Camille aus dem Weg gehen müssen und auch ein paar Castings schwänzen. Zurück in London müsste sie sich dann Felicitys Zorn stellen.

Jessica öffnete ihr Medaillon und schaute sich die daumengroßen Fotos ihrer Eltern an. Sie betrachtete das freundliche, sonnengebräunte Gesicht ihres Vaters mit der kräftigen Kinnpartie, die sie geerbt hatte, die ehrlichen blaugrauen Augen und die kurzen silbergrauen Haare. Sie berührte das Bild ihrer Mutter. Mattie hatte recht. Sie sah ihr wirklich ähnlich. Sie hatten die gleichen langen blonden Haare und eine Lücke zwischen den Vorderzähnen. Die Aufnahme war kurz vor ihrem Tod entstanden. Jessica hatte keine Erinnerung an den Absturz oder die Beerdigung. Sie wusste nur noch, dass ihre Mutter sie auf dem Fahrrad geschoben hatte und ihr einen Lutscher mit Himbeergeschmack gegeben hatte, als sie sich das Knie aufschürfte. Und sie erinnerte sich an den Rosenduft.

Jessica ließ den Verschluss des Medaillons wieder einrasten und schloss die Augen. Sie hatte ihre Mutter verloren.

Sie würde ihren Vater nicht auch noch verlieren.

Kapitel Neun

»Pardonnez-moi.«

Jessica erwachte mit einem Ruck.

Jemand hatte sie aus Versehen angerempelt. Die Frau, die einen Kaffeebecher in der Hand hielt, verließ den Wagen. Ein Fahrgast saß, hinter der *Financial Times* verborgen, Jessica gegenüber. Sie schaute sich nervös um. Wo waren alle hingegangen? Der Zug hielt nicht vor Paris, aber der Wagen war bis auf die Person gegenüber – ein Mann, nach den Händen zu urteilen – leer.

Jessica sprang auf. Der Mann senkte die Zeitung und faltete sie ordentlich zusammen.

»Was hast du an dem ›Nicht-nach-Paris-fahren‹-Befehl nicht verstanden?«, fragte Nathan gehässig. »Ich dachte, ich hätte mich gestern klar und deutlich ausgedrückt. Oder verstehen Teenager kein normales Englisch mehr?«

Mannomann! Ihr Plan war aufgeflogen, aber echt! Während sie noch überlegte, wie sie reagieren sollte, sprang er auf die Füße.

»Denk eine Weile darüber nach. Ich besorge uns inzwischen einen Tee. Du siehst ziemlich blass aus. Möchtest du einen Sandwich?« Er musterte sie mit eiskalten Augen. »Ich kann wirklich darauf verzichten, dass du mir hier in Ohnmacht fällst. Oder so *tust*, als ob du in Ohnmacht fällst.«

Sie schüttelte den Kopf. Nach seiner Miene zu urteilen, hätte er ihren Sandwich ganz sicher am liebsten mit Gift angereichert.

»Wie du willst.« Er klopfte auf sein Jackett, um sein Portemonnaie zu finden.

Jessica schaute sich rechts und links im Wagen nach einem Fluchtweg um.

»Setz dich!«, knurrte er. »Es ist sinnlos abzuhauen. Wir kommen erst in einer Stunde in Paris an, also kannst du nirgends hin. Ich will keine Szene machen und dir Handschellen anlegen, aber wenn es unbedingt sein muss … Ich habe den Wagen räumen lassen, damit wir unter uns sind.« Er deutete auf die leeren Plätze, bevor er verschwand.

Jessica guckte auf ihre Uhr. Nathan hatte recht. Die Toiletten waren das einzige Versteck, aber sie konnte sich dort nicht ewig einschließen. Es konnten sich durchaus noch weitere MI6-Agenten an Bord befinden. Aus dem Zug springen ging auch nicht. Bei der Geschwindigkeit würde sie es nicht überleben. Am besten wäre wahrscheinlich, zu versuchen, Nathan bei der Ankunft abzuschütteln. Sie konnte ihm im Bahnhof davonlaufen.

Ein paar Minuten später glitt die Tür zur Seite und Nathan tauchte mit extrem gerunzelter Stirn wieder auf. Seine schlechte Laune war eindeutig nicht verflogen. Sein Handy klemmte zwischen Ohr und Schulter, und in der anderen Hand schwang eine weiße Papiertüte.

»Ich brauche Ergebnisse, keine Entschuldigungen!«, brüllte

er ins Telefon. »Machen Sie Ihre Arbeit, sonst finde ich einen anderen, der das kann!«

Er beendete das Gespräch und warf das Handy auf den Tisch. Dann reichte er ihr einen Pappbecher, ohne sie anzusehen, und setzte sich.

»Der Tee schmeckt wahrscheinlich wie Pfütze, aber was Besseres kann ich nicht bieten.«

Sie sah zu, wie er seinen Becher und ein paar Sandwiches auspackte. Er schob ihr ein Päckchen zu.

»Ich dachte, du hättest deine Meinung geändert«, sagte er in barschem Ton.

»Nein.« Sie schob die Sandwiches mit der gleichen Verachtung zurück. »Ich gehe nicht nach Hause. Meine Agentur hat mir in Paris ein paar Jobs verschafft. In den nächsten beiden Tagen bin ich völlig ausgebucht.«

»Wow! Wie praktisch! Hast du sie beschwatzt, als du nach unserer kleinen Unterredung bei ihnen vorbeigeschaut hast?« Er ließ die Knöchel seiner rechten Hand knacksen.

Sie zuckte zusammen. »Das ist meine Angelegenheit.«

»Und doch ist es jetzt auch meine. Ich musste deinen Vater warnen, weil er sich weigerte, Paris zu verlassen. Er hat unsere Operation gefährdet. Jetzt bist du genauso hinderlich. Wann lernt ihr Coles eigentlich, zu tun, was man euch sagt?«

Wahrscheinlich nie.

Als er jetzt auch noch die Fingerknöchel seiner anderen Hand knacksen ließ, lief es ihr eiskalt über den Rücken. Ihre Nerven waren kaputt genug, ohne sich dieses abscheuliche Geräusch auch noch anhören zu müssen. Sein süffisantes Grinsen sagte ihr, dass es eine beabsichtigte Folter war.

»Ich will nur meinen Vater suchen«, sagte sie.

»Das kannst du ruhig uns überlassen. Wir suchen ihn bereits. Warum, glaubst du wohl, fahre ich nach Paris?«

»Um ihm ein Verbrechen in die Schuhe zu schieben, das er nicht begangen hat? Sie und Margaret leisten ganze Arbeit.«

Nathan schüttelte den Kopf. »Margaret ist bereits auf der Suche nach deinem Vater in Paris und folgt möglichen Spuren.«

Jessicas Herz machte einen Satz. »Hat sie schon etwas herausgefunden?«

»Das ist Geheimsache.«

»Aber meinem Vater gestern eins auszuwischen war keine, wie? Keiner von Ihnen beiden hat an die Möglichkeit gedacht, dass mein Vater unschuldig ist und reingelegt wurde, wie?«

Nathan zögerte. »Es ist ein Weg, den wir erforschen.«

»Ach, toll! Das gibt mir eine Menge Vertrauen. Während Sie langsam diesen Weg erforschen, mach ich mit der Sache weiter, die ich mir vorgenommen habe!«

»Nein, kommt nicht infrage!«, brüllte er. Er haute dermaßen mit der Faust auf den Tisch, dass der Tee überschwappte.

Jessica sprang auf. Ihre Augen wurden schmal. Was bildete er sich eigentlich ein?

Sie funkelten sich schweigend an, als die Tür zur Seite glitt und ein Mann an ihnen vorbei zum Bistro im nächsten Wagen ging. Die Tür schloss sich leise hinter ihm.

Nathan beugte sich drohend zu ihr herüber. »Du scheinst nicht zu erkennen, in welcher Lage du dich befindest, Jessica. Ich bin nicht hier, um mit dir zu verhandeln. Entweder du tust, was dir gesagt wird, oder du sitzt im nächsten Zug nach London!«

Jessicas Augen füllten sich mit Tränen. Sie konnte nicht nach Hause zurück, ohne ihren Vater gefunden zu haben. Es war unmöglich!

»Ich weiß, warum du das machst, Jessica, und es ist lobenswert, dass du so treu zu deinem Vater hältst.« Nathans Ton war etwas freundlicher geworden. Er streckte den Arm aus und schien ihr Handgelenk berühren zu wollen. »Aber glaube mir, es wird Zeit, dass du dich zurückhältst.«

Sie riss die Hand weg. Zu tun, als ob er Mitgefühl hätte, stand ihm überhaupt nicht. »Sie verstehen gar nichts! Erwarten Sie wirklich von mir, dass ich zurücktrete und nichts tue, während mein Vater irgendwo da draußen Hilfe braucht?«

»Das ist genau das, was ich von dir will«, erwiderte Nathan gehässig. »Du hast vielleicht einiges mit deinem Vater gemeinsam erledigt, aber inzwischen ist das hier eine ganz andere Geschichte. Leute – Leute, die viel erfahrener sind als du – sterben. Ist es das, was du willst?«

Jessica zitterte, als sie an das Bild von Lara dachte, die erwürgt auf dem Boden lag. Drohte er ihr oder wollte er sie nur warnen? Schwer zu sagen.

»Das sind die Regeln«, kam es glatt von Nathans Lippen. »Du darfst in Paris bleiben, solange du dich anständig benimmst. Mach deine Arbeit und komm mir nicht in die Quere. Ich habe deinen Stundenplan aus dem Rechnersystem von Primus abgerufen, also weiß ich, wo du dich an jedem Tag und in jeder Minute aufhältst. Ich habe außerdem einen Geheimagenten in deiner Nähe platziert. Falls du für irgendetwas nicht auftauchst oder nur fünf Minuten zu spät kommst, werde ich informiert.«

»Ich würde mich nicht –«

»Das ist gut, weil ich nämlich niemandem eine zweite Chance gebe. Machst du Quatsch, fährst du sofort in Handschellen zu meiner Chefin, Mrs T, zurück. Diese Begegnung würde ich dir aber nicht empfehlen, denn sie ist nicht halb so nett wie ich.«

Jessica schnaubte wütend. *Nett* war nicht das Wort, das sie benutzen würde, um ihn zu beschreiben. Dafür fielen ihr aber eine Menge anderer Adjektive ein.

Nathans Augen wurden schmal. Er schien ihre Gedanken zu lesen und zeigte auf sein Handy auf dem Tisch.

»Weiß deine Großmutter überhaupt, was gestern mit dir passiert ist? Oder dass dein Vater in Paris vom Bildschirm verschwunden ist? Ich kann sie sofort anrufen und aufklären. Du hast die Wahl. Spielst du mit oder nicht?«

Wahl? Sie schaute ihn böse an. Er hatte alle Trümpfe in der Hand. Mattie würde sie umbringen, wenn sie erfuhr, was sie vorhatte. Sie fürchtete sich mehr vor ihr als vor der geheimnisvollen Mrs T oder sogar ihm.

»Ich kann mich benehmen«, sagte sie schließlich. Mann, wie sie ihn hasste!

»Gut. Im Gegenzug lass ich es dich wissen, wenn ich etwas über deinen Vater herausfinde.« Er nahm die Zeitung wieder in die Hände.

Jessica schaute aus dem Fenster. Im Spiegelbild sah sie, dass Nathan sie voller Verachtung anstarrte. Sie glaubte ihm keine Sekunde lang. Wieso sollte er ihr irgendetwas verraten?

Kapitel Zehn

Nathan und Jessica fuhren zusammen vom Bahnhof bis zu ihrem Hotel, wo er sie aussteigen ließ. Er hatte ihr eine Karte mit seiner Handynummer gegeben. Auf die Rückseite hatte er die Adresse und Telefonnummer seines Hotels gekritzelt. Das *Ritz*. Beim MI6 spielten Kosten offenbar keine Rolle. *Der Glückliche*. Jessicas Hotel war nicht so schick wie seins, aber trotzdem cool. In ihrem Zimmer standen irre schwarz-weiße Möbel und ein Fernseher mit großem Flachbildschirm. Normalerweise plünderte sie die Minibar und aß die ganze Schokolade und alle Chips, schaute sich stundenlang blöde Soaps an und lag in der Badewanne, aber heute war keine Zeit für Spaß.

Zuerst simste sie Mattie, dass mit ihr alles okay sei. Es war verlockend, auch ihrem PZF – ihrem potenziellen zukünftigen Freund – eine SMS zu schicken. Weil Jamie beim Kunstunterricht sein Handy herumliegen ließ, war es nicht schwierig gewesen, seine Nummer herauszubekommen. Aber was sollte sie ihm mitteilen?

Hi. Bin in Paris, duck mich vorm MI6 und such meinen Vater, der angeblich ein Mörder/Verräter ist. Wie geht es dir so?

Was sollte sie ihm bloß sagen?

Halt dich von mir fern. Ich mach nur Ärger.

Sie hatte keine Zeit für Jungs – nicht einmal für den schnuckeligsten Typ im ganzen Universum. Sie wählte wieder die Handy-Nummer ihres Vaters. Nichts. Nur der Anrufbeantworter wie zuvor. Sie aktivierte sein iPad und versuchte, das Telefon zu orten. Die SIM-Karte war entfernt oder vernichtet worden, weshalb sie nicht punktgenau feststellen konnte, wo er war. Sie sah allerdings, von wo aus er in den letzten Tagen angerufen hatte. Er hatte sein Handy oft im Hotel und in einem Café benutzt und am Samstagnachmittag sowohl die Nummer ihres Telefons zu Hause und von Matties Handy gewählt. Wahrscheinlich würde sich ein Besuch im Hotel und im Café lohnen, um herauszufinden, ob sich die Angestellten an ihn erinnerten. Die anderen Nummern kannte sie nicht – eine war eine Handynummer, die er im Laufe des Samstags fünf Mal gewählt hatte. Er hatte am Morgen von AKSC aus angerufen und drei Minuten lang telefoniert.

Also war er auf der Suche nach Sam *doch* in der Firma gewesen.

Sein letzter Anruf war am Samstag um 23 Uhr 34 in der Nähe seines Hotels erfolgt, wobei er wieder die geheimnisvolle Handynummer gewählt hatte. War er vielleicht auf dem Rückweg ins Hotel gewesen, als irgendetwas passierte? Laut Zeitangabe auf dem Foto des Tatorts verschwand er ungefähr zur gleichen Zeit, als Lara erwürgt in ihrem Hotelzimmer aufgefunden wurde. Das konnte kein Zufall sein.

Jessica zog Beckys iPhone aus der Tasche, blendete ihre Nummer aus und rief Laras Handy an. Wie bei ihrem Vater meldete sich sofort der Anrufbeantworter.

»Hi. Ich kann im Moment nicht reden. Bitte eine Nachricht hinterlassen. Tschüss und alles Liebe. Lara.«

Jessica legte schnell auf. Es war unheimlich, die Stimme eines toten Menschen zu hören. Sozusagen aus dem Grab. Auch das war der Beweis, dass ihr Vater unschuldig war, was der MI6 übersehen hatte oder eben einfach nicht überprüfen wollte. Wenn er Lara umgebracht hätte – wieso hätte er sie dann nach ihrem Tod noch angerufen? Margaret und Nathan würden wahrscheinlich behaupten, er wollte sich ein Alibi verschaffen. Aber was, wenn er Lara warnen wollte, bevor er selbst überfallen worden war?

Jessica zitterte. Er hatte es geschafft, sich lange genug zu befreien, um ein *Code-Red*-Signal durchzugeben. Das war wenigstens ein bisschen ermutigend. Demnach war er zwei Tage nach seinem Verschwinden noch am Leben gewesen. Wenn sie doch bloß die Nummer hätte, die er benutzt hatte, um den Anruf zurückverfolgen zu können! Aber auf ihrem Handy leuchtete nur PRIVATNUMMER auf, und sie hatte nicht die technische Möglichkeit, zu entziffern, von wo aus er angerufen hatte.

Jessica warf die Haare über die Schultern. Sie musste positiv bleiben und sich auf das konzentrieren, was sie hatte, nämlich den Nachweis, dass Lara und ihr Vater regelmäßig Kontakt hatten und am Samstag ungefähr zur gleichen Zeit vom Schicksal heimgesucht worden waren. Außerdem hatte Jessica wichtige Spuren, die sie verfolgen konnte – das Café, in dem ihr Vater regelmäßig telefoniert hatte, und vor allem die Firma AKSC.

Jessica blätterte die Dokumente im Computer ihres Vaters durch, die sie ausgedruckt hatte. Ihr Blick ruhte auf Sam Bishops Foto. Sie müsste wie ihr Vater denken und sich vorstellen, welche Schritte er unternommen hatte, um ihn zu finden. AKSC einen Besuch abzustatten, wäre das Dringendste. Sie brauchte dieses Casting unbedingt und musste Felicity so lange nerven, bis es klappte.

Zunächst galt es also, die Schritte ihres Vaters zurückzuverfolgen, wobei sie mit seinem Aufenthalt in Paris beginnen würde: das *Hotel Relais Saint-Jacques*. Es war ein Risiko. Falls ihr der Geheimagent auf den Fersen war und Nathan Bescheid sagte, würde man sie im Handumdrehen zurück nach London verfrachten. Aber es war ihre einzige Chance, ernsthaft herumschnüffeln zu können, bevor sie mit dem Modeln begann. Sie steckte Sams Bild in die Tasche, schnappte sich ihre Lederjacke und ging aus dem Zimmer. Keiner beachtete sie, als sie die Lobby durchquerte und vor dem Hotel einem Taxi winkte. So weit, so gut. Niemand schien sie zu beschatten.

Als besondere Vorsichtsmaßnahme bat sie den Fahrer, eine Strecke zu wählen, die an einigen Sehenswürdigkeiten vorbeiführte – falls ihr doch jemand hinterherspionierte. Sie beugte sich aus dem Fenster, um wie jeder andere Tourist den Arc de Triomphe zu fotografieren. Falls ihr jemand folgte, würde sie oder er nichts Außergewöhnliches vermuten. Als das Taxi einen Lastwagen überholte, sah sie eine riesige weiße Werbetafel, auf der in großen schwarzen Buchstaben TEENOSITY gedruckt war. Darunter standen AKSC und das Datum *25 Janvier*.

Interessant. Die Einführung von Allegra Knights neuem Produkt fand also am Samstag statt. Auf der Reklametafel waren keine Models oder Schauspielerinnen zu sehen, und es gab auch keinen Hinweis darauf, wofür eigentlich geworben wurde. Felicity hatte gesagt, dass das neue Produkt von AKSC *très* geheim wäre. Sie hatte nicht übertrieben.

Endlich fuhr das Taxi vor dem *Hotel Relais Saint-Jacques* vor, einem weißen Gebäude in der Rue de l'Abbé de l'Épée in der Nähe des Quartier Latin. Vor den Fenstern hingen Blumenkästen und die Türen standen einladend offen. Jessica bezahlte den Fahrer und schaute rechts und links die Straße entlang. Sie konnte niemanden entdecken, der sie beobachtete. Sie richtete die Schultern gerade, hob das Kinn und betrat das Hotel. Selbstvertrauen war der Schlüssel zum Erfolg. Das hatte sie bei früheren Jobs gelernt. Wenn sie zögerte und aussähe, als ob sie nicht ins Hotel gehörte, würde sich der Sicherheitsdienst innerhalb von Sekunden auf sie stürzen und sie rauswerfen.

Am besten, sie ging zu der jungen Brünetten mit den knallroten Lippen an der Rezeption. Auf dem Namensschild stand Anouk Girard. Sie sah aus, als ob sie Verständnis für einen Teenie in Schwierigkeiten hätte, während der Mann zu ihrer Rechten sie wahrscheinlich am liebsten zur Schnecke machen würde.

»*Bonjour*, Mademoiselle Girard«, sagte sie lächelnd.

Sie erklärte schnell auf Französisch, dass sie ihren Vater, Jack Cole, suche, der verschwunden sei. Sie zeigte der Frau ihren Pass und sah, dass sie den Mund verzog.

»Tut mir leid, Mademoiselle Cole«, sagte sie. »Wie kann ich Ihnen helfen?«

»Ich würde gern das Zimmer meines Vaters sehen. Er hat am Samstagmorgen eingecheckt.«

Mademoiselle Girard zögerte. Die Empfangsdame neben ihr nahm einen Telefonhörer in die Hand. Dann warf sie einem Mann, der in der Nähe in ein Gespräch mit einem älteren Gast vertieft war, einen Blick zu. Sein Namensschild wies ihn als Hoteldirektor aus. Als sie wieder auf den Bildschirm ihres Computers schaute, wurde sie rot.

»Bitte«, sagte Jessica. »Ich flehe sie an! Es bedeutet mir unheimlich viel.«

Mademoiselle Girard nickte. »Ich verstehe.«

Sie wartete, bis der Direktor die Hand des Gastes gedrückt hatte und weiterging. »*Suivez-moi.*«

Mademoiselle Girard führte sie durch das Foyer, an der luxuriösen Bar und den Sitzecken vorbei und die Treppe zum ersten Stockwerk hinauf. Nachdem sie durch eine zweite Doppeltür gegangen waren, blieb sie stehen.

»Hier ist es«, sagte sie. »Das Zimmer von Monsieur Cole. Es ist noch genau so, wie er es verlassen hat. Die Polizei hat verlangt, dass nichts verschoben wird.«

Sie öffnete die Tür weit und machte einen Schritt zurück, als Jessica das Zimmer Nummer 158 betrat. An den Wänden klebte eine mit Schnörkeln verzierte feuerrote Tapete, die zum Überwurf des breiten Bettes passte.

»Ich lasse Sie in Ruhe«, sagte Mademoiselle Girard, »aber ich kann nicht allzu lange von der Rezeption fernbleiben.« Sie schloss die Tür hinter sich.

Jessica spürte einen Kloß im Hals, als sie die silberne Omega-Uhr ihres Vaters auf dem Schreibtisch sah. Sie gehörte zu seinen liebsten Besitztümern. Er trug sie ständig. Sie traute sich nicht, sie in die Hand zu nehmen, falls die Polizei nach Fingerabdrücken suchte, und sie wollte nicht, dass sie im Zimmer Spuren von ihr entdeckten. Als sie an die Gravur auf der Rückseite dachte, spürte sie einen stechenden Schmerz in der Brust.

Ich liebe dich ewig, Lily.

Jessica hatte nicht viel Zeit, bis Mademoiselle Girard wieder erscheinen würde. Sie musste etwas finden, woran der MI6 nicht gedacht hatte. Laptop und Handy waren weg, aber sein Pass und seine Brieftasche lagen neben seinen Tabletten noch auf dem Schreibtisch. Sie steckte das Pillenfläschchen in die Handtasche. Er würde seine Medikamente dringend brauchen, wenn sie ihn fand, und niemand würde die Dinger vermissen. Sie drehte sich um und sah ein Foto in einem kleinen silbernen Rahmen auf dem Nachttisch. Es war ein Geburtstagsgeschenk von ihr gewesen und er hatte es immer auf seine Dienstreisen mitgenommen. Das Bild war vor einem Jahr aufgenommen worden, als sie ihre Ferien in Cornwall verbrachten. Sie grinste und hatte die Arme um seinen Hals geschlungen. Ihr Vater lachte auch. Sie sahen beide so glücklich aus. Wenn sie doch bloß noch wüsste, was sie damals so lustig fanden! Das erschien ihr jetzt unheimlich wichtig.

Mademoiselle Girard klopfte an die Tür und trat ein. Sie blieb stehen, als sie das Foto sah.

»Ein schönes Bild.«

»Danke. Mir ist gerade eingefallen, wann es gemacht wurde. Kann ich noch ein paar Minuten bleiben? Bitte!«

Mademoiselle Girards Blick wanderte durch den Raum. »Ich muss zurück, bevor man mich vermisst. Machen Sie bitte die Tür hinter sich zu, wenn Sie fertig sind.«

Jessica nickte. Sie wartete ab, bis die Tür geschlossen war, und setzte sich aufs Bett. Die Suche war ergebnislos. Hier war nichts, außer Erinnerungen an ihren Vater. Umgeben von seinen Sachen fühlte sie sich ihm aber viel näher. Nur wenige Tage zuvor hatte er den Rasierapparat im Badezimmer angefasst und die Schuhe, die im Schrank standen, poliert. Er hatte seine Uhr getragen.

Wo war er jetzt?

Sie sprang auf. Sie vergeudete ihre Zeit. Das Café stand als Nächstes auf ihrer Liste. Sie schaute sich noch einmal um und ging hinaus auf den Korridor. Ein Zimmermädchen, das eine mit Handtüchern und Seifen beladene Karre schob, blickte erschrocken auf. Jessica erklärte auf Französisch, dass sie auf dem Weg nach draußen sei, und machte ein paar Schritte.

»Jessica Cole?«

Sie drehte sich um und starrte auf das Namensschild an der blauen Uniform des Zimmermädchens. Sie hatte Marie Dumont noch nie gesehen.

»*Oui*. Kennen Sie mich?«

»Sie sind die Blonde auf dem Foto da drin.« Die Angestellte nickte in Richtung des Zimmers. »Ihr Vater hat mir erzählt, dass Sie Model sind. Er ist sehr stolz auf Sie!«

»Danke.« Sie hatte in der Gegenwart von ihm geredet. Nicht wie Margaret in der Vergangenheit. Jessica presste die Fingerspitzen in ihre Handflächen. Sie hatte noch nicht geweint und würde es auch vor keiner Fremden tun.

»Er war ein sehr freundlicher Herr und hat für Informationen großzügig Trinkgeld gegeben«, sagte Mademoiselle Dumont.

»Was für Informationen?«

»Über Monsieur Bishop. An *ihm* war er ganz besonders interessiert.«

Jessica hielt die Luft an. Sie hatte erwartet, dass das Zimmermädchen ihrem Vater ein gutes Restaurant in der Nähe empfohlen oder andere unwichtige Dinge gesagt hätte.

»Sam Bishop? Sie haben mit meinem Vater über Sam Bishop gesprochen?«

»*Oui, mademoiselle.* Ich habe Monsieur Cole alles erzählt, was ich weiß.«

Jessica konnte ihr Glück kaum fassen. »Was haben Sie ihm denn gesagt?«

Mademoiselle Dumont blieb stumm, bis Jessica zwanzig Euro aus der Tasche fischte. Das Zimmermädchen ergriff den Schein und steckte ihn schnell ein, als sich zwei ältere Gäste an ihnen vorbeidrückten.

»Hier lang.« Sie schob den Wagen durch den Korridor, bis sie zum Zimmer 126 kamen. Sie zog ihre Karte durch und stieß die Tür auf.

»Das Zimmer ist natürlich geputzt worden, seit Monsieur Bishop ausgecheckt hat«, sagte sie, »aber es waren noch keine neuen Gäste drin. Die Direktion hat vor, einige Zimmer in diesem Stockwerk zu renovieren. Das hier auch.«

Natürlich! Warum hatte sie bis jetzt nicht daran gedacht? Ihr Vater hatte mit Absicht dasselbe Hotel gewählt wie Sam Bishop, damit es einfacher wäre, mit den Angestellten zu reden, ohne ihr Misstrauen zu wecken. Er sagte immer, das Reinigungspersonal sei eine wertvolle Informationsquelle, weil es die Gewohnheiten der Gäste kannte. Manchmal guckte es sogar in ihre Sachen.

Jessica ging durch das Zimmer und schaute in Schubladen und Schränke. Mademoiselle Dumont hatte recht: Das Zimmer war gründlich geputzt worden und roch nach Raumspray mit Zitronenduft. Sam schien nichts zurückgelassen zu haben.

»Was haben Sie denn meinem Vater alles erzählt?«

»Wie ich gesagt habe – Ihr Vater war ein großzügiger Mann.«

Mademoiselle Dumont lächelte geduldig und wartete. Ihr Blick ruhte auf Jessicas Handtasche.

Jessica zog wieder ihren Geldbeutel heraus und reichte der Frau fünfzig Euro. Mademoiselle Dumont grinste, als sie das Geld einsteckte.

»Monsieur Bishop hat das Zimmer am Morgen, als er verschwand, wie immer in einem schlimmen Zustand verlassen – überall Anziehsachen verstreut, nasse Handtücher auf dem Fußboden, sein Rasierzeug im Waschbecken. Der Mann lebte wie ein *cochon*. Wie nennt ihr das gleich noch mal? Ferkel, *non*? Er hat sechs Monate bei uns gewohnt und ich glaube, er hat nicht ein einziges Mal eine Socke aufgehoben. *Il était impossible.*«

»Das ist alles?« Jessica ließ sich auf das Bett plumpsen. Da hätte sie die fünfzig Euro von Mattie auch gleich aus dem Fenster werfen können. Sie hatte gehofft, etwas Interessanteres als Sams schlechte Gewohnheiten herauszufinden.

»Deshalb war es ja auch so eine Überraschung, Monsieur Bishop dann später am Tag in seinem Zimmer zu sehen«, fuhr das Zimmermädchen fort. »Ich war ihm noch nie begegnet, denn er war früh um acht immer schon fort und kam erst zurück, wenn meine Schicht zu Ende war.«

»Wann haben Sie ihn gesehen?«

»Am dreißigsten Oktober, so gegen drei Uhr nachmittags.«

Jessica zog eine Augenbraue hoch. Woher wusste sie das so genau?

»Das ist keine Erfindung!« Mademoiselle Dumont verschränkte irritiert die Arme. »Der Geburtstag meines Sohnes war am nächsten Tag, und ich musste nach der Arbeit noch die Torte abholen. Deshalb weiß ich es so genau!«

»Okay, ich glaube Ihnen. Und was ist passiert?«

»Ich habe meine Runden gemacht. Wie an jedem Nachmittag. Und als ich vor Monsieur Bishops Tür stand, kam er mit seinen Koffern heraus. Er hat mich *so* erschreckt!«

»Ist Ihnen was Komisches an ihm aufgefallen?«

»Eigentlich nicht. Er schien genauso überrascht zu sein, *mich* zu sehen, und entschuldigte sich. Er hat den Aufzug benutzt. Dann bin ich in sein Zimmer gegangen und habe festgestellt, dass er alles gepackt hatte. Das fand ich merkwürdig. Er war der einzige Langzeitgast, und man hatte mir nicht gesagt, dass er auschecken würde. Danach hab ich ihn nie wieder gesehen.«

»Hat mein Vater Sie noch etwas anderes gefragt?« Jessica blätterte noch ein paar Scheine hin.

»Er wollte wissen, ob ich irgendwelche Spritzen oder Drogen im Zimmer gesehen hätte. Ich sagte: *Nein, gar keine!* So etwas Schreckliches wäre mir doch aufgefallen.«

Das war ein interessantes Fitzelchen Information. AKSC hatte ihm vorgeworfen, dass ein Drogentest positiv ausgefallen sei. Er hatte entweder darauf geachtet, keine Spuren seiner Sucht zu hinterlassen, oder der Vorwurf entsprach nicht der Wahrheit. Verschleierte die französische Polizei vielleicht etwas, wie Sams Mutter in ihrem Brief behauptet hatte?

»Ich muss jetzt unbedingt weitermachen«, sagte Mademoiselle Dumont. »Ich bin spät dran.«

»Natürlich.«

Jessica stand auf, um zu gehen, als ihr etwas unter dem Schrank ins Auge fiel. Sie kniete sich auf den Boden und angelte ein Stück Papier hervor. Andere Schnipsel lagen dahinter, aber sie kam nicht an sie heran.

»Das ist Abfall, den der Staubsauger verfehlt hat«, sagte Mademoiselle Dumont. »Hier – ich werf es für Sie weg.«

»Ich glaube nicht, dass es Abfall ist.«

Jessica schaute sich den Zettel genauer an. Er war kunstvoll gefaltet. Sie drückte ihn mit den Fingern zusammen und es entstand eine Figur.

»Ein Schwan!«, rief sie aus.

»Monsieur Bishop hat immer solche Sachen gemacht«, sagte Mademoiselle Dumont. »Er hat sie mit seinen anderen Sachen auf dem Fußboden herumliegen lassen. Wie ich Ihnen schon sagte – der Mann war ein *cochon*. Einige Mädchen hatten es satt, jeden Tag den Mist aufzuheben, und ihn einfach unter den Schrank geschubst.«

»Ich werde das Ding behalten, wenn Sie nichts dagegen haben.«

»Wie Sie wünschen.« Mademoiselle Dumont ließ sie aus dem Zimmer und schloss die Tür.

»Noch eins!« Jessica langte in ihre Tasche und holte Sam Bishops Foto heraus. »Ist das der Mann, den Sie gesehen haben?«

Mademoiselle Dumont starrte auf das Bild und schüttelte den Kopf.

»Nein. Ich hab Ihrem Vater bereits gesagt, dass Monsieur Bishop viel älter war. Er war ein großer Mann mit dunklen Haaren. Ich habe auch dem Model alles von ihm erzählt. Wie hieß sie gleich noch mal? Laura? Nein, Lara. Sie sagte, sie sei seine Cousine und wollte ihn während der Couture-Woche in Paris suchen. *Très, très* schön, aber furchtbar geizig.«

Jessica starrte Mademoiselle Dumont hinterher, die den Wagen durch den Korridor schob. Hilfe! Lara Hopkins war also auch hier gewesen. War sie deshalb erwürgt worden und Jessicas Vater verschwunden? Sie hatten beide entdeckt, dass Sams Zimmer ausgeräumt worden war. Es schwächte die Theorie der französischen Polizei, dass Sam auf der Flucht sei, erheblich. Wenn das stimmte, wäre er nur mit den Klamotten, die er auf dem Leib getragen hatte, abgehauen. Aber es erklärte nicht, wer an jenem Tag in seinem Zimmer war und alles, was ihm gehörte, mitgenommen hatte. Was hatte der dunkelhaarige Mann mit Sam zu tun und warum hatte er sein ganzes Zeug?

Jessica lief den Flur entlang und die Treppe hinunter. Im Foyer gab es keine Überwachungskameras, aber der mysteriöse Mann hätte das Hotel sowieso nicht durch den Haupteingang verlassen. Er hatte bestimmt eine andere Möglichkeit gefunden, sich unbemerkt zu entfernen. Vielleicht durch die Küche. Dort würde *sie* hingehen, wenn sie schnell und heimlich verschwinden wollte. Während sie an der Rezeption vorbeiging, sah sie, dass Mademoiselle Girard gerade den Hörer auflegte. Sie war allein. Jessica wollte einen letzten Versuch machen, mehr Informationen zu erhalten.

»Danke für all Ihre Hilfe heute«, sagte sie atemlos. »Könnten Sie vielleicht noch *eines* für mich tun?«

»Kommt darauf an«, sagte Mademoiselle Girard. »Was ist es denn?«

»Könnten Sie etwas über einen anderen Gast für mich herausfinden?«

Mademoiselle Girard runzelte die Stirn und starrte auf den Bildschirm ihres Computers. »Tut mir leid, das geht nicht. Ich würde Riesenprobleme kriegen, wenn mein Chef das erfährt.«

»Ich verspreche Ihnen, dass ich es niemandem verraten werde. Ich muss etwas über einen Mann namens Sam Bishop herausfinden. Mein Vater hat ihn gesucht. Sehen Sie, wann er seinen Kartenschlüssel zuletzt benutzt hat? Bitte!«

Mademoiselle Girard zögerte und guckte verstohlen über ihre Schulter. »Sie dürfen aber keiner Seele verraten, was ich tu!«

Ihre langen roten Fingernägel tippten auf der Tastatur herum.

»Ich hab es den *gendarmes* bereits gesagt«, murmelte sie. »Er hat sein Zimmer am dreißigsten Oktober um sieben Uhr dreißig verlassen. Er hat das Zimmer um vierzehn Uhr vierzig wieder betreten und ist um fünfzehn Uhr erneut gegangen. Das war's.«

»Hat er ausgecheckt?«

Mademoiselle Girard schüttelte den Kopf. »Die Polizei wollte ihn am folgenden Tag befragen, aber er war nicht zurückgekommen. Die Rechnung wurde am Ende der Woche beglichen.«

»Wer hat sie bezahlt?«

»AKSC«, sagte Mademoiselle Girard. »Die Firma hatte für das Zimmer im Voraus bezahlt und das Konto dann einfach nur aufgelöst. Sie müssen jetzt gehen. Mein Chef kommt von seiner Pause zurück.« Sie nickte in Richtung des großen Mannes im dunklen Anzug, der auf sie zuschritt.

Jessica holte schnell noch das Foto heraus. »Ist das Sam Bishop?«

»*Oui*, das ist er. Aber gehen Sie jetzt bitte, bevor Sie mich in Schwierigkeiten bringen!«

Jessica strahlte sie dankbar an und verzog sich. Das Wagnis hatte sich gelohnt. Es war nicht billig gewesen, hatte sich aber bezahlt gemacht. Draußen winkte sie einem Taxi und sprang hinein. Als es losfuhr, sah sie Nathan und Margaret, die mit eiligen Schritten das Hotel betraten. Jessica duckte sich auf ihrem Sitz. Das war knapp gewesen. Aber sie hatten sie nicht entdeckt.

Wieder war Jessica ihnen einen Schritt voraus.

Kapitel Elf

Jessica breitete das grüne Seidenkleid, das sie in einem Secondhand-Laden gefunden hatte, neben dem metallischen Outfit von Stella McCartney aus, das ihr eine Stylistin geliehen hatte. Welches würde ihr so viel Selbstvertrauen geben, dass sie den Abend überstehen könnte? Kurz nachdem sie einen Umweg über das Café gemacht hatte, das ihr Vater aufsuchte, hatte Margaret sie im Hotel angerufen. Der Besuch im Café hatte nichts gebracht. Hätte sie sich doch bloß länger mit den Kellnern unterhalten, dann hätte sie Margarets Anruf verpasst! Sie hatte Jessica zu einem frühen Abendessen in ein nahe gelegenes Restaurant bestellt. Hatten sie und Nathan von Jessicas Ausflug erfahren? Vielleicht hatten Mademoiselle Girard oder Mademoiselle Dumont sich verplappert. Wenn ja, dann wäre sie jetzt in großen Schwierigkeiten. Würden sie sie sofort nach London verfrachten? Andererseits konnte es auch eine List sein, um sie auszuhorchen. Mit Psychospielen kannten sie sich ja bestens aus.

Das nächste Mal – falls es ein nächstes Mal geben sollte – müsste sie sich schneller eine Ausrede einfallen lassen. Sie entschied sich für Stella. Ihre Entwürfe hatten das olympische Team Großbritanniens dermaßen angefeuert, dass es in London Fäuste voll Goldmedaillen gewann. Hoffentlich würde das schimmernde Etuikleid der Designerin heute Abend ein Glücksbringer sein und ihr helfen, beim Abendessen dem Radar des MI6 zu entgehen. Sie zog die mit Glitzersteinen besetzten silbernen Ballerinas von Alexander McQueen an, die ein anderes Primus-Model in der Agentur weggeworfen hatte. Ihre Füße waren für die Schuhe zu groß gewesen, aber Jessica passten sie perfekt.

Sie formte ihre Wimpern und trug anschließend flüssigen schwarzen Eyeliner und Mascara auf. Noch ein Tupfer kirschrotes Lipgloss, und sie war fertig. Sie betrachtete sich prüfend im Spiegel. Perfekt. Ihre Rüstung war genau richtig. Sie würde wie ein modebewusster Teenie aussehen, der sich mehr für Designerklamotten und einen schönen Abend in Paris interessiert, als ein Mädchen, das sich mit dem MI6 anlegen will.

Jessica schnappte sich ihre alte schwarze Samttasche und das schwarze, mit Pailletten besetzte Bolerojäckchen und warf einen letzten Blick in den Spiegel. Etwas fehlte noch. Sie hängte sich die Kette ihrer Mutter um, die sie vor dem Duschen abgenommen hatte, und steckte sich den blauen Ring mit der Kristallblume an den Finger, den ihr Vater ihr zu Weihnachten geschenkt hatte.

»Du kannst das!«, versicherte sie ihrem Spiegelbild. »Becky würde sagen: *Leg eine oscarreife Performance hin! Du musst nur den heutigen Abend überstehen, dann hast du es geschafft!*«

Jessica zog die Tür hinter sich zu und prüfte nach, ob sie auch richtig ins Schloss gefallen war. Sie lehnte das Angebot des Portiers ab, ein Taxi zu rufen, und ließ sich stattdessen sagen, wie sie zur Champs-Élysées gelangte. Das Gehen half, ihre

Nerven zu beruhigen, bis sie sich dem Restaurant näherte. Es klemmte zwischen zwei Bars mit Stühlen und Tischen im Freien. Als sie die Tür öffnete, klopfte ihr Herz wie wild.

Mist.

Sie hatte sich in der Zeit verschätzt. Sie hatte herumgetrödelt und erschien trotzdem als Erste. Vielleicht kamen sie absichtlich zu spät, um sie zu irritieren. Es war ihnen zuzutrauen. Ein Kellner schaute nach, wo ein Tisch reserviert worden war, und führte sie ans Ende des abgedunkelten Raums. Er reichte ihr eine große Speisekarte und verschwand. Sie las das Angebot durch und kaute auf ihren Fingernägeln herum, die sie mit der Farbe *Blue Rebel* von Chanel lackiert hatte. Was sie damit sagen wollte, würden sie aber ganz sicher nicht kapieren.

Jessica konnte sich nicht vorstellen, wie sie den Abend überstehen würde – so zu tun, als ob alles in Ordnung sei, nachdem sie dermaßen brisante Informationen über Sam erhalten hatte. Wer war der geheimnisvolle Mann in seinem Zimmer gewesen? Vielleicht Vectra, der Terrorist, von dem Nathan geredet hatte, oder einer seiner Schergen? Wurden Lara und Jessicas Vater zu Zielscheiben, weil sie es herausgefunden hatten? Würde sie es schaffen, in den nächsten Stunden keine Miene zu verziehen?

Niemals. Jessica erhob sich schnell und warf beinahe ihr Wasserglas um. Sie versuchte, den Blick des Kellners zu erhaschen. Sie wollte ihn bitten, Margaret und Nathan zu erklären, dass ihr übel geworden sei und sie deshalb das Restaurant wieder verließ.

»Jessica!« Margaret wand sich in ihrem Hosenanzug aus schwarzem Samt zwischen den voll besetzten Tischen durch.

Sie lächelte freundlich und hatte plötzlich Grübchen in den Wangen. Jessica waren sie bisher nicht aufgefallen.

»Ich bin so froh, dass du gekommen bist. Ich dachte, du würdest dir die Sache vielleicht im letzten Moment noch anders überlegen und krankfeiern.«

»Nein, natürlich nicht.« Sie wurde rot.

»Ich fürchte, Nathan kann nicht kommen. Er hat etwas Dringendes zu erledigen «

»Hat es mit Dad zu tun?«

»Nein, es ist etwas Privates.«

Margaret setzte sich ihr gegenüber und nahm eine Speisekarte in die Hände. Falls sie von Jessicas Besuch im Hotel erfahren hatte, ließ sie es sich nicht anmerken.

»Ich habe einen Riesenhunger«, sagte Margaret. »Sollen wir bestellen?«

»Ja, bitte.« Jessica tauchte hinter ihrer Speisekarte ab. Sie war froh, dass sie damit irgendwelchen bohrenden Fragen ausweichen konnte. Nur weil Margaret ihren Besuch nicht erwähnte, bedeutete dies noch lange nicht, dass sie nicht hinter Jessicas Geheimnis gekommen war.

»Übrigens toller Nagellack«, sagte Margaret. »Ich liebe Chanel.«

Jessica versank noch tiefer hinter der Speisekarte. Sie konnte *unmöglich* wissen, von wem er war. Sie war doch uralt!

Nach ein paar Minuten entschied sich Margaret für ein blutiges Filetsteak mit Pommes frites und einer halben Flasche *Pinot noire,* während Jessica sich Spargel-Ravioli, einen kleinen Salat und Mineralwasser mit Kohlensäure bestellte. Sobald der Kellner verschwunden war, holte Margaret Fotos ihrer Enkel heraus. Ben war zwei und Matilda vier. Ihre Augen glänzten, als sie von ihnen erzählte.

»Sie halten mich jung«, sagte sie und lachte leise. »Obwohl du eine wie mich bestimmt für uralt hältst.«

»Überhaupt nicht.«

»Du bist eine gute Lügnerin!« Margaret warf den Kopf in den Nacken und lachte schallend. »Ich verstehe, warum du für deinen Vater so nützlich bist. Erzähl mir doch, was du heute so alles gemacht hast!«

Jessica lächelte zurück. »Sightseeing.«

Margaret war heute viel freundlicher als gestern, aber Jessica musste auf der Hut sein. Andererseits könnte Margaret ihr vielleicht nützlich sein. Als der Kellner mit zwei großen weißen Tellern erschien, schenkte sich Margaret Wein nach.

»Haben Sie gestern etwas über meinen Vater herausgefunden?«, fragte Jessica.

»Leider nein«, sagte Margaret und schnitt mit einem rasierklingenscharfen Messer in das Fleisch. Über ihren Teller lief Blut. »Seine und Sams Spuren verlaufen im Sand. Tut mir leid.«

Jessica biss sich auf die Unterlippe und stocherte mit der Gabel in ihren Ravioli herum. Ihr war der Appetit vergangen.

»Aber du freust dich bestimmt zu hören, dass ich meine Chefin, Mrs T, überreden konnte, die Sache aus einem ganz neuen Blickwinkel zu betrachten«, sagte Margaret. »Ich habe eine völlig andere Theorie als Nathan.«

Jessica blickte auf. »Was meinen Sie damit?«

Margaret legte ihr Besteck auf dem Teller ab. »Ich kenne deinen Vater schon sehr lange, und ich halte ihn weder für einen Mörder noch für einen Verräter. Ich bin deiner Meinung. Ich glaube, dass er hereingelegt worden ist. Möglicherweise von jemandem, den er in der Vergangenheit verärgert hat. Als er noch beim MI6 war, hat er sich bestimmt eine Menge Feinde gemacht. Wie wir alle.«

Jessica atmete heftig ein.

»Es ist okay«, sagte Margaret und legte eine Hand auf ihre. »Ich bin auf deiner Seite.«

Jessicas Augen füllten sich mit Tränen. »Danke. Das hab ich gebraucht – dass mir das jemand sagt. Warum haben Sie Ihre Meinung geändert? Sie und Nathan schienen sich gestern noch so sicher zu sein.«

»Die Beweismittel gegen deinen Vater, einschließlich der verschlüsselten Computerdatei, die du gefunden hast, sind ein bisschen zu zweckdienlich für meinen Geschmack.« Margaret sah sich das Etikett auf der Weinflasche genauer an, bevor sie sich nachschenkte. »Ich versuche immer noch, Nathan zu überzeugen, und irgendwann wird er mir zustimmen.«

Jessica machte sich über die buttrigen Ravioli her, die im Munde zergingen. »Haben Sie irgendwelche neuen Spuren?«

»Möglicherweise.« Margaret kaute langsam auf einem Stück Steak herum.

»Ich kann helfen«, erklärte Jessica. »Ich spreche Französisch und Dad hat mir viele nützliche Sachen beigebracht.«

»Ich weiß«, sagte Margaret und zog eine Augenbraue hoch. »Ich habe deine Akte gelesen.«

»Also wissen Sie auch, dass ich auf mich selbst aufpassen kann.«

»Das weiß ich, aber es gibt zu viele Risiken, und ich bin mir wirklich nicht sicher, was ein Teenager ausrichten kann, wenn wir schon an unsere Grenzen stoßen.« Sie warf einen Blick über ihre Schulter. »Ich sollte dir das eigentlich nicht sagen, aber wir wissen nicht, ob Vectra Sam schon geschnappt hat oder ob er oder Sam noch in Paris ist.«

»Was will er überhaupt von Sam? Er arbeitet doch für eine Kosmetikfirma.«

Margaret betupfte sich den Mund mit ihrer Serviette. Nachdem der Kellner die Teller weggeräumt hatte, bestellte sie eine Crème Caramel und Jessica eine heiße Schokolade.

»Ehrlich gesagt, wir wissen nicht, worauf Vectra aus ist, und das macht uns Sorgen«, fuhr sie fort. »Wir glauben nämlich nicht, dass ein Terrorist ein Mittel gegen seine Tränensäcke oder Krähenfüße sucht.«

»Vielleicht hat Sam eine explodierende Mascara oder eine Gesichtsmaske entwickelt, die nach dreißig Sekunden in die Luft fliegt«, meinte Jessica.

»Ich bezweifle, dass wir es hier mit einer James-Bond-Geschichte zu tun haben. Sam war in Cambridge hoch angesehen und hat Forschungsergebnisse veröffentlicht, die irgendjemandes Interesse geweckt haben könnten. Wir gehen dieser Möglichkeit jedenfalls nach.«

»Wissen Sie, woran er bei AKSC gearbeitet hat?«

Als der Nachtisch gebracht wurde, leuchteten Margarets Augen auf. Sie steckte sofort ihren Löffel hinein. »Hier stehen wir sozusagen auf dem Schlauch. Allegra Knight verhält sich uns gegenüber nicht gerade entgegenkommend. Auch das ist höchst vertraulich – wir versuchen, einen Agenten einzuschmuggeln, aber es dauert.«

»Dabei könnte *ich* doch helfen«, sagte Jessica eifrig. »Bei

AKSC finden diese Woche Castings statt. Ein Model meiner Agentur ist wegen eines Jobs zurückgerufen worden. Wenn ich eine Einladung bekomme, könnte ich mich doch für Sie umschauen.«

»Das ist eine gute Idee«, sagte Margaret. »Aber du bist nicht geschult wie unsere Agenten.«

»Ich bin trotzdem ziemlich gut.«

»Wie gut genau? Ich habe dir erzählt, was wir wissen. Und was hast *du* herausgefunden?«

Jessica spielte mit ihrem Löffel. Konnte sie ihr vertrauen?

»Tu nicht so, als hättest du nicht selber herumgeschnüffelt! Das würde ich dir keine Minute lang glauben. Schließlich bist du die Tochter von Jack Cole.«

Jessica ging nach einiger Überlegung das Risiko ein, zu beschreiben, was sie im Hotel entdeckt hatte. »AKSC hat Sams Rechnung bezahlt, nachdem jemand anderes sein Zimmer ausgeräumt hatte. Er ist nicht mehr zurückgekommen.«

»Ich bin beeindruckt«, sagte Margaret und nippte an ihrem Espresso. »Ich werde veranlassen, dass Nathan Mademoiselle Dumont noch einmal befragt und eine vollständige Aussage von ihr bekommt.«

Puh. Es war also doch kein Trick. Margaret würde sie nicht im Polizeigriff zum Bahnhof schleppen. Nathan hätte nicht so gelassen reagiert. Das stand jedenfalls fest.

»Meinst du, deine Agentur kann dir noch diese Woche ein Casting bei AKSC verschaffen?«, fragte Margaret.

»Sie haben es schon versucht, aber ich habe noch nicht wieder von ihnen gehört.«

»Vielleicht kann ich meine Beziehungen spielen lassen.«

»Echt?«

»Du würdest dich wundern!«, sagte Margaret lachend. »Der MI6 hat fast überall seine Hände im Spiel. Deine Mappe müsste nur auf dem richtigen Schreibtisch landen, das ist alles. Das würde dir aber nicht automatisch einen Job sichern. Der Rest läge bei dir.«

»Ich verstehe. Hoffen wir, dass sie ein blondes Mädchen suchen!«

Margaret schwieg einen Moment. »Wir dürfen natürlich auch Nathan nicht vergessen. Er will dich auf gar keinen Fall in AKSC-Nähe sehen.«

»Er hat kein Problem damit, dass ich mich in Paris aufhalte, solange ich nur als Model arbeite. Er könnte mich also nicht daran hindern, für sie zu laufen.«

»Das stimmt«, sagte Margaret. »Überlass mir AKSC und ich seh mal, was ich tun kann. Mit Nathan werde ich auch noch fertig. Schließlich sind wir doch alle im selben Team. Das wird ihm irgendwann klar sein.«

»Danke, Margaret. Ich bin Ihnen wirklich dankbar.«

»Du brauchst dich nicht zu bedanken. Ich tu doch nur meine Pflicht. In der Zwischenzeit muss ich den Seestern finden, bevor es beim MI6 noch mehr undichte Stellen gibt.« Sie winkte dem Kellner, damit er die Rechnung brachte. »Wenn dein Vater nicht der Seestern ist, müssen wir ganz schnell herausfinden, wer es ist.«

Sobald Jessica wieder in ihrem Hotelzimmer war, holte sie das iPad ihres Vaters hervor und suchte nach Sam Bishop und Cambridge University. Es gab eine Menge Treffer. Bevor Sam

Cambridge verließ, hatte er Referate veröffentlicht und auf der ganzen Welt Vorträge gehalten. Jessica klickte die Liste seiner Forschungsarbeiten an. Es ging dabei immer um Nanotechnologie, was immer das war. Sie führte noch eine Schnellsuche zu diesem Begriff durch, um seine Bedeutung herauszufinden.

»Die Konstruktion winziger Teilchen, in der Größenordnung von ungefähr einem Millionstel eines Stecknadelkopfes«, las sie laut.

Sie kehrte zu Sams Forschung zurück. Er interessierte sich für die Nanotechnologie und medizinische Wissenschaften. Sie holte sich den Abriss eines Vortrags mit dem Titel »Nanoroboter: Ein wirksames Mittel gegen Krebs?«, den er vor fünf Jahren in Amerika gehalten hatte.

Es klingt wie Science-Fiction, aber wir glauben, dass winzige Nanotechnologie-Roboter, die für das menschliche Auge nicht sichtbar sind, so programmiert werden können, dass sie Krebszellen angreifen, hatte er geschrieben. *Diese Roboter würden durch die Nase eingeatmet und zu einem Tumor im Magen, in der Lunge oder am Darm gelangen, indem sie sich an die roten Blutzellen heften. Nanoroboter könnten so programmiert werden, dass sie alle Krankheiten, die uns Menschen bekannt sind, bekämpfen – AIDS, Tuberkulose, Cholera. Sie könnten sogar bei Herzinfarkten eingesetzt werden. Ein Nanoroboter könnte das Herz überwachen und invasive Operationen und Herzschrittmacher unnötig machen.*

Es klang nach lobenswerter Arbeit. Wieso, um alles in der Welt, war Sam dann bei einer Kosmetikfirma gelandet? Das war doch nicht mit dem Erforschen eines Heilmittels gegen Krebs zu vergleichen! Warum hatte er sich abgesetzt? Sie klickte ein

Interview an, das er vor ein paar Jahren einer Studentenzeitung der Cambridge University gegeben hatte. Sie überflog den Text. Er schimpfte auf die Finanzierungsprobleme britischer Universitäten.

Aufeinanderfolgende Regierungen haben die Budgets für Forschungsarbeiten gekürzt und dabei zahllose wissenschaftliche Projekte im Land gefährdet, behauptete er. *Den Ministern sollte klar sein, dass es unmöglich ist, bahnbrechende Forschung ohne ausreichende Mittel durchzuführen. Falls sich die Lage nicht verbessert, werden Wissenschaftler wie ich gezwungen sein, in den Privatsektor zu wechseln. Erst dann können wir genügend Gelder aufbringen, um unsere Arbeit fortzusetzen.*

Sam war also wegen des Geldes bei AKSC und plante, wie seine Mutter geschrieben hatte, bald nach Cambridge zurückzukehren. Er hatte bestimmt genug verdient, um seine private Nanotechnologie-Forschung weiterzuverfolgen, aber worum ging es dabei und warum war die Sache einem Terroristen aufgefallen? Sie musste ganz schön aufregend sein.

Jessica schaltete das iPad aus. Genug Schnüffelei für einen Tag. Ihr war klar, dass das Verschwinden ihres Vaters und Laras Tod irgendwie mit Sam Bishop, der Paris nicht freiwillig verlassen hatte, gekoppelt war. Wenn sie Sam aufspüren könnte, würde sie wahrscheinlich auch Hinweise auf den Aufenthaltsort ihres Vaters finden. Hoffentlich würde Margaret zu ihrem Wort stehen und ihr ein Casting bei AKSC verschaffen. Dort herumzuspionieren würde sich nämlich lohnen.

Sie schickte Mattie eine SMS, um ihr Gute Nacht zu sagen, zog ihren Schlafanzug an und kletterte ins Bett. Ihr Handy piepste. Sie lächelte, als sie die Nachricht las.

Nachsitzen war einsam ;) Wo bist du?

Becky musste Jamie ihre Nummer gegeben haben. Sie fing an, ihrem PZF zurückzutexten, unterbrach sich aber selbst. Was fiel ihr ein? Es war viel zu riskant, Jamie in irgendeine dieser Sachen hineinzuziehen. Jessica machte das Licht aus und umarmte ihr Kopfkissen. Sie durfte sich nicht ablenken lassen, sie musste an ihren Vater denken. Jessica wusste, dass sie ihrem Ziel, ihn zu finden, näher kam.

Kapitel Zwölf

Das Blut lief an ihrem Hals entlang, während sie ihr Leben aushauchte. Der Vampir rückte näher, um noch einmal zuzubeißen, als ihn eine plötzliche Bewegung in der Zimmerecke erschreckte.

»Du sollst sie beißen und nicht nach dem schnellsten Weg zum Supermarkt fragen!«, brüllte eine Stimme auf Französisch. »Du musst *gefährlich* aussehen!«

Der Fotograf stampfte wütend mit dem Fuß auf und der Blutsauger zuckte zusammen. Er fletschte noch wilder die Zähne und stürzte sich wieder auf Jessica. Sie würgte. Bens Atem roch ekelhaft. Vampire *fürchteten* sich doch vor Knoblauch, oder nicht? Anscheinend hatte er am Abend eine Menge Knoblauchbrot verschlungen. Sie wusste zwar, dass er mit seinen dunklen, fein gemeißelten Gesichtszügen in der Modewelt als der neue Adonis gefeiert wurde, aber sie war dankbar, dass sie nur vorgeben musste, von ihm gebissen zu werden. Viel schlimmer wäre es gewesen, so tun zu müssen, als ob sie sich küssten.

Jessica reckte den Hals, den sie in einem komischen Winkel halten musste. Man hatte sie in ein Korsett, voluminöse Unterröcke und ein riesiges dunkelrotes Armani-Privé-Kleid gesteckt, das mit Hunderten von Swarovski-Kristallen besetzt war. Ihr Gesicht war kreideweiß gepudert und ihr Mund ein feuerrot glänzender Schlitz. Auch in ihren Haaren, die gekringelt und auf ihrem Kopf gestapelt worden waren, funkelten Glitzersteine von Swarovski. Das war das Schönste am Modeln – Klamotten tragen zu dürfen, die man sich nie und nimmer leisten könnte, und jemand ganz anderes zu sein: ein Wesen aus einer anderen Welt.

Jessica saß an einem Tisch, auf dem sich Sahnetörtchen, pastellfarbene Makronen, Käse und Obst türmten. Es war die reinste Folter. Sie hatte einen Bärenhunger. Aus dem Augenwinkel konnte sie die anderen Models sehen – Sara und Margurita –, die sich über die Tischplatte beugten. Auch sie wurden beim Festessen von blutrünstigen Vampiren attackiert. Zum Glück arbeitete der Fotograf bedeutend schneller als Sebastian Rossini. Es hatte wahrscheinlich viel länger gedauert, geschminkt und in die extravaganten Kostüme genäht zu werden, als am Set zu sein, denn dreißig Minuten später verkündete der Fotograf bereits, dass alles im Kasten sei.

»Tut mir leid«, sagte Ben und wischte sich das falsche Blut vom Mund. »Ich hatte eine anstrengende Nacht und konnte mich nicht richtig konzentrieren. Normalerweise brauche ich nicht so viele Anweisungen.«

Er half Jessica vom Stuhl, weil sie sich kaum rühren konnte. Grinsend zeigte er ihr eine Reihe perfekter weißer Zähne und schob sich die langen schwarzen Haare hinter die Ohren. Seine Augen waren das dunkelste Blau, das sie je gesehen hatte. Er sah aus wie ein Märchenprinz und wusste das auch, aber Jamie konnte er nicht das Wasser reichen.

Keine Chance.

Sie zuckte mit den Schultern. »Kein Problem.«

»Wir machen heute Abend wieder einen drauf, falls du Interesse hast«, sagte er. »Eine ganze Gruppe von uns. Die Clubs sind hier fantastisch. Viel besser als in London.«

Huch. Baggerte er sie etwa an?

»Ähm, ich kann nicht, tut mir leid«, sagte sie. »Danke trotzdem.«

»Natürlich. Hatte ich ganz vergessen. Du bist ja nicht mehr zu haben.« Er zwinkerte. »Vorläufig.«

Mann! Er sah zwar gut aus, war aber ein Mistkerl. Sara, das andere Model von Primus, schien es nichts auszumachen. Jetzt baggerte er *sie* an. Sara empfand sein enormes Ego anscheinend nicht als Störfaktor. Jessica drehte sich um und entdeckte Camille in einer Ecke, wo sie mit dem Fotografen und einer Stylistin redete. Wie konnte sie die Klette loswerden, bevor der ganze Tag vergeudet war? Camille hatte sie und Sara um halb sechs vom Hotel abgeholt und beide zu einer Reihe von Castings gefahren. Jessica würde morgen für Saint Laurent, Alexander McQueen und Chanel laufen, was toll für ihre Agentur war, aber schlecht für sie. Es bedeutete, dass sie keinen neuen Spuren nachgehen konnte, wenn sie in so vielen Shows festsaß. Sie fanden nacheinander statt, praktisch ohne Unterbrechung.

Camilles Blick folgte Jessica, als sie zur Garderobe schlurfte. Man musste kein Genie sein, um sich auszurechnen, dass Camille Nathans Maulwurf war. Sie war alles andere als diskret und hatte Jessica den ganzen Morgen lang kaum aus den Augen gelassen. Jessica verschränkte die Hände, als Assistentinnen ihr aus dem Kleid halfen. Sie zog einen weißen Kittel über und band den Gürtel fest. Sie wollte ihre Klamotten vom Kleiderständer nehmen, aber Sara stellte sich ihr in den Weg.

»Ich hätte gern meine Zigaretten zurück«, sagte sie nervös.

Sara wollte sich das Rauchen abgewöhnen und hatte Jessica am Morgen gebeten, eine Schachtel in ihrer Handtasche zu verstecken. Erst danach war sie auf Jessica sauer gewesen, weil sie so viele Shows bekommen hatte. Sara lief nur für Alexander McQueen.

»Nein, und ich tu dir damit einen Gefallen«, sagte Jessica. »Es ist eine blöde Angewohnheit, und das weißt du auch.«

Sara verschränkte die Arme und funkelte sie wütend an. Selbst wenn sie die Stirn runzelte, sah sie mit ihrer schwarzen Igelfrisur und den amethystfarbenen Augen umwerfend aus.

»Jessica hat recht«, murmelte Margurita. »Rauchen ist etwas Schreckliches, Sara, besonders für ein Model. Es altert die Haut. Warum setzt du dein Glück aufs Spiel – jetzt, wo die berühmten Fünf weg sind? Ich tu so was jedenfalls nicht.«

Sara wirbelte herum. »Du kennst sie?«

»Wir gehörten mal zur gleichen Agentur, aber sie haben mich nie beachtet.« Marguerita schüttelte ihre lange dunkle Mähne. »Nicht einmal beim Emerald Ball.«

Jetzt war Jessica interessiert. »Du warst dabei? Ich hab die Fotos gesehen. Es muss toll gewesen sein.«

»War's auch«, sagte Margurita verträumt. »Die heißesten Typen Hollywoods sind erschienen. Mit zwei von ihnen hab ich mich super amüsiert.«

»Und die berühmten Fünf?«, fragte Sara. »Mit wie vielen Typen haben *die* rumgeknutscht?«

Margurita grunzte. »Keine Ahnung. Sie waren die ganze Zeit im VIP-Bereich und haben die ganze Nacht lang flaschenweise Champagner getrunken. Sie hatten sogar Assistenten, die alle Leute ferngehalten haben. Nur ein paar Auserwählte durften durch, wenn die Mädchen sie für berühmt genug hielten, um mit ihnen zu sprechen. Die Leute haben sich tatsächlich angestellt und um Erlaubnis gebeten, sie zu sehen. Tyler fand das zum Totlachen und hat versucht, ein paar ›Nicht-Stars‹ reinzuschmuggeln, aber sie wurde dabei erwischt.«

»Echt? Ich kann es kaum erwarten, berühmt zu sein und Leute, die mit mir reden wollen, anstehen zu lassen. Das wäre *so was* von cool!«, meinte Sara.

Jessica verdrehte die Augen. Sara war unglaublich oberflächlich.

»Jedenfalls stehen die Leute jetzt nicht mehr Schlange, um sie zu sehen«, sagte Margurita gehässig.

»Was meinst du damit?«, wollte Jessica wissen.

Margurita guckte über ihre Schulter zu den Assistentinnen hinüber, die Kleider an eine Stange hängten. Dann schaute sie Jessica wieder an. »Sie sollen sich in einer Privatklinik in der Schweiz verkrochen haben und auf Kosten der Agentur behandelt werden.«

»Weswegen denn?«

»Das weiß keiner so genau«, sagte Margurita, während sie sich die falschen Wimpern von den Lidern riss. Flüsternd erklärte sie: »Aber das Gerücht geht um, dass alle Schönheitsoperationen hinter sich haben, die total danebengegangen sind. So frankensteinmäßig.«

»Ach, du liebe Zeit!« Sara schnappte nach Luft. »Haben sie

jetzt alle Fischmäuler? Verklagen sie ihren Schönheitschirurgen?«

»Was weiß ich«, sagte Margurita ruhig. »Und es ist mir auch ziemlich egal. Solange sie noch da waren, hatte keine andere eine Chance. Sie haben sich immer die besten Jobs geschnappt. Jetzt, wo sie weg sind, hab ich die Couture-Woche und noch viele andere Aufträge bekommen. Meine Agentur hat sogar behauptet, dass Jacey, Olinka und Valeriya die erste Wahl für *das hier* gewesen wären.«

Saras Kinnlade fiel runter. Das hatte sie nicht erwartet. Sie hatte sich ganz offensichtlich selbst für die erste Wahl gehalten und wollte für niemanden zweite Wahl sein.

»Findet ihr das nicht auch ziemlich komisch?«, fragte Jessica. »Sie sind alle jung und schon perfekt. Tyler ist erst achtzehn, also kann sie unmöglich schon Falten haben.«

Margurita zuckte mit den Achseln. »Es gibt immer eine, die jünger und heißer ist als du. Vielleicht hat auch Tyler Angst bekommen, schon ausgetauscht zu werden. Wer weiß, was wir täten, wenn wir in ihrer Lage wären!«

»Ich werde mich nie operieren lassen«, sagte Sara und schüttelte sich. »Jedenfalls sind die jungen Models oft nicht so sexy, wie sie denken.«

Sie warf Jessica einen stechenden Blick zu. Jessica war fünf Jahre jünger als Sara und längst nicht so erfahren im Modeln. Jessica ignorierte sie. Sie entfernte schnell alle Spuren der dicken Theaterschminke und ließ einen Wattebausch nach dem anderen in den Mülleimer fallen. Dann zog sie eine cremefarbene Spitzenbluse an, die sie auf dem Portobello-Markt in London entdeckt hatte, und kombinierte sie mit schwarzen

Röhrenjeans, einer schwarzen Lederjacke der Marke Religion und Biker-Stiefeln. Sie griff nach ihrer Tasche und wollte sich schnell davonmachen, als Camille an die Tür klopfte und um die Ecke spähte.

»Gehst du weg? Sollte ich nicht erfahren, wohin?« Sie zog eine Augenbraue hoch.

»Nein«, sagte Jessica. »Ich wollte nur schnell einen Kaffee trinken gehen.«

»Schon gut. Ich hol gleich welchen. So eilig ist es doch nicht, oder? Ich dachte, wir könnten alle zusammen Mittag essen, aber Sara ist ja noch nicht einmal angezogen.«

Jessica rang sich ein Lächeln ab. Sie spürte, wie die Zügel angezogen wurden.

»Ihr wart beide fantastisch heute Morgen«, sagte Camille strahlend. »Ich kann es kaum erwarten, die Fotos zu sehen.«

»Ich auch nicht«, sagte Sara und zog einen schwarzen Pullover und Leggings an. »Irgendwelche Neuigkeiten wegen heute Nachmittag? Ich bin total aufgeregt.«

Camille wurde rot. »Tut mir leid, Sara. Sei mir nicht böse, wenn ich schlechte Nachrichten überbringe! Aber die Zentrale sagt, dass die Pläne geändert wurden. Du brauchst dich nicht mehr bei AKSC zu zeigen. Aber – hey! – stattdessen könntest du shoppen gehen!«

»Was reden Sie denn da?« Sara runzelte die Stirn, stellte sich vor Camille und stemmte die Hände in die Taille. »Ich hab diesen Job doch praktisch schon in der Tasche! Sie haben mich dreimal angerufen. Ich *muss* da hin!«

»Anscheinend hat der Kunde seine Meinung geändert. Es tut mir wirklich leid, aber sie wollen stattdessen Jessica sehen.«

Super! Margaret hatte Wunder bewirkt.

»Was?«, brüllte Sara. »Das soll wohl ein Witz sein! AKSC ist *mein* Job, nicht ihrer. Sie dürfen es nicht zulassen, dass sie ihn mir klaut!«

»Sie klaut dir nicht deinen Job«, sagte Camille mit ruhiger Stimme. »Du musst das Ganze wie ein Profi sehen. Es ist nichts Persönliches. Allegra hat ein paar Fotos von Jessica in *Teen Mode* gesehen und gehört, dass sie für *Mademoiselle* arbeitet. Sie meint, dass Jessica für ihr neues Projekt perfekt wäre, und möchte sie kennenlernen.«

»Unglaublich!« Sara schäumte vor Wut. »Das Gleiche hat sie über mich gesagt!«

Camille ignorierte sie und ging zu Jessica. »Es ist deine Entscheidung, aber denk an die Publicity, die du bekommst, wenn dich eine Kosmetikfirma wie AKSC unter Vertrag nimmt.«

Die Chance, herumschnüffeln zu können, durfte sie sich auf gar keinen Fall entgehen lassen, und erst recht nicht wegen eines pampigen Models. Sie wandte sich an Sara. »Tut mir leid, aber ich kann mir die Sache nicht durch die Lappen gehen lassen. Ich hoffe, du verstehst das.«

»Ich verstehe sehr gut«, knurrte Sara. »Du fällst mir in den Rücken, aber von jetzt an passt du besser auf *deinen* Rücken auf, wenn ich in der Gegend bin!« Sie stieß einen Kleiderständer um und stürmte davon.

»*Zut alors!*«, schrie eine Assistentin. Sie machte einen Satz und versuchte, die Kleider vor ihrem Ruin zu retten.

»Du hast das Richtige getan«, sagte Camille seufzend. »Sara kommt irgendwann darüber hinweg. Sie kriegt andere Aufträge, aber das hier ist *deine* Chance. Du musst sie wahrnehmen.«

»Ich weiß«, sagte Jessica.

Dieses Casting war für sie das bisher Wichtigste. Es könnte ihr helfen, ihren Vater zu finden.

Kapitel Dreizehn

Allegra Knight starrte von allen Fotos an den weißen Wänden auf Jessica herab. Es war leicht zu erkennen, dass sie früher die Modewelt beherrscht hatte. Ihre langen, sonnengebräunten Glieder streckten sich bis ins Unendliche, und ihre feinen Gesichtszüge waren perfekt proportioniert. Sie hatte dunkelblaue Augen, lange, glänzende blonde Haare und eine makellose Figur. Sie sah einfach fantastisch aus und hatte zudem das gewisse Etwas, nach dem Fotografen immer suchen.

Sie wollte Jessica allein sehen, also war Camille damit einverstanden gewesen, im Hotel auf sie zu warten. *Noch besser.* So konnte Jessica sie endlich abschütteln. Sie hatte sich im Taxi auf ihrem iPad über Allegra informiert. Nachdem diese ihre Modelkarriere aufgegeben hatte, weil eine neue Generation von Topmodels in die Szene drängte, hatte sie sich vollkommen zurückgezogen. Sogar jetzt noch, als Gründerin und Chefin von AKSC, hielt sie sich bedeckt. Es gab praktisch keine öffentlichen Auftritte.

Jessica wartete in einem großen Konferenzzimmer im fünften Stock. Hier hielt Miss Knight alle geschäftlichen Besprechungen ab, hatte ihr die schöne Dunkelhaarige vom Empfang, die sie hinaufbegleitet hatte, leise erklärt. Mitten auf dem glänzenden Eichentisch standen eine große Schale mit exotischen Früchten, Platten mit Feingebäck, Muffins und Croissants. Jessica vermutete, dass Allegra das alles nie anrührte.

»So, du bist also der kleine Emporkömmling, der mich vom Thron stoßen will?«, fragte eine Stimme gedehnt.

Allegra Knight posierte im Türrahmen mit den Händen auf den Hüften, als ob sie erwartete, fotografiert zu werden. Sie verstand es jedenfalls, den perfekten Auftritt hinzulegen. Sie trug eine große schwarze Sonnenbrille, an deren Bügel der Name Dior prangte, ein cremefarbenes Wollkostüm, das nach Chanel aussah, und Stilettos von Manolo Blahnik. Um ihren gazellenhaften Hals hatte sie ein Hermès-Tuch geschlungen. Ihre schulterlangen Haare waren immer noch blond und glänzend und ihr Make-up perfekt. Das Gesicht war makellos, weshalb es schwierig war, ihr Alter einzuschätzen. Es lag irgendwo zwischen dreißig und sechzig. Dieser »alterslose« Look ließ sich nur mit vielen Schönheitsoperationen erreichen. Sie hatte bestimmt eine Nasenkorrektur und ein Lifting hinter sich, und ihre Wangen und Lippen waren mit Kollagen aufgefüllt worden. *Mindestens.*

Jessica zupfte hinter ihrem Rücken an einem Fingernagel. Allegra wirkte sehr anspruchsvoll. Sie würde ihr viel Honig ums Maul schmieren müssen. »Ich will Ihren Thron nicht. Ich meine – Sie sind eine Legende. Damit könnte ich nie konkurrieren.«

»Blödsinn. Natürlich könntest du das – und du solltest es auch.« Allegras Stimme war angenehm. »Das ist kein Beliebtheits-Wettbewerb. Es geht ums Modeln. Du musst dich daran gewöhnen, Leuten in den Rücken zu fallen, wenn du in so einer Schlangengrube Erfolg haben willst. Sara weiß das besser als jede andere.«

Jessica wurde rot. Sie warf die Haare über ihre Schulter. »Ich wollte nicht –«

»Sei still, bitte!«, sagte Allegra und schnipste mit den Fingern. »Du bist ehrgeizig. Du hast dafür gesorgt, dass deine persönliche Assistentin mir deine Mappe untergejubelt hat, obwohl das Casting beendet war. Dafür braucht man sich nicht zu schämen. Ich mag es, wenn ein Model zielstrebig ist. Sara war zu gewöhnlich, aber deine Schönheit macht mich neugierig.«

»Danke. Aber es hat eher was mit meiner Agentur zu tun und nicht mit mir.« Oder besser gesagt: Sie hatte es Margaret zu verdanken, ihrer ›PA‹.

»Mit falscher Bescheidenheit kommst du in diesem Geschäft und auch bei mir nicht weiter, Jessica«, erklärte Allegra. »Du solltest deine Schönheit genießen, solange du kannst, denn, glaube mir, sie bleibt nicht. Überleg dir, wie du dein Potenzial ausschöpfen kannst – wie du deine Haare stylen, dich schminken und kleiden solltest.«

Jessica merkte, dass sie immer röter wurde. Obwohl Allegras Augen hinter der riesigen Sonnenbrille versteckt waren, ahnte Jessica, dass ihre Blicke unverhohlen von ihrem Kopf bis zu den Zehen schweiften. Im Vergleich zu Allegras teuren Designer-Klamotten war sie viel zu schlicht gekleidet. Jessica wünschte, sie hätte etwas anderes angezogen. Sie versteckte ihre Hände wieder hinter dem Rücken. Sie war sicher, dass Allegra bereits bemerkt hatte, dass sie mit ihren abgekauten Fingernägeln auch noch ein zweites Verbrechen gegen die Modewelt beging.

»Natürlich. Ich meine –«

»Wenn du meine Firma repräsentierst, repräsentierst du auch mich, und ich erwarte ein gewisses Niveau«, fiel sie Jessica ins Wort. »Ich kann den Shabby-Look nicht leiden, den ihr jungen Mädchen heutzutage so mögt. Ich hasse Jeans und flache Schuhe jeder Art, vor allem Bikerboots. Ich brauche elegante Schwäne, keine Vogelscheuchen.«

Allegra zog die Nase kraus, als sie auf Jessicas Füße starrte.

Autsch! Bisher hatte sie noch keiner Vogelscheuche genannt.

»Ich erwarte eine Art Uniform – Haare lose über den Schultern, ein einfaches, aber elegantes Kleid, vielleicht Miu Miu, Christian Dior oder Marc Jacobs, und stets hohe Absätze. Wäre das ein Problem für dich?«

»Nein«, log Jessica. Sie hasste hohe Absätze. Sie machten sie abartig groß.

»Gut. Und jetzt komm her!« Allegra schnipste wieder mit den Fingern.

Jessica zwinkerte. Machte sie das immer so? Sie konnte es nicht ausstehen, wie Kunden sie manchmal behandelten. Sie waren so unhöflich. Als sie näher kam, atmete sie eine Mischung aus teurem Parfum, Körperlotion und Haarprodukten ein. Außerdem fiel ihr auf, dass Allegra etwas Steifes an sich hatte. Es nervte. Ihre Stimme klang ungeduldig, aber im Gesicht regte sich nichts. Kein Hauch von Gefühl, nicht einmal eine gerunzelte Stirn.

Allegra ergriff Jessicas Kinn und drehte es hin und her. Dabei betrachtete sie sie genau durch ihre Sonnenbrille. Als ob sie ein exotisches Insekt unter einem Mikroskop wäre!

»Die Zeiten haben sich wirklich geändert. Zu meiner Zeit

wurden Unvollkommenheiten wie deine niemals übersehen. Man hätte sie hässlich genannt. Jetzt scheinen sie der letzte Schrei zu sein. Sogar Sommersprossen. Erstaunlich.«

Jessica lief vor Wut rot an. Sie wusste, dass sie als Model ein dickes Fell brauchte, weil Mädchen ständig kritisiert wurden – zu groß, zu klein, zu dünn oder zu dick. Einmal wurde ihr gesagt, ihre Haare seien *zu* naturblond und ihre Beine zu lang, aber Allegra hatte jetzt wirklich die Grenze überschritten. Jessica machte einen Schritt zurück. Allegras Lippen versuchten, sich zu einem Grinsen zu verziehen.

Also *deshalb* sah sie so komisch aus! Zusätzlich zu all den Schönheitsoperationen hatte sie sich Botox spritzen lassen. Ihr Gesicht war vollkommen gelähmt. Warum hielten ältere Frauen Botox eigentlich für so eine gute Idee? Sie sahen damit nicht jünger aus. Diese eingefrorene Missgestalt würde ihr jedenfalls so schnell keine Arbeit geben, so viel stand fest.

»Tut mir leid, dass ich Ihren Erwartungen nicht entspreche«, sagte sie. Es tat ihr *wirklich* leid. Schließlich hatte sie Allegra bisher nicht ausquetschen können, um irgendwelche Infos zu ergattern.

»Wie kommst du denn *da*rauf?« Allegras Mund verzog sich ungeschickt und lächelte kaum merklich. »Ich finde dich perfekt – auf eine mangelhafte Art. Teenager auf der ganzen Welt werden sich mit deinen Unvollkommenheiten und Hemmungen identifizieren. Ich hatte meinen Entschluss schon gefasst, bevor du kamst. Deine Mappe hat mich beeindruckt, und ich finde, du hast die Fähigkeit, das nächste Supermodel zu werden. Ich habe dich als Gesicht und Vertreterin der Marke Teenosity gewählt, meine neue revolutionäre Gesichtscreme für die Haut von Teenagern. Natürlich nur, wenn du den Job haben willst.«

Allegra starrte sie durch ihre Sonnenbrille ausdruckslos und herausfordernd an.

»Na?«

»Ich würde ihn sehr gerne annehmen.« Es war mehr als fantastisch. Sie hatte geglaubt, Allegra würde ihr Aussehen hassen. Hässliche Vogelscheuche genannt zu werden, war nicht gerade ein guter Anfang gewesen, aber jetzt schien sie plötzlich *in* zu sein. Sie müsste nur eine Gelegenheit finden, ihren Vater mit ins Spiel zu bringen, oder einen Umweg über die Personalabteilung machen, um nach Sachen zu graben, die mit Sam zu tun hatten.

»Gut. Wir müssen sofort an die Arbeit gehen. Die Rechtsabteilung wird einen Vertrag aufsetzen und noch heute Abend an Primus schicken. Das Fotoshooting findet am Freitag statt, und am folgenden Morgen musst du dich am Eiffelturm vor der Presse zeigen. Die Interviews werden in ganz Europa live in Modehäusern gezeigt, bevor der Verkauf meiner fabelhaften Gesichtscreme beginnt.«

»Wie ist das möglich?«

Jessica war noch nicht lange im Geschäft, aber selbst *sie* wusste, dass ein neues Produkt nur sehr selten schon einen Tag nach dem Shooting auf den Markt kam. Die meisten Firmen brauchten eine Anlaufzeit von sechs Monaten bis zu einem Jahr. Wie konnte Allegra das alles so schnell hinbekommen? Unmöglich.

Allegra ahnte, wie skeptisch sie war. »Es ist nicht üblich, aber machbar. Wir wollten, dass eine bahnbrechende Werbekampagne zur Einzigartigkeit unseres Produkts passt. Du hast doch bestimmt schon unsere Reklametafeln in Paris gesehen? Alle reden über Teenosity, ohne zu wissen, was es eigentlich ist.«

»Das stimmt. Es war mir überhaupt nicht klar, wofür die Plakate werben. Aber ich musste hinterher darüber nachdenken.«

»Genau«, sagte Allegra. »Wir werden sogar noch mehr Interesse wecken, wenn die Presse einen verlockenden Blick auf unser Shooting erhaschen kann und dich am Samstag persönlich kennenlernt. Nachdem wir damit angefangen haben, starten wir am Montagmorgen Social-Media-Kampagnen, bringen unsere Werbetafeln in ganz Europa an und bombardieren die Modemagazine. Dann beginnen wir mit dem Vertrieb in Amerika und dem Rest der Welt. Dank mir wirst du zu einem riesigen internationalen Star!«

Ihr Ton wurde plötzlich verdrießlich, als ob sie Jessica das Angebot nicht gönnte. »Na, und was sagst du dazu?«

»Danke. Es ist nur, ich … ich wundere mich. Aber ich freue mich auch.«

Allegra nickte. Ihre Sonnenbrille rührte sich nicht von der Stelle. »Du solltest vor Freude aus dem Häuschen sein! Du bist äußerst erfolgreich.«

Sie reichte ihr die Hand wie die Queen. Jessica wusste nicht, was sie tun sollte. Erwartete sie, dass sie ihr die Hand küsste? *Soll das ein Witz sein?* Jessica entschloss sich zu einem kurzen festen Händedruck. Als sie nach unten blickte, fiel ihr auf, dass Allegras Hände von blauen Adern durchzogen waren. Sie schienen die einzigen Körperteile zu sein, die einer Schönheitsoperation entgangen waren, und verrieten ihr Alter. Sie musste in den Sechzigern sein. Allegra riss ihre Hand zurück, als hätte sie jemand geschlagen.

»Du kannst jetzt gehen«, sagte sie. »Ich werde dafür sorgen, dass du alle Einzelheiten für die Aufnahmen am Freitag bekommst.«

Nein! Es war zu früh. Sie musste auf die Bremse treten. »Könnte ich mir zum Abschluss vielleicht noch die Labors ansehen?«

»Wieso, um alles in der Welt, denn das?« Allegra klang sehr überrascht, aber ihr Gesicht blieb starr.

Jessica wühlte in ihrem Hirn. »Chemie ist eines meiner Lieblingsfächer in der Schule. Es wäre toll zu erfahren, wie ein echtes Labor aussieht, und würde mir helfen zu verstehen, wie Sie die Gesichtscreme herstellen.«

Allegra zögerte. Sie hatte sich offensichtlich noch nie vorgestellt, dass ein Mädchen sich für etwas anderes als Modeln interessieren könnte. Das war – außer den Sommersprossen, den abgekauten Fingernägeln und unweiblichen Bikerboots – bestimmt ein weiterer Minuspunkt für Jessica.

»Natürlich darfst du sehen, wo meine Wundercreme kreiert worden ist. Warte bitte hier, während ich eine Tour für dich arrangiere.« Sie schwebte königlich aus dem Raum und ließ eine Parfumwolke zurück.

Hurra! Die Zeit für eine ernsthafte Schnüffelei war gekommen!

Kapitel Vierzehn

Eine halbe Stunde später stand Jessica im Reinraum des Labors. Ein eiskalter Luftstrahl schoss aus der Decke und kühlte ihren ganzen Körper aus, bevor die Luft durch Gitter im Fußboden abgesaugt wurde. Kein Wunder, dass Allegra sie nicht selbst durch die Anlage führen wollte. Die Tour hätte ihre perfekte Frisur ruiniert. Stattdessen überließ sie diese Ehre lieber ihrem Assistenten Lyndon Rawling, einem großen, bärenstarken Amerikaner, der ein Haar- und Bartnetz trug. Er erklärte ihr, dass der Raum winzige Partikel, wie Staub auf ihrer Kleidung, entfernte, damit sie das Labor nicht verschmutzten. Jessica musste in einen weißen Wegwerf-Overall schlüpfen und sah damit aus wie ein Yeti.

Eine Tür glitt zur Seite, und Jessica folgte Lyndon ins Labor, einem großen weißen Raum voller Bänke, Duftschränke und Handschuhfächer. Zwei Techniker, die weiße Overalls und Schutzbrillen trugen, arbeiteten vor ihr. Ihre Hände steckten in Handschuhen und griffen in einen großen Kasten. Jessica hatte in der Schule gelernt, dass man Experimente am besten auf diese Weise durchführte, um eine Kreuzkontamination zu vermeiden. Chemie gehörte ja zu ihren Lieblingsfächern – Chemie und englische Literatur.

»Das Labor hält die strengen Arbeitsschutzvorschriften ein«, erklärte Lyndon. »Wir haben einen Eingang und einen Ausgang, denen jeweils ein Reinraum angegliedert ist.«

Sie lief ihm hinterher und sah, dass Allegra sie durch eine große Scheibe beobachtete. Als Jessica Lyndon quer durch das Labor folgte, konnte sie ihren stechenden Blick spüren.

»Miss Knight führt ein strenges Regiment«, sagte er. »Persönliche Gegenstände sind hier nicht erlaubt. Maximal acht Personen dürfen in diesem Raum arbeiten, um die Unfallgefahr möglichst gering zu halten.«

»Was ist dahinter?« Jessica hatte noch eine Tür entdeckt und ging darauf zu. Es war nicht der Ausgang. Sie hatte sich gleich am Anfang gemerkt, wo er sich befand, falls sie aus irgendeinem Grund fliehen müsste. Über der Tür stand: VERSCHMUTZTE OVERALLS NACH GEBRAUCH ENTSORGEN.

»Das ist nur ein Wandschrank«, sagte Lyndon streng. »Komm, ich zeig dir hier drüben was, das dich bestimmt fasziniert.«

Mit der Hand auf ihrem Rücken schob er sie einer Reihe von Mikroskopen entgegen, die neben chemischen Lagerbehältern standen.

»Das sind elektronische Mikroskope«, erklärte er. »Damit untersuchen wir Nanopartikel. Nur mit diesen Mikroskopen kann man so etwas Kleines sehen.«

Jessica war sofort interessiert. Das war Sam Bishops Fachgebiet.

»Kann ich?«

»Bitte.«

Sie schaute durch das Mikroskop. Es war der Wahnsinn.

»Sie dir *das* an«, sagte er und reichte ihr ein Glas mit einer

Flüssigkeit. »Das sind die Nanopartikel, die im Sun-Blocker verwendet werden.«

Sie starrte erst auf die Flüssigkeit und dann wieder auf die Zelle unter dem Mikroskop. Es war unglaublich. Die Nanopartikel waren für das menschliche Auge vollkommen unsichtbar. So etwas hatte sie in der Chemiestunde noch nie erlebt.

»Wie können Sie denn mit so etwas Kleinem arbeiten?«, fragte Jessica.

»Wir lassen die Nanopartikel in einer Lösung schweben«, sagte er. »So können wir sie manipulieren, wenn wir sie brauchen. Wir benutzen die Zinkoxid-Nanopartikel im Sun-Blocker, um UVA- und UVB-Strahlen zu reflektieren, aber Nanopartikel können heutzutage für beinahe alles verwendet werden «

»Haben Sie die Nanopartikel auch für die Teenosity-Creme benutzt?«

Sein Blick wanderte zu Allegra, die sie immer noch durch die Scheibe beobachtete.

»Ja«, sagte er zögernd. »Die Fortschritte in der Nanotechnologie sind erstaunlich. Der Kosmetikmarkt hat so etwas noch nie gesehen.«

»Warum? Was ist denn eigentlich so toll daran?«

Jetzt, red schon! Er verhielt sich viel zu zugeknöpft. Sie musste ihn dazu bringen, sich mehr zu öffnen. Dann könnte sie das Gespräch auf Sam und seine Nano-Arbeit lenken.

»Das ist streng geheim«, sagte er.

»Aber ich soll die Creme doch repräsentieren!«, protestierte sie. »Ich muss wissen, was Teenosity im Vergleich zu anderen Gesichtscremes so viel besser macht – falls ich am Samstag Fragen beantworten soll.«

Er blickte wieder über seine Schulter, und Jessica sah, dass Allegra kaum merklich nickte. Im Labor mussten Mikrofone sein. Allegra lauschte.

»Teenosity bietet, was bisher noch keine andere Creme versprechen konnte«, erklärte Lyndon. »Sie kann tatsächlich die Zeit anhalten.«

»Nie im Leben!«

»Doch, die Nanotechnologie macht es möglich. Wir haben winzige Nanoroboter entwickelt, die in die Haut eindringen und die Zellschichten angreifen können, die für die Alterung verantwortlich sind.«

»Nanoroboter«, wiederholte Jessica. Das waren die Science-Fiction-artigen Kreationen, über die Sam in Amerika referiert hatte.

»Du kennst sie?«, fragte Lyndon überrascht. »Die meisten Leute halten sie für Kinderspielzeug.«

»Ich interessiere mich für die Naturwissenschaften. Ich habe gelesen, dass Nanoroboter winzig klein sind und so programmiert werden können, dass sie alles tun, was man will.«

»Genau. Wir haben unsere Nanoroboter so programmiert, dass sie den Alterungsprozess nicht nur verzögern, sondern ihn anhalten.«

»Nie im Leben!«

Lyndon nickte ernst. »Es ist ein Wunder.«

»Heißt das, dass Teenager nie altern werden?«

»Ihre Haut wird nicht altern«, erwiderte er. »Deine Haut und die deiner Freundinnen wird immer jugendlich bleiben, wenn ihr die Creme regelmäßig benutzt.«

Jessica drehte sich um und sah Allegra an. Sie konnte verstehen, dass sie einen Emporkömmling wie sie ablehnte. Teenosity war zu spät erschienen, um ihre Haut am Altern zu hindern. Die Creme würde außerdem Millionen von Teenagern in der Zukunft helfen, jünger und schöner zu bleiben. Das reichte aus, um jedes ehemalige oder augenblickliche Supermodel auf die Palme zu bringen.

»Hat Sam Bishop an der Entwicklung von Teenosity mitgearbeitet?«, fragte Jessica.

Peng! Ein Reagenzglas platzte und verschüttete eine Flüssigkeit neben dem Dunstabzug auf dem Boden.

Ein kleiner Mann mit einer beginnenden Glatze schaute ängstlich zu Lyndon hinüber. »Tut mir leid«, sagte er und kniete sich hin. »Das Reagenzglas ist an meinem Handschuh hängen geblieben. Es war ein Unfall.«

»Machen Sie ganz schnell sauber!«, ordnete Lyndon an. »So kurz vor der Markteinführung können wir uns keine Fehler leisten.«

Laboranten verließen ihren Arbeitsplatz, um das Verschüttete aufzuwischen. Als einer an ihr vorbeisauste, fiel sein Sicherheitsausweis auf den Tisch. Lyndon hatte es nicht bemerkt, weil er viel zu beschäftigt damit war, die Schweinerei auf dem Fußboden anzustarren. Genau wie Allegra, die wie versteinert am Fenster stand. Jessica trat vor, stützte sich auf der Tischplatte ab und nahm den Ausweis schnell an sich. Das Ding könnte ihr irgendwann dienlich sein.

»Danke, Mr Tarasaki«, murmelte sie so leise, dass es keiner hören konnte.

»Wir müssen jetzt gehen«, fauchte Lyndon. »Folge mir!«

Er schob sie durch den Ausgang in den zweiten Reinraum.

Jessica hielt den Ausweis in ihrer geballten Faust. Dieses Mal war sie auf den Ausstoß eiskalter Luft gefasst und stand still. Lyndon funkelte sie an. Er riss sich den Overall vom Leib und gab ihr ein Zeichen, das Gleiche zu tun. Während sie aus ihrem Schutzanzug kletterte, schob sie den Ausweis in ihre Jeanstasche. Als sie dabei nach unten schaute, sah sie, dass etwas in der Lüftungsöffnung im Fußboden steckte. Sie tat so, als würde sie ihren Overall fallen lassen, und konnte das Ding herausreißen, bevor Lyndon ihr aufhalf.

Allegra wartete draußen. Ihr Gesicht war starr wie eine Maske und ihre Stimme leise und streng. »Warum hast du dich nach Sam Bishop erkundigt? Hat eine Zeitung dich dafür bezahlt, Fragen zu stellen? Antworte mir auf der Stelle!«

Jessica holte tief Luft. »Es tut mir leid. Ich wollte nur Bescheid wissen, weil mein Vater ihn gesucht hat und jetzt auch verschwunden ist.«

Allegras Gesicht blieb ausdruckslos. »Dein Vater? Wer ist das, wenn ich fragen darf?«

»Jack Cole.«

»Der Name klingt bekannt. Lyndon?«

Er nickte kurz. »Mr Cole ist Privatdetektiv. Er wurde von Sam Bishops Mutter angeheuert, um ihn zu suchen. Britische Polizeibeamte waren bei uns, und wir haben alle Fragen beantwortet.«

»Cole ist ein häufiger Name«, sagte Allegra leise. »Was für ein Zufall. Ich hatte keine Ahnung, dass du mit ihm verwandt bist. Jedes Jahr verschwinden so viele Leute in Paris. Erst Sam und jetzt auch noch dein Vater. Es ist eine Tragödie.«

»Danke«, sagte Jessica, »aber ich bin sicher, dass ich ihn finden werde. Ich habe in seinem Kalender gesehen, dass er am Samstag hierherkommen wollte. Haben Sie ihn gesprochen?«

Allegra sah Lyndon an. »Mr Cole hatte einen Termin.«

»Aber er hat ihn nicht eingehalten«, ergänzte Lyndon.

»Dann haben Sie ihn gar nicht gesehen?«

»Nein«, sagte Allegra. »Mein Büro hat eine Nachricht auf seinem Anrufbeantworter hinterlassen, um einen neuen Termin auszumachen, aber er hat nicht zurückgerufen. Wir hatten uns eigentlich darauf gefreut, ihn kennenzulernen und über Mrs Bishops Belange zu reden. Wir behandeln unsere Mitarbeiter hier wie einen Teil der Familie.«

Jessicas Vater hatte am Samstagmorgen innerhalb des Firmengeländes telefoniert. Warum sagten sie nicht die Wahrheit? Was hatten sie zu verbergen?

»Nun mache ich mir aber doch Sorgen«, sagte Allegra, ohne dass eine einzige Falte auftauchte. »Es muss eine sehr schwierige Zeit für dich sein, Jessica, und auch eine schreckliche Ablenkung. Habe ich vielleicht einen Fehler begangen, indem ich dir diesen Vertrag anbot, wenn du doch so vieles im Kopf hast? Soll ich es mir anders überlegen?«

»Nein, wirklich nicht«, sagte Jessica. »Ich bin ein Profi.«

»Freut mich zu hören«, bemerkte Allegra trocken. »Und ich erwarte, dass du dein Privatleben von deiner Arbeit trennst. Ich kann es mir nicht leisten, ein Model zu engagieren, das lieber Fragen stellt, als sich auf die Arbeit zu konzentrieren. Wir haben so viel zu tun und so wenig Zeit.«

»Ich werde Sie nicht enttäuschen«, erklärte Jessica. »Sie haben alles gesagt, was ich wissen musste. Vielen Dank! Den Rest überlasse ich der Polizei. Sie sind die Experten.«

Schön wär's!

Allegras Gesicht entspannte sich ein bisschen, aber mit all dem Botox war es schwer zu erkennen. »Gut. Ich weiß, du hast einen vollen Terminkalender, deshalb will ich dich nicht aufhalten. Komm nicht zu spät zum Fotoshooting! Ich hasse Unpünktlichkeit.«

Lyndon führte sie den Korridor entlang.

»*Bonne chance*«, rief Allegra ihr hinterher.

Jessica schaute nicht zurück. Ihr schwirrte der Kopf, als sie Lyndon durch das Labyrinth der Flure bis zum Empfang folgte. Sie bedankte sich bei ihm und rannte durch die Tür – dankbar für die frische Luft, die ihr ins Gesicht wehte. Sie blieb erst stehen, als die Überwachungskameras des Gebäudes sie nicht mehr erfassen konnten. Dann öffnete sie langsam ihre Faust. In ihrer Hand lag ein winziger zierlicher Papierschwan, der dem, den sie im Hotelzimmer gefunden hatte, aufs Haar glich. Er war Sam Bishops Werk.

Jemand packte sie fest am Arm. »Was zum Teufel machst du hier?«

Mit geballter Faust wirbelte sie herum. »Lassen Sie mich los!« Sie konnte ihm ihren Arm entreißen. »Es ist nicht so, wie Sie denken!«

»Wie dann?«, brüllte Nathan. »Ich hab dich davor gewarnt, dich einzumischen! Und dann platzt du einfach da rein und stellst Fragen über deinen Vater und Sam Bishop.« Seine grauen Augen blitzten vor Wut.

»Falls es Ihnen nichts ausmacht – ich bin nicht reingeplatzt! Allegra Knight hat mich eingeladen, weil sie mir einen Job geben will.«

»Sie will *was?*« Nathan sah sie entgeistert an.

»Sie hat mich eingestellt, damit ich das Gesicht ihrer neuen Creme für Teenager bin.«

Er wurde kreidebleich. »Du musst mir alles sagen, was da drinnen vor sich gegangen ist. Und lass ja nichts aus!«

Dann schob er sie zu einem Auto in der Nähe und riss die Beifahrertür auf. Auf dem Fahrersitz lag eine Kamera mit Teleobjektiv. Er hatte das Gebäude ausspioniert. Während er wegfuhr, teilte sie ihm widerwillig mit, dass Allegra sich mit ihrer Agentur in Verbindung gesetzt hatte, dass ihr das Labor gezeigt worden war, dass dort Nanotechnologie angewandt wurde und dass sie für die Firma modeln würde.

»Du musst deine Agentur anrufen und sagen, dass du die Arbeit ablehnst!«, befahl Nathan.

»Erst wenn Sie Allegra Knight gründlich überprüfen.«

»Wie bitte?« Er schnitt ein anderes Auto. Als er an den Straßenrand fuhr, packte Jessica mit wild klopfendem Herzen den Türgriff. Der andere Fahrer hupte und gestikulierte wütend aus dem Fenster.

»Willst du mir etwa sagen, wie ich meinen Job zu machen habe?«, fragte Nathan böse.

Jessica hatte nicht gemerkt, dass sie die Luft anhielt. Sie nickte. »So ist es. Das Leben meines Vaters steht auf dem Spiel. Er hat seine Medikamente nicht bei sich. Er wird krank, wenn ich ihn nicht bald finde, und Sie tun wirklich nicht genug!«

Nathan trommelte laut mit den Fingern auf dem Lenkrad herum. »Ich verstehe ja, dass du dir Sorgen machst, aber ich habe dich bereits gewarnt – es ist viel zu gefährlich, dich in diese Sache reinziehen zu lassen. Wir befragen Allegra Knight ein zweites Mal, und ich kann dir versichern, sie ist absolut bereit, mit uns zusammenzuarbeiten.«

»Seltsam. Margaret sieht das alles ganz anders. Sie hat gesagt, Allegra hätte sich Ihnen und ihr gegenüber gar nicht entgegenkommend verhalten.«

»Du hast mit Margaret darüber gesprochen?« Er klang außer sich vor Wut.

»Neulich, als Sie nicht zum Abendessen kommen konnten.«

Nathan sah aus, als wäre er kurz vorm Ausrasten. Vielleicht würde er sogar explodieren. Jedenfalls holte er tief Luft, um sich zu sammeln. »Was habt ihr zwei denn beim Dinner beschlossen, wenn ich fragen darf?«

Jessica hielt seinem Blick stand. »Dass ich versuchen sollte, den Model-Job zu bekommen, um dann bei AKSC etwas herauszukriegen.«

»Aber –«

»Und bevor Sie weiterreden – ich habe schon einiges entdeckt. Ich hab herausgefunden, dass Allegra eine totale Lügnerin ist. Sie hat behauptet, mein Vater wäre nie bei AKSC gewesen, aber auf seinem Handy ist zu sehen, dass er Lara Hopkins am Samstagmorgen von dort aus angerufen hat. Außerdem bestätigt sie, dass Sam seit Oktober verschwunden ist, obwohl er noch vor Kurzem in der Firma gewesen sein muss. Und zwar *deshalb*!«

Als sie vor einer roten Ampel standen, zeigte sie ihm den kleinen Origami-Schwan.

»Er gehört Sam. Ich hab ihn in einem Luftschlitz im Reinraum des Labors gefunden. Er wäre sicher bald eingesaugt worden.«

Nathan schaute den Schwan neugierig an. »Woher weißt du, dass er Sam gehört?«

»Weil er genauso aussieht wie der, den ich in seinem Hotelzimmer gefunden habe.«

Nathans Gesicht wurde feuerrot. »Es reicht! Ich stecke dich höchstpersönlich in den Zug nach London! Wir fahren sofort zum Bahnhof.«

Jessica löste den Sicherheitsgurt und langte wieder nach dem Türgriff. »Wenn Sie das tun, wende ich mich gleich an die Presse. Ich sage, dass der MI6 einen unschuldigen Mann absichtlich in die Pfanne haut und jeden Beweis ignoriert, der darauf hindeutet, dass AKSC in eine Verschleierung verwickelt ist.«

Nathan funkelte sie an. Mit weißen Knöcheln umklammerte er das Lenkrad. Er biss die Zähne zusammen.

»Ich mach's!«, fügte Jessica hinzu. »Das können Sie mir glauben.«

»Ich glaube dir – leider«, erwiderte Nathan böse. »Aber lass uns eines klarstellen, Jessica. In deiner Freizeit die Spionin zu spielen, macht dich noch lange nicht zu einer Spionin. Ist dir irgendwann mal durch den Kopf gegangen, dass dein Vater am Empfang der Firma AKSC telefoniert haben könnte, ohne Allegra gesehen zu haben? Vielleicht hat er seine Meinung geändert oder er wurde woandershin bestellt. Das ist immerhin möglich. Und ist es dir irgendwann mal in den Sinn gekommen, dass jemand anderes den Schwan vor Kurzem fallen gelassen haben könnte? Vielleicht hat Sam ja einen für einen Arbeitskollegen gebastelt.«

Jessica lief rot an. Sie musste zugeben – wenn auch ungern –, dass sie an diese Alternativen nicht gedacht hatte.

»Der MI6 braucht stichhaltige Beweise, bevor er handelt«, fuhr Nathan fort. »Wir können nicht einfach jemanden verhören, nur weil ein eigensinniger Teenager voreilige Schlüsse zieht und nicht in der Lage ist, das zu tun, was man ihm sagt.«

»Aber ich –«

»Genug! Ich fahre dich jetzt zum Hotel, bevor ich Mrs T Bescheid sage. Sie kann entscheiden, wie sie vorgehen will, nachdem du meine Anordnungen bewusst und absichtlich missachtet hast.«

»Und Allegra?«

»Ich verspreche dir, dass wir sie genauestens unter die Lupe nehmen«, sagte er knapp. »Dein Vater hat mich zu deiner *Code-Red*-Kontaktperson gemacht, erinnerst du dich? Er hat mir vertraut. Du musst auch endlich anfangen, mir zuzutrauen, dass ich meinen Job richtig mache.«

Jessica schaute aus dem Fenster, während Nathan wieder vor einem wütenden Taxifahrer ausscherte. Er war der schlechteste Fahrer, mit dem sie jemals unterwegs gewesen war. Die Entscheidung ihres Vaters ergab überhaupt keinen Sinn. Wieso hätte er Nathan vertrauen sollen? Warum sollte *sie* ihm vertrauen?

»Natürlich, Nathan«, erwiderte sie mechanisch. »Wie Margaret neulich schon sagte: Wir sind alle im selben Team.«

Nathan guckte sie verwirrt an, während sie eine Hand in ihre Jeanstasche steckte. Ihre Finger berührten den Ausweis, den sie im Labor gestohlen hatte. Es gab Geheimnisse, die sie nicht verraten würde, nicht einmal ihrer Kontaktperson.

Kapitel Fünfzehn

Während Jessica in ein Kleid genäht wurde, gähnte und schwankte sie. In der Nacht zuvor hatte sie bis ein Uhr früh für Saint Laurent, Chanel und Alexander McQueen geprobt. Bevor sie um fünf Uhr morgens wieder auf den Beinen stand, um vor den Shows der drei Designer Anproben, Schmink- und Frisuren-Tests über sich ergehen zu lassen, hatte sie nur wenige Stunden geschlafen. Die Haute-Couture-Woche war unglaublich anstrengend, weshalb es nicht überraschend war, dass die Visagisten allen Models eine Riesenmenge Concealer unter die Augen klatschen mussten. Alle sahen total erschöpft aus.

Es war zehn Uhr, und Jessica war bereits bei Saint Laurent in ein exquisites grünes Abendkleid mit langer Schleppe und in ein atemberaubendes, gerüschtes rotes Kleid mit riesiger Ansteckblume genäht worden. Zu ihrem Programm bei Chanel gehörten ein mit Glitzersteinen besetztes silberfarbenes Kleid aus Spitze mit Lagen aus handgeketteltem Tüll und eine schimmernde weiße, mit Pailletten besetzte Kreation. Näherinnen hatten genau geprüft, ob alle Kleider perfekt saßen, und Polaroid-Aufnahmen von Jessica im jeweiligen Outfit gemacht. Sie befestigten die Bilder an den Kleiderbügeln, um die Assistentinnen daran zu erinnern, *wer* bei dem hektischen Umziehen *was* vorführen sollte.

Jetzt war Jessica bei Alexander McQueen – ihre letzte Anprobe. Als sie vor dem Spiegel stand, schloss sie die Augen. Was hatten Margaret und Nathan vor? Obwohl sie auf beiden Handys Nachrichten hinterlassen hatte, kam weder von ihr noch von ihm ein Pieps. Hatten sie Allegra noch einmal befragt?

»Nicht so krumm dastehen, *s'il vous plaît*«, sagte eine Näherin.

Jessica richtete sich auf. Abgesehen von den kurzen Taxifahrten zwischen den Modehäusern, hatte sie in den letzten vier Stunden nur vor Spiegeln gestanden oder Laufen geübt. Am liebsten wäre sie geflohen. Diese Anproben dauerten ewig, weil die Stylisten verschiedene Frisuren an ihr ausprobierten, während Camille das Ganze wie ein Adler überwachte.

»Du siehst toll aus«, sagte sie und guckte ihr über die Schulter.

Jessica schaute hoch und staunte über ihre Erscheinung im großen Spiegel. Eine Prinzessin aus dem Mittelalter blickte zurück. Man hatte sie in ein königsblaues Korsett gepresst, das ihr eine winzige Taille von höchstens fünfundvierzig Zentimetern verlieh. Am blauen Seidenrock hing eine lange Schleppe, die so schwer war, dass Jessica das Gefühl hatte, ein kleines Kind hinter sich herzuziehen. Und ihre rosig-goldenen Stilettos hatten die schwindelerregendsten Absätze, die sie je erlebt hatte. Mit einer Größe von fast zwei Metern fünfzehn glich sie einem Wolkenkratzer.

Stylisten wuselten um sie herum. Sie hatten sich für eine hoch aufgetürmte Frisur entschieden, die sie am Abend mit glitzernden Haarklemmen von Cartier tragen würde und noch größer erscheinen ließ. Eine Frau balancierte auf unsicheren Beinen auf einem Stuhl und setzte ihrem Vogelnest noch eine goldene Krone auf.

»*Voilà!*«

Der Effekt war toll, aber bizarr.

»Wow!« Camille starrte sie bewundernd an.

Jessica versuchte, sich zu drehen und verlor beinah ihr Gleichgewicht, wobei sie die Näherin, die zu ihren Füßen kniete und den Saum feststeckte, mitgerissen hätte.

»Ich kann mich nicht an die Schuhe gewöhnen«, stöhnte Jessica. »Sie sind zu hoch und viel zu groß. Ich weiß jetzt schon, dass ich auf dem Laufsteg auf die Schnauze fallen werde.«

»Nein, du schaffst das!«, sagte Camille. »Du musst nur immer geradeaus schauen. Mach dir keine Sorgen! Ich bin heute Abend dabei und pass auf dich auf.«

Jessica seufzte. *Natürlich.*

Bevor die erste Show begann, hatte sie ein paar Stunden frei. Camille hatte sie bis zu ihrem Hotelzimmer begleitet, aber Jessica war kurz danach geflohen und hatte auf der Straße einem Taxi gewinkt, ohne dabei erwischt zu werden. In der Hoffnung, einen Blick auf Nathans Auto zu erhaschen, bat sie den Fahrer, einen Umweg zu machen und vor der Firma AKSC zu halten, aber die Straße war leer. Als das Taxi am Hotel vorfuhr, zögerte sie. Sie hatte den Kartenschlüssel in der Tasche. Es war eine Versuchung, sich reinzuschwindeln, aber die Sache war zu riskant. Sie würde wahrscheinlich erwischt, dann rausgeschmissen und vielleicht sogar festgenommen werden. Auf jeden Fall würde man sie nach London zurückschicken. Aber sie musste herausfinden, was Nathan und Margaret taten, nachdem es ihr gelungen war, die Klette abzuschütteln.

Sie angelte die Karte, die Nathan ihr gegeben hatte, heraus. Margaret hatte ihr nicht gesagt, wo sie übernachtete, aber wahrscheinlich auch im *Ritz*. Bis sie am Place Vendôme ankamen, prüfte sie ihre E-Mails und surfte im Netz. Sie bezahlte den Fahrer und sprang aus dem Taxi. Das Hotel war mit seinen glänzenden Marmorböden und glitzernden Kronleuchtern genauso atemberaubend, wie sie es erwartet hatte. Außerdem war genug los, um sich unter die Gäste zu mischen, ohne allzu viel Aufmerksamkeit zu erregen.

Jessica ging schnurstracks an der Rezeption vorbei und auf der breiten, mit einem roten Teppich ausgelegten Treppe in den zweiten Stock. Nathan hatte ihr freundlicherweise seine Zimmernummer mitgeteilt: 222. Sie klopfte an die Tür. Keine Antwort. Noch besser. Sie schaute in beiden Richtungen nach dem Wagen des Zimmermädchens. Vielleicht hatte er ja ein paar nützliche Unterlagen herumliegen lassen. Sie suchte nach einer Angestellten und fand das Zimmermädchen in einer Suite in der Nähe. Sie erklärte auf Französisch, dass sie das Zimmer ihres Vaters betreten wolle. Die Frau lächelte und ließ sie rein, ohne dass sie vorgeben musste, sich ausgeschlossen zu haben.

Das war wirklich erschreckend einfach gewesen.

Die Suite war riesig und in hellgrünen Tönen gehalten. Die Beschläge und das übrige Zubehör war golden, und auf dem Boden lag ein luxuriöser Perserteppich. Er war so weich, dass ihre Füße darin versanken. Auf dem großen verschnörkelten

Schreibtisch entdeckte sie Nathans Laptop. Er war ausgeschaltet. Jessica wusste, dass es sinnlos wäre, seine Passwörter zu erraten. Um in einen Laptop des MI6 eindringen zu können, müsste sie ein Superhacker sein.

Seine Pistole und sein Pass lagen auf einem Stapel Zeitschriften über Innenarchitektur daneben. Sie schaute in den Pass. Was für ein grimmiger Gesichtsausdruck! Man hätte meinen können, dass er vor einem Erschießungskommando stand.

Kopf hoch, Nathan! Für Mrs T zu arbeiten kann doch nicht sooo schlimm sein.

Aber wahrscheinlich doch.

Jessicas Fuß stieß an etwas unter dem Schreibtisch. Sie hob eine abgenutzte braune Aktentasche auf. Der goldfarbene Verschluss war geöffnet. Sie griff in die Tasche und zog ein paar Unterlagen heraus. Alle waren mit dem Stempel MI6 VERTRAULICH versehen. Sie blätterte die Papiere durch. Auch eine Liste mit den Namen algerischer Agenten war dabei. Außerdem fand sie eine Akte mit den Namen der französischen Agenten und Vectras Fotos. Das war seltsam. Es waren die Sachen, die sie im Arbeitszimmer ihres Vaters auf dem Fußboden gefunden hatte. Aber wieso hatte sie Nathan?

Als sie die Bilder in einer anderen Akte sah, fiel ihr die Kinnlade runter. Es waren Fotos von *ihr* – aufgenommen mit einem Teleobjektiv, als sie zu ihrem Unterwasser-Fotoshooting nach Ost-London gefahren war. Und dann wieder danach, wie sie von der Bushaltestelle zur Schule rannte. Sie erinnerte sich, die Kamera in Nathans Auto gesehen zu haben, als er sie vor dem AKSC-Gebäude abgefangen hatte. Aber warum hatte er sie am Montagmorgen beschattet? Es lief ihr kalt über den Rücken.

Sich vorzustellen, dass er jede ihrer Bewegungen beobachtete, ohne dass sie es merkte, war unheimlich. Was hatte er vor?

Jessica durchsuchte den Rest der Aktentasche, aber sie fand nichts Brauchbares. Sie zog die linke obere Schublade des Schreibtischs heraus und nahm einen Plastikbeutel in die Hand. Im Beutel befanden sich ein rosafarbenes Handy und ein Backstage-Pass für die Haute-Couture-Woche auf den Namen Lara Hopkins. Sie betrachtete das Handy durch die Plastikfolie. Auf der Rückseite bildeten Glitzersteine den Buchstaben L. Zum Glück war es ausgeschaltet, sonst hätte Nathan antworten können, als sie vor zwei Tagen die Nummer gewählt hatte.

Ihr Herz raste, als sie der anderen Schublade eine braune Brieftasche entnahm und sich schnell die Kreditkarten ansah. Es war auf jeden Fall seine. Aber warum hatte Nathan sie nicht mitgenommen? Vielleicht war er nur schnell zur Rezeption gelaufen, was bedeutete, dass er bald wieder zurück wäre. Sie wühlte in der Brieftasche. Im hinteren Fach steckte ein gefaltetes und mit Eselsohren versehenes Stück Papier.

Als sie es glatt strich, blieb ihr die Luft weg. Es war noch ein Bild von ihr, das aber nicht mit einem Teleobjektiv aufgenommen worden war. Es war ein Familienfoto. Sie balancierte vor ihren Eltern auf einem Bein und hatte einen rosa Schlapphut und ein Sommerkleid an. Sie war ungefähr vier Jahre alt. Die Aufnahme musste kurz vor dem Tod ihrer Mutter gemacht worden sein. Jessica berührte ihren Anhänger. Mum trug ihn auf dem Foto am Hals. Anscheinend war das Bild oft befingert worden. Die Gesichter ihrer Eltern waren unter weißen Fettflecken verblasst und ließen sie wie Gespenster aussehen, während sie selbst strahlte.

Das Ganze war mehr als unheimlich. Warum war Nathan so an ihrer Familie interessiert? Wieso sammelte er Fotos von *ihr*?

Jessica erstarrte. Hinter einer Tür war eine gedämpfte Stimme zu hören. Ihr Blick huschte durch das Zimmer und erfasste alle verräterischen Zeichen. Sie hatte sich von all dem Luxus ablenken lassen. Jetzt fielen ihr die Schuhe auf dem Fußboden auf. Sein Jackett, die Pistole und Brieftasche lagen da. Wieso kam sie erst jetzt darauf? Nathan war nirgends hingegangen. Er hielt sich immer noch in der Suite auf. Sie steckte das Bild wieder in die Brieftasche und warf sie in die Schublade. Die Aktentasche schob sie unter den Schreibtisch, bevor sie sich an die Schlafzimmertür schlich, die nur angelehnt war, aber sie konnte Nathan durch den Spalt nicht sehen. Sie öffnete die Tür etwas weiter und hielt die Luft an. Er telefonierte im Marmorbad.

»Ich sag dir, sie hat erraten, wo ihr Vater ist und könnte die Sache platzen lassen, wenn wir nicht aufpassen. Das dürfen wir nicht dulden.« Er lauschte aufmerksam, während die andere Person sekundenlang weiterredete. »Lily und Jack waren also entbehrlich? Und jetzt ist es Jessica auch?« Er spuckte die Worte wütend aus.

Jessica fuhr es eiskalt über den Rücken. Mit wem redete er und wieso sprachen sie über ihre Mutter? Warum sprachen sie von ihr, Jessica, als ob sie wertloser Abfall wäre, den man einfach entsorgen konnte?

»Da bin ich anderer Meinung«, fuhr Nathan fort. »Wir müssen Jessica loswerden. Das verstehst du doch, oder nicht? Sie ist im Weg. Ich kann in zwanzig Minuten bei ihr sein und das Ganze sofort beenden.«

Jessica schlich sich durch das Zimmer zurück, schloss die Tür der Suite leise hinter sich und floh durch den Korridor zur Treppe.

Entbehrlich, entbehrlich, entbehrlich.

Das Wort hämmerte mit jedem Schritt in ihrem Kopf.

Wir müssen Jessica loswerden. Sie ist im Weg.

Als sie am Fuß der Treppe ankam, blieb sie stehen und umklammerte das Geländer. Ihre Hände zitterten vor Wut. Sie würde in sein Zimmer zurückkehren und sich die Pistole schnappen. Sie würde sie auf Nathan richten und eine Erklärung verlangen, warum er nichts unternahm, um ihren Vater zu retten. Sie würde ihn fragen, warum er sie unbedingt loswerden wollte und wieso er meinte, ihre Mutter sei entbehrlich gewesen. Sie hatte doch mit alldem gar nichts zu tun? Wovon redete er bloß?

Für ihn waren sie alle entbehrlich.

Die Fotos in den Akten und seiner Brieftasche waren wirklich besorgniserregend. Was wollte er von ihr? Und warum war er im Besitz des belastenden Materials aus dem Arbeitszimmer ihres Vaters? Wenn sie ihm die Pistole auf die Brust setzte, müsste er ihr die Wahrheit sagen. Sie ging die Treppe wieder hoch und blieb stehen. Dabei hörte sie die Stimme ihres Vaters im Kopf.

Ein guter Spion überlegt sich alles auf logische Weise, ohne die Kontrolle über seine Gefühle zu verlieren.

Er hatte wie immer recht. Sie musste sich beruhigen. Es würde ihr schwerfallen, aber sie durfte nicht zulassen, dass Nathan sie verdächtigte, Bescheid zu wissen. Sie musste mitspielen, wenn sie herausfinden wollte, was wirklich los war. Wenn sie ihn damit konfrontierte, würde er nur alles abstreiten. Er war geschult worden zu lügen. Damit verdiente er sich schließlich seinen Lebensunterhalt.

Jessica setzte sich ins Foyer und wartete auf ihn. Ihr Blick war auf den Lift geheftet.

Die Tür des Aufzugs öffnete sich und eine Gruppe Geschäftsleute und ein älteres japanisches Paar stiegen aus, gefolgt von Nathan. Sie schloss die Augen. Sie musste ihm etwas vorspielen, so, wie sie es beim Modeln immer tat. Sie war nicht mehr Jessica Cole, sondern Meerjungfrau, Rock Chick oder Prinzessin vor der Kamera. Heute musste sie ein naiver, dankbarer Teenie sein, der alles glaubte, was man ihm sagte.

»Nathan!«, rief sie. »Hier drüben!«

Er zuckte zusammen und schaute sie böse an. Dann stürmte er an einem Geschäftsmann vorbei und riss ihm dabei die Zeitung aus der Hand, die auf den Marmorboden fiel. Ohne sich bei dem verdutzten Mann zu entschuldigen, schoss er auf sie zu. »Was zum Teufel machst du hier?«

»Sie haben mir doch Ihre Karte gegeben! Wissen Sie es nicht mehr?« Jessica schwenkte das Kärtchen mit der Adresse des Hotels fröhlich durch die Luft.

Er starrte sie misstrauisch an. »Was ist los mit dir?«

Sie hörte auf zu grinsen. Sie müsste sich etwas zurückhalten. Er war eine gut gelaunte, lustige Jessica nicht gewöhnt und kannte bis jetzt nur die pampige, ungehorsame.

»Ich habe frei, bevor die Shows anfangen, und dachte, ich komm vorbei und frage, ob Sie schon was über Allegra Knight herausgefunden haben«, verkündete sie laut.

Er packte sie am Arm und zerrte sie auf die Füße. Jetzt befanden sie sich wieder auf vertrautem Territorium, das heißt sie stellte alles infrage, was er sagte.

»Nicht hier«, knurrte er.

Er hielt ihren Arm fest umklammert, als er sie zum Lift und dann in seine Suite führte. Er hatte seinen Laptop und die Pistole weggeräumt, aber die Aktentasche stand da, wo sie hingehörte. Sie rieb sich den Arm. Er tat an der Stelle, an der Nathan sie gepackt hatte, immer noch weh.

»Warst du in meinem Zimmer?«, fragte er.

»Natürlich nicht. Warum?« Sie schaffte es, keine Miene zu verziehen. Vielleicht hatte sie die Aktentasche einen Zentimeter zu weit nach links oder rechts gerückt. Er gehörte zu den Leuten, denen auffiel, wenn eine winzige Kleinigkeit verrutscht war.

Er musterte sie scharf. »Egal. Ich mag nur keine Überraschungen.«

»Nein? Ich liebe Überraschungen!«, rief Jessica aus. »Ich weiß noch, wie –«

»Ich habe gerade mit Mrs T gesprochen und sie ist ganz meiner Meinung«, unterbrach er sie. »Es besteht die *geringe* Chance, dass sich dein Vater und Sam im AKSC-Gebäude befinden, aber wir können dort nicht einfach so reinplatzen. Das würde Vectra und den *echten* Seestern verscheuchen. Das können wir nicht riskieren. Wir müssen beide auf frischer Tat ertappen.«

Sie starrte ihn an. Es war eine durchaus plausible Erklärung, aber sie glaubte ihm trotzdem kein Wort. Jetzt nicht mehr, nachdem sie seinen geheimen Vorrat an Fotos gesehen hatte und wusste, wie wenig ihm ihre Familie bedeutete.

»Und Dad? Wie passt mein Vater denn ins Bild?« Jessicas

Hände ballten sich zu Fäusten. Sie wollte schreien oder auf ihn einschlagen. Oder beides.

»Hier bist *du* gefragt! Wir haben versucht, eine Geheimagentin des MI6 bei AKSC einzuschleusen, aber der Einsatz ging daneben, und wir haben nicht die Zeit, neue Kontakte aufzubauen.«

Er ließ wieder seine Fingerknöchel knacksen – einen nach dem anderen. Das Geräusch ging ihr durch Mark und Bein. Konnte er seine mittelalterlichen Foltermethoden nicht endlich lassen?

»Ich bin eigentlich total dagegen, aber Mrs T ließ sich davon überzeugen, dass du am ehesten die Möglichkeit hättest, bei AKSC einzudringen. Sie glaubt, die Chancen stehen gut, dass Allegra dich nach dem morgigen Fotoshooting wieder einlädt.«

»Also wollen Sie jetzt doch, dass ich spioniere?« Jessica verschränkte die Arme. »Nach allem, was Sie gesagt haben – nachdem Sie mir gedroht haben, mich nach Hause zu schicken?«

Nathan fuhr mich sofort wieder an. »Mrs T will, dass du das machst! Margaret auch. Wenn es nach mir ginge, würde ich dich sofort zurückschicken. Leider habe ich hierbei keinen Einfluss.«

Hatte er *das* gemeint, als er sagte, dass er sie loswerden wollte? Oder bezog es sich auf etwas viel Schlimmeres?

»Was stellt Mrs T sich denn vor? Was soll ich tun?«

»Nur das, was dein Vater dir beigebracht hat: Aufmerksam sein und deine Umgebung beobachten. Tu nichts, was dich in Gefahr bringt, aber sage uns Bescheid, wenn dir etwas ungewöhnlich erscheint. Alles klar?«

Als sie nicht darauf antwortete, blitzte er sie *richtig* böse an.

»Ich dachte, du würdest dich freuen! Was ist mit euch Teenagern eigentlich los? Du hast gesagt, du würdest gerne helfen, oder hast du deine Meinung geändert? Hast du was Besseres zu tun?«

»Nein, überhaupt nicht«, stieß sie hastig hervor.

Nathans Augen funkelten ihr ins Gesicht. »Nervosität ist gut«, sagte er schließlich, weil er ihr Zögern missverstand. »Das bedeutet, dass du nicht voreilig reagieren wirst. Das hier kann auch helfen.« Er reichte ihr eine große silberfarbene Kosmetiktasche. »Ich kann dich nicht ohne Ausrüstung reingehen lassen. Die Sachen wurden für unsere Geheimagentin angefertigt. Mrs T war der Meinung, du solltest sie jetzt haben.«

»Was ist drin? Krieg ich eine Pistole?«

»Natürlich nicht.« Er machte ein entsetztes Gesicht, während sie die Tasche auf dem Tisch ausleerte. Lippenstifte und Puderdosen fielen heraus.

»Oh, toll. Noch mehr Schminke. Als ob ich noch nicht genug von dem Zeug hätte!« Jessica verdrehte die Augen.

»Das ist eine etwas andere Schminke. Sie stammt aus dem Fundus des MI6.«

Ihre Augen leuchteten auf. Schon besser. Jetzt konnte sie sich selbst schützen. Vielleicht sogar vor ihm.

»Ich dachte mir schon, dass ich damit ausnahmsweise mal deine Aufmerksamkeit erregen kann«, bemerkte er trocken.

»Was macht man damit?« Jessica nahm ein silbernes Puderdöschen in die Hand. Mitten im Deckel saß ein großer blauer Stein. Nathan entriss ihr das Döschen.

»Schau zu und lern was! Ich habe nicht die Zeit, alles zweimal zu erzählen.«

Er drückte auf den Stein und hob den Deckel. Dann richtete er die Dose auf die Wand.

»Wow!« Jessica guckte ihm mit einem zusammengekniffenen Auge über die Schulter. Sie konnte durch den Deckel ins Zimmer nebenan sehen. Ein Mann lag auf dem Bett, schaute fern und hielt ein Glas in der Hand. Dann erhob er sich und ging ins Badezimmer.

»Wahnsinn!«

»Der Deckel hat den Röntgenblick«, erklärte Nathan. »Du kannst damit herumspielen, aber pass auf das Puder auf. Benutze es nur, wenn es wirklich nötig ist! Wenn du es nämlich jemandem in die Augen bläst, wird er vorübergehend blind.«

Nathan steckte das Döschen wieder in die Tasche, bevor sie dazu kam, diese Funktion auszuprobieren. Vielleicht ahnte er ja, dass es sie wahnsinnig reizte, das Zeug bei ihm einzusetzen.

»Außerdem lässt sich der blaue Stein entfernen. Er enthält einen elektromagnetischen Impuls, der innerhalb von zwei Metern jedes elektrische Gerät lahmlegt«, fuhr Nathan fort. »Achte darauf, dass du es von deinem Handy und Laptop fernhältst.«

»Und das hier?« Sie griff nach einer Dose Haarspray.

»Vorsicht!« Er nahm sie schnell an sich. »Das ist ein Flammenwerfer mit einer Reichweite von drei Metern.«

Wenn er ihr die Dose doch bloß zurückgeben würde! Er stand direkt vor ihr. Sie könnte ihn unmöglich verfehlen.

»Probier den hier mal an!« Er klemmte ihr einen klobigen silbernen Armreif ans Handgelenk.

Wow. Jetzt bekam sie doch tatsächlich etwas Nützliches.

»Explodiert er in zwanzig Sekunden?«, fragte sie halb im Spaß. Vielleicht wollte er sie umbringen?

»Damit wirst du zu Spider-Woman«, erklärte Nathan kaltschnäuzig. »Du ziehst an dem Haken und zielst. Ein hochfester Draht schießt heraus, der sich an irgendeine Fläche heftet und als Auffanggurt dient. Die Verbindung von Kohlenstoffnanoröhrchen macht ihn zehnmal stärker als Stahl, obwohl er so dünn wie ein Nähfaden ist. Er trägt das Gewicht von mindestens zehn Männern.«

Nathan nahm ihr das Armband schnell wieder ab und ging den Rest der Sachen mit ihr durch. Es war irres Zeug. Die Lidschatten-Palette war auch ein Minicomputer, den er so programmiert hatte, dass man E-Mails an einen passwortgeschützten Account schicken konnte. Ein Ring mit einem riesigen Smaragd verbarg einen Laser, ein Lippenstift war gleichzeitig eine Taschenlampe und ein Peilsender, und ein Fläschchen Parfum versprühte eine Schaumlösung, die sich innerhalb von sechzig Sekunden ausbreitete und erhärtete. Damit ließen sich Schlüssel in Schlössern kopieren oder Überwachungskameras außer Betrieb setzen. Das Beste war, dass der Schaum nach ein oder zwei Stunden schmolz und keinerlei Spuren hinterließ.

Insgeheim gefiel ihr der Brillantstecker am besten. An einem Samstagnachmittag hatte sie sich mit Becky den Bauchnabel piercen lassen, sich aber noch nicht getraut, es ihrem Vater oder Mattie zu beichten. Jessica wusste, dass beide an die Decke gehen würden. Sie drehte sich um und steckte sich das Ding sofort rein, bevor Nathan es ihr wieder wegnehmen konnte.

»Dreh den Stecker im Uhrzeigersinn, bis es klickt«, sagte Nathan. »Wenn man den Brillanten auf einer Fläche reibt, gibt er Teilchen frei, mit denen sich Glas und sogar Stahl schneiden lässt. Wir benutzen ähnliche Geräte bei Geiselnahmen.«

Sie zog das T-Shirt wieder runter und sah Nathan an, die Hände in die Hüften gestemmt. »Hatten Sie nicht gesagt, ich soll nichts Gefährliches machen? Und jetzt statten Sie mich mit diesem Arsenal für einen Kleinkrieg aus. Was ist im AKSC-Gebäude? Gibt es irgendwas, von dem Sie mir nichts erzählen?«

Sein Gesicht lief rot an. »Wie ich bereits erklärt habe, wurden diese Geräte für eine unserer Agentinnen zusammengestellt – nur vorsichtshalber.«

»Ich fühle mich aber nicht besonders sicher, wenn Sie mir nicht erlauben, irgendwas davon auszuprobieren«, sagte Jessica. »Was, wenn ich bei AKSC plötzlich nicht mehr weiß, wie die Sachen funktionieren?«

»Du wirst dich erinnern. Du bist schlau. Aber mach dir keine Sorgen. Wahrscheinlich wirst du keinen von diesen Apparaten brauchen. Es ist mir einfach lieber, du hast sie dabei. Zu meiner eigenen Beruhigung.«

Jessica steckte sich den Smaragdring an den Zeigefinger. Es klang, als ob er sich tatsächlich Sorgen um ihr Wohlergehen machte. Das war ja wohl ein Witz! Als ob sie ihm irgendetwas bedeutete! Sie war doch entbehrlich, genau wie Mum und Dad.

»Danke«, sagte sie steif. »Aber ich muss los. Ich muss mich für die Shows fertig machen.«

»Okay, aber lass uns morgen nach den Aufnahmen wieder miteinander reden! Viel Glück, Jessica, und sei vorsichtig!«

Ja, klar. Das meint er doch wohl nicht im Ernst? So ein Heuchler!

Kapitel Sechzehn

»Warum hat Nathan ein Foto von meiner Familie in der Brieftasche?«

Sobald Jessica das *Ritz* verlassen hatte, rief sie Margaret an. Diesmal nahm sie schon nach dem zweiten Klingeln ab. Jessica schaute aus dem Taxifenster. Sie war auf dem Weg zum Musée Rodin, wo die Alexander-McQueen-Show stattfinden sollte. Margaret hatte beim Essen offen mit ihr geredet, und Jessica brauchte jetzt jemanden, der ihr gegenüber ehrlich war.

»Margaret?«

»Bist du sicher?« Margaret wollte Zeit schinden. Es war ihrer Stimme anzuhören.

»Ich hab in seinem Hotelzimmer herumgeschnüffelt und das Bild gefunden. Ich hab ihn auch am Telefon reden gehört. Er hat meine Eltern *entbehrlich* genannt. Mich auch. Wieso hat er über Mum geredet? Was hat sie denn damit zu tun?«

Schweigen.

»Sind Sie noch dran, Margaret?«

»Es ist schwierig.«

»Erklären Sie es mir! Ich bin kein Kind mehr.« Es war wirklich ärgerlich, dass die Leute sie in der einen Minute wie eine Erwachsene behandelten und in der nächsten wie ein kleines

Mädchen. »Ich komme mit einigem ziemlich gut klar – zum Beispiel bei AKSC verdeckt ermitteln zu müssen.«

»Das weiß ich natürlich, Jessica. Was weißt du denn über deine Mutter?«

Gute Frage. Ehrlich gesagt, fast gar nichts. Jedes Mal, wenn sie Mattie oder ihren Vater nach ihrer Mutter ausfragen wollte, gingen die Rollläden runter.

»Nur, dass sie früher ein Model war. Ein ziemlich erfolgreiches sogar. Sie starb bei einem Hubschrauberabsturz auf dem Weg zu einem Fotoshooting in Neapel.«

Margaret zögerte. »Das sollte wirklich nicht von mir kommen. Kannst du nicht mit jemand anderem darüber reden? Jemand, der dir nahesteht?«

»Es gibt niemanden.« Jessica konnte Mattie unmöglich anrufen, ohne die Sache mit ihrem Vater preiszugeben. Sie würde sowieso keine ehrliche Antwort von ihr bekommen. Sie bekam ja nie eine. »Bitte, Margaret.«

Margaret atmete schwer. »Es wird ein ziemlicher Schock für dich sein, Jessica.« Sie machte eine Pause. Dann sagte sie: »Deine Mutter war auch eine MI6-Agentin.«

Jessica beugte sich vor und umklammerte ihr Handy. »Das ist nicht möglich. Dad hätte es mir gesagt. Sie war ein Model. Ich habe Bilder gesehen.«

»Sie war ein Model *und* eine Spionin. Eine sehr gute übrigens.«

»Wenn das stimmt – wieso hat Dad mir dann nichts davon erzählt? Oder Mattie?«

»Sie wollten dich wahrscheinlich schützen.«

»Wovor denn schützen?« Jessica senkte ihre Stimme, aber der

Fahrer hatte seine Musik so laut aufgedreht, dass er sowieso nichts hören konnte. Das ergab doch alles keinen Sinn!

»Der Hubschrauber stürzte ab, als sie für den MI6 arbeitete. Sie hatte einen Einsatz mit Nathan.«

»*Was?*« Jessica ließ sich gegen die Rückenlehne fallen. »Sie war mit *ihm* unterwegs?«

»Manchmal. Damals haben wir alle zusammengearbeitet – dein Vater, Nathan und ich. Deine Mutter war in einer anderen Abteilung, aber wir haben bei bestimmten Projekten kooperiert. Wir waren ein gutes Team.«

Jessica war sprachlos. Warum hatten Dad und Mattie ihr das verschwiegen? Es war doch keine große Sache. Sie wusste über die Vergangenheit ihres Vaters als Spion Bescheid. Meinten sie, dass sie ihr das Geheimnis ihrer Mutter nicht anvertrauen konnten?

»Dann hat Dad ihn wohl für den Fall eines *Code-Red*-Alarms zu seiner Kontaktperson gemacht?«

»Es war naheliegend. Sie waren Partner und Freunde. Sie haben sich gegenseitig unterstützt.« Margaret verstummte.

»Bitte reden Sie weiter!«

Margaret seufzte. »Nach dem Tod deiner Mutter haben sich dein Vater und Nathan fürchterlich zerstritten. Kurz darauf wurde dein Vater krank und ließ sich für längere Zeit beurlauben. Er ist dann nie mehr zum MI6 zurückgekehrt.«

»Worüber haben sie sich denn gestritten?«, fragte Jessica.

»Über den Absturz. Nathan sollte mit deiner Mutter fliegen, aber er hatte sich an dem Tag verspätet und den Abflug verpasst.«

»Und Dad hat ihm die Schuld gegeben? *War* es seine Schuld?«

»Mehr darf ich dir nicht sagen, Jessica. Ich weiß nur, dass Nathan zugegeben hat, zum ersten Mal seit Jahren mit deinem Vater gesprochen zu haben, als er ihn vor einem Aufenthalt in Paris warnte.«

Jessica schnappte nach Luft. Das *Code-Red*-Signal musste ein schrecklicher, schrecklicher Fehler gewesen sein. Ihr Vater hatte seine Kontaktperson seit damals nicht geändert. Damals, als er den Geheimdienst verließ, hatte er wahrscheinlich angenommen, dass er sie nicht mehr bräuchte. Er hätte doch nicht gewollt, dass seine Tochter sich an jemanden wendet, mit dem er zerstritten war. Und Nathan empfand ihm gegenüber auch keine Loyalität. Er hielt ihn ja für entbehrlich. Er hielt ihre Mutter für entbehrlich. Und sie, Jessica, auch. Aber das Foto in seiner Brieftasche ging ihr nicht mehr aus dem Kopf.

»Sie haben beim Essen gesagt, dass die Person, die meinen Vater hereinlegte, jemand sein könnte, den er in der Vergangenheit verärgert hat«, sagte Jessica leise.

Margaret schwieg. Nach einer Weile sagte sie: »Ja, das glaube ich immer noch. Es scheint eine sehr persönliche Sache zu sein.«

Weil es eine persönliche Sache war. Nathan hatte alle gefälschten Beweismittel, die Dad untergeschoben worden waren, gern akzeptiert. Er hatte versucht, Jessica von der Firma AKSC fernzuhalten, bis er überstimmt wurde. Warum? Weil ihr Vater dort war und Nathan nicht wollte, dass sie ihn fand. Das würde nämlich seinen Deal mit Vectra ruinieren.

»Könnte Nathan der Seestern sein?«, sprudelte es plötzlich aus ihr heraus. »Er hätte Dad alle Beweise unterjubeln und mich angreifen können. Ich weiß, dass er mir gefolgt ist. Er hat Fotos von mir, die mit einem Teleobjektiv aufgenommen worden sind, in seiner Brieftasche.«

Margaret wurde wieder still.

»Ich kann nur eines sagen«, erklärte sie schließlich. »Du musst ganz besonders vorsichtig sein. Der Seestern hat schon einmal jemanden getötet. Er könnte wieder zuschlagen, wenn er denkt, dass du kurz davor bist, ihn zu enttarnen.«

Camilles Mund bewegte sich schnell und ihre Arme schlenkerten herum, aber Jessica hatte keine Ahnung, was sie sagte. Sie fühlte sich wie betäubt, als eine Assistentin sie eine Stunde später in ein smaragdgrünes Spitzenkleid schnürte. Ihre Mutter war eine MI6-Agentin gewesen, die ihr Leben bei einem Einsatz verloren hatte – eine Tatsache, die sowohl ihr Vater als auch Mattie vor ihr geheim hielten. In gewisser Weise hatte ihr Vater Nathan dafür verantwortlich gemacht. Und jetzt war es ziemlich wahrscheinlich, dass sein ehemaliger Freund und Kollege zum Doppelagenten geworden war und ihn hereingelegt hatte.

»Ich sagte, dass mir das mit November leidtut«, wiederholte Camille.

»Was?«

Ihr Anstandswauwau plapperte immer noch munter drauflos. Sie nickte einer indianisch aussehenden Rothaarigen zu, der in das altertümliche Prinzessinnengewand von Alexander McQueen geholfen wurde, das Jessica am Morgen anprobiert hatte. Eine Stylistin zog die Schnüre des Korsetts stramm, während November die Luft anhielt.

»Das Team von McQueen hat sich in letzter Sekunde für November entschieden, weil sie mehr Erfahrung mit Eröffnungsshows hat«, sagte Camille. »Eine Unverschämtheit! Ich habe in der letzten halben Stunde ununterbrochen mit ihnen diskutiert, aber ich konnte sie nicht dazu bringen, ihre Meinung zu ändern. Ich werde sie gleich noch mal darauf ansprechen.«

»Machen Sie sich nicht die Mühe«, sagte Jessica. »Es ist mir egal.«

»Ja, klar«, sagte Sara, als eine Visagistin ihr die dunkelroten Lippen ausbesserte. »Aber vergiss nicht: Wie man in den Wald hineinruft, so schallt es heraus.«

»Ach, halt doch die Klappe!«, blaffte Jessica.

»Mädchen, seid nett zueinander!«, sagte Camille. »Ich muss eingreifen, bevor es zu spät ist und –«

»AAAAARR! Runter damit! Runter!«, kreischte November. Sie riss wie wild am Kleid und zerfetzte die blaue Seide.

»Hör auf!«, befahl eine Näherin. »Du machst es ja kaputt!«

»Hilfe! So helft mir doch!«

November stieß einen furchtbaren Schrei aus und brach zusammen. Ihr Körper zuckte und bebte auf dem Fußboden. Aus ihrem roten Mund tropfte Schaum. Näherinnen und Stylistinnen standen hilflos daneben und beobachteten den Anfall.

Jessica packte eine Schere auf dem Tisch und schnitt das Korsett auseinander.

»Ach, du meine Güte!«

Novembers Rumpf war voll blauroter Quaddeln. Sie sah aus, als wäre sie der Beulenpest zum Opfer gefallen. Jessica riss ihr das Korsett vom Leib und fühlte ihr den Puls am Handgelenk. Es war keiner zu spüren.

»Ruft den Krankenwagen!« Jessica drückte mit den Handflächen auf Novembers Brust. Sie wartete ein paar Sekunden ab, blies Luft in ihren Mund und beobachtete, wie sich der Brustkorb hob und senkte. Dann presste sie ihn wieder mit den Handflächen. Eine Ewigkeit schien zu vergehen, bis Sanitäter sie zur Seite schoben. Sie schlossen November an einem Monitor an und versuchten mithilfe von Paddeln, ihr Herz ins Leben zurückzuschocken.

»Was ist passiert?«, fragte Jessica auf Französisch. »Was hat die Schwellungen verursacht?«

»Wie es aussieht, hatte sie eine schwere allergische Reaktion auf etwas, das ihr Herz zum Stillstand brachte«, erklärte einer der Sanitäter. »Hat sie in den letzten paar Minuten etwas getrunken? Es kann sein, dass sie irgendein Gift zu sich genommen hat.«

»Ich hab keine Ahnung. Tut mir leid.«

Jessica kauerte auf dem Fußboden und starrte auf das Kleid, das sie zerfetzt hatte. Mit der Schere drehte sie das Korsett vorsichtig um. An den Nähten haftete ein feines weißes Pulver. November hatte nichts Giftiges getrunken. Das Kleid war vergiftet worden.

November war nicht das Ziel gewesen. Jemand versuchte, Jessica zu töten.

Sie blickte auf und sah, dass Sara sie anstarrte. Sie hatte sich zwar an ihr rächen wollen, weil sie den AKSC-Job bekommen hatte, aber das hier war eine Nummer zu groß für sie. Es war das Werk eines Profis. Margaret hatte sie gewarnt, dass der Seestern es auf sie abgesehen haben könnte. Er wusste, dass sie der Sache auf der Spur war. Nathan arbeitete bestimmt mit jemandem, der auf alles Zugriff hatte und sich mit den Kleidern beschäftigen konnte, ohne Verdacht auf sich zu lenken. Sie schaute sich im Raum um. Camille lag auf dem Boden und heulte. Ein Sanitäter legte ihr eine Decke über die Schultern.

Er konnte ja nicht ahnen, dass es nur Krokodilstränen waren.

In der Garderobe herrschte trübe Stimmung, als die Models wieder ihre Zivilklamotten anzogen. Die Show war abgesagt worden, und Polizisten notierten sich alle Einzelheiten der Mädchen, die auf dem Laufsteg hätten erscheinen sollen. Sie waren noch nicht darauf gekommen, dass das Kleid eigentlich für Jessica bestimmt war, und sie hatte nicht vor, auf sich aufmerksam zu machen, indem sie es ihnen sagte.

»Ich brauch ein bisschen Puder«, sagte ein Model mit braunen Haaren. »Du hast doch nichts dagegen, wenn ich mir welchen von dir ausleihe, oder? Ich kann meinen nicht finden.« Ohne eine Antwort abzuwarten, griff sie in Jessicas silbernen Schminkbeutel auf dem Tisch.

»Nein, lass das!« Jessica riss ihr die Puderdose aus der Hand. Ein Gendarm sah sie neugierig an und drehte sich dann wieder um.

»Sorry! Es ist doch nur Puder!« Das Mädchen verdrehte die Augen vor den anderen Models und rauschte beleidigt davon.

Sie starrten Jessica an und hielten sie ganz offensichtlich für eine blöde Kuh. Aber sie konnte ihnen doch nicht die Wahrheit sagen! Das Pulver war wirklich nichts, was sie im Gesicht haben wollten.

»Ach, komm, entspann dich!«, sagte Sara und nahm einen Schluck aus einem silbernen Flachmann. »Alle sind aufgeregt wegen Herbst, aber sie lebt, also ist doch alles okay.«

»November«, sagte Jessica. »Sie heißt November.«

»Herbst, November, Dezember, wie auch immer«, lallte Sara. »Auf jeden Fall ein blöder Name.«

Jessica rollte mit den Augen, als Sara den Flachmann schon wieder kippte. Sie war betrunken und würde im Laufe des Abends wahrscheinlich noch beleidigender werden. Sara wollte sich erneut einen Schluck gönnen, als ihr jemand die Flasche aus der Hand riss.

»In der Garderobe wird nicht getrunken!«, zischte Aurelie Leseuer, eine der Leiterinnen der Show. »Das Haus ist voller Polizisten. Nach allem, was passiert ist, macht das keinen guten Eindruck.«

»Upps!« Sara krachte kichernd in einen Tisch und fiel beinahe um.

»Wo ist eure Begleitperson?«, fragte Madame Leseuer.

»Zur Untersuchung im Krankenhaus«, leierte Sara. »Hipphipp-hurra! Wir sind frei!«

Sie stieß mit der Faust in die Luft und nahm wieder einen Schluck.

»Vielleicht könntest du sie nach Hause bringen«, schlug Madame Leseuer vor, indem sie sich an Jessica wandte. »Bevor sie uns noch mehr blamiert.«

Na, toll. Jessica hatte Nachrichten über ihre Mutter gehört, die sie wie ein Schlag getroffen hatten, einen Tötungsversuch überlebt, den sie Nathan und Camille zu verdanken hatte, und jetzt sollte sie für eine Betrunkene auch noch den Babysitter spielen. Schlimmer konnte ihr Tag nicht werden.

»Okay.« Jessica seufzte und nahm ihre Wundertüte an sich, die mit Werbegeschenken, einschließlich Make-up und einer cremefarbenen Clutch von Chanel sowie passenden Ballerinas, vollgepackt war.

»*Bon*. Gleich hier draußen ist ein Taxistand.« Madame Leseuer nickte in Richtung Tür.

Jessica half Sara durch den Bereich hinter dem Laufsteg und stolperte über weggeworfene rosafarbene Stilettos. Sobald sie im Freien waren, nahm Sara noch ein paar Schlucke aus der Flasche.

»Tuuuut mir leid«, lallte sie und schwenkte ihre Tasche wie wild durch die Gegend. »Und November tut mir auch leid. Du solltest doch das Kleid anziehen und bist jetzt bestimmt total fertig.«

»Stimmt«, gab Jessica zu.

»Was meinst du – wieso will dich jemand abmurksen? Weil du einen echt nerven kannst oder was?«

Jessica funkelte sie an. »Und doch war *dein* Kleid nicht vergiftet. Nicht zu fassen, was?«

»*Touché*!«, sagte Sara und kicherte. Sie erstarrte, als sie eine schwarze Stretchlimousine am Straßenrand sah.

»Was ist denn jetzt schon wieder los?«

Die Wagentür ging auf, und Lyndon Rawling stieg aus. Grinsend kam er auf sie zu.

»Jessica! Entschuldige die Überraschung in letzter Minute, aber Miss Knight möchte, dass du heute Abend ihr Gast bist. Das Fotoshooting wurde verschoben, und sie braucht dich morgen früh ab halb sieben.«

»Aber ich habe meine Sachen nicht dabei!«, protestierte Jessica.

»Mach dir darüber keine Gedanken! Miss Knight bittet um

Verständnis – sie hat bereits dafür gesorgt, dass dein Gepäck vom Hotel zu ihrer Suite gebracht wurde. Deine Sachen sind schon dort. Dadurch spart ihr am Morgen Zeit, weil das Auto dich dann direkt vom AKSC-Gebäude aus hinfahren kann, anstatt dich erst im Hotel abholen zu müssen.«

Jessica biss sich auf die Unterlippe. War das eine Falle?

»Dann ist das also ein Befehl und keine Einladung, die großartige Allegra Knight zu sehen?« Sara kicherte. »Ich bin froh, dass ich den Job doch nicht bekommen habe. Klingt total langweilig. Da geh ich doch lieber feiern.«

Lyndon schaute sie böse an und sagte zu Jessica: »Miss Knight meinte, es wäre dir bestimmt lieber, deine eigenen Sachen um dich zu haben. Sie dachte auch, dass es dir bei ihr besser gefallen würde. Hotels können so unpersönlich sein und einen so leicht – na ja – ablenken.«

Er starrte Sara, die schwankte und Jessicas Arm packte, um nicht umzufallen, missbilligend an. Dann musterte er Jessicas bequemen schokobrauen Pullover, ihre Jeans und schwarzen Stiefel. Sie trug keine AKSC-Uniform, hielt aber seinem Blick stand. *War ihr doch egal, was er dachte!*

»Es ist eine riesengroße Ehre, von Miss Knight eingeladen zu werden«, behauptete Lyndon. »Sie empfängt selten Gäste in den Allegra Towers.«

»Wahrscheinlich, weil es dort so langweilig ist«, sagte Sara laut. »Es klingt jedenfalls mehr als öde, Jessica. Komm lieber zu mir. Wir gucken fern und machen uns über die Minibar her.«

Jessica blickte von Sara zu Lyndon. Sie witterte Gefahr, konnte aber nicht einfach weglaufen. Nicht, wenn sie die Chance bekam, Dad zu finden.

»Gibt es ein Problem?«, fragte Lyndon.

»Überhaupt nicht. Ich ... also, ich wundere mich nur. Es ist schon spät, wissen Sie, und die Leute werden sich Sorgen machen, wenn ich nicht ins Hotel zurückkehre.«

»Wir haben Camille bereits angerufen, und sie hat nichts dagegen. Ist noch jemand anderes hier in Paris, dem wir Bescheid sagen müssten?« Lyndon schien sie mit seiner Frage provozieren zu wollen. Er würde eine Absage nicht einfach so hinnehmen.

»Natürlich nicht«, sagte sie. »Ich freue mich riesig über die Einladung. Es ist eine große Ehre. Danke.«

»Auf keinen Fall!«, sagte Sara. »Tu's nicht, Jessica! Du langweilst dich zu Tode!«

»Entschuldigung.« Lyndon schob sich vorbei. Er nahm Jessicas Handtasche und ging zur Limousine zurück, wo er sie in den Kofferraum stellte.

Super. Jetzt hatte sie ihr Handy nicht mehr parat.

Lyndon öffnete die Beifahrertür und stieg ein, während der Fahrer den Motor anließ.

»Du musst das nicht machen!«, sagte Sara eindringlich. Sie lallte und schwankte nicht mehr und klang vollkommen nüchtern.

»Doch«, sagte Jessica. »Aber du würdest es nicht verstehen.«

Lyndon schaute aus dem Fenster und musterte Sara abfällig. »Sind Sie bereit, Miss Cole? Der Chauffeur wartet.«

»Ja.« Sie ging zur Autotür, aber Sara umarmte sie plötzlich ganz fest.

»Pass gut auf dich auf!«, flüsterte sie Jessica ins Ohr.

»Was –?«

Sara stieß Jessica von sich, bevor sie den Satz beenden konnte und reichte ihr den Flachmann. »Gönn dir auch einen Schluck!«, rief sie fröhlich aus. »Ich bestehe darauf. Auf unsere Freundschaft!«

Jessica zögerte. Sie schraubte den Deckel ab und trank. Es war Wasser, kein Alkohol.

Sara tat nur so, als ob sie betrunken wäre. Was ging hier vor?

Kapitel Siebzehn

AKSC war bei Nacht noch beeindruckender als sonst. Scheinwerfer strahlten das zehnstöckige weiße Gebäude an und hoben die klassischen, eleganten Linien hervor. Als Lyndon sie durch eine Seitentür ins Haus und dann zu einem privaten Fahrstuhl führte, hielt Jessica ihre Tasche noch fester in der Hand. Wusste er schon, dass sie hier war, um zu spionieren?

Nicht ausflippen!

Sie musste sich nur ganz normal verhalten. Dann würde er keinen Verdacht schöpfen – genau wie sie, die nie geglaubt hätte, dass mehr hinter Sara steckte. Jessica hatte sie für oberflächlich, gehässig und blöd gehalten. War das alles nur Theater? War sie vielleicht die MI6-Agentin, die Margaret schon seit längerer Zeit bei AKSC einbetten wollte? Das würde jedenfalls erklären, warum Sara so wütend war, als Jessica den Teenosity-Job bekam. Den Auftrag von Allegra zu verlieren, hatte die Undercover-Operation des MI6 zum Scheitern gebracht. Nachdem Sara der Teenosity-Deal durch die Lappen gegangen war, hatte sie keine Möglichkeit mehr, rechtmäßig ins Hauptquartier von AKSC zu gelangen, aber für Jessica war es die perfekte Tarnung.

Die Fahrstuhltür öffnete sich im obersten Stockwerk mit einem *Ping,* das Jessica zusammenzucken ließ. Sie trat hinaus und folgte Lyndon durch den Korridor. Auf dem Fußboden lag ein cremefarbener Wollteppich, und an den Wänden hingen viele geschmackvolle Schwarz-Weiß-Fotos von Allegra. Die Eitelkeit dieser Frau war grenzenlos. Sie war einfach überall zu sehen.

Jessicas Blick blieb an der einzigen Farbaufnahme haften, auf der Allegra, mit Brillanten behängt, ein schulterfreies aquamarinblaues Abendkleid trug. Sie war umgeben von glamourösen Mädchen, die Champagnergläser in den Händen hielten. Allegra hatte ein Glas Orangensaft in der Faust und lächelte geheimnisvoll in die Kamera. Jessicas Augen wurden groß, als sie die Models erkannte.

Tyler, Olinka, Jacey, Darice, Valeriya.

Die berühmten Fünf. Alle waren da. Das Foto kam ihr bekannt vor. Sie erinnerte sich an Darices geschlitztes Versace-Kleid.

»Miss Knight mag diese Aufnahme ganz besonders«, sagte Lyndon, der sah, wie sehr sie sich dafür interessierte.

»Ich habe ein ähnliches Foto der Supermodels im Internet gesehen«, sagte Jessica langsam. »Es muss im Dezember bei der Feier zum fünfzigsten Jahrestag von Emerald gemacht worden sein.«

Ein überraschter Blick huschte über Lyndons Gesicht. »Gut erkannt! Miss Knight erscheint normalerweise nicht gern in der Öffentlichkeit, aber *dieses* gesellschaftliche Ereignis wollte sie sich nicht entgehen lassen.«

»Warum?«

»Sie war einmal das berühmteste Supermodel von Emerald.

Sie arbeitete mehr als zehn Jahre lang für die Agentur und erschien über ein Dutzend Mal auf den Titelseiten der *Vogue*.«

Interessant. »Ich hatte keine Ahnung, dass sie auch ein Emerald-Model war. Kennt sie die berühmten Fünf gut? Ich habe gehört, dass inzwischen alle das Modeln an den Nagel gehängt haben.«

Lyndon betrachtete das Foto immer noch. »Überhaupt nicht. Miss Knight hatte das Vergnügen, sie an dem Abend zum ersten Mal zu sehen. Sie hatten darum gebeten, ihr vorgestellt zu werden, weil sie eine Ikone ist.«

»Wirklich?«

Er führte Jessica schnell den Flur entlang, bevor sie ihn weiter ausfragen konnte. An einer Tür zog er wie in einem Hotel eine Karte durch.

»Das ist deine Suite. Miss Knight bedauert, dich nicht persönlich begrüßen zu können, da sie schon zu Bett gegangen ist. Sie hofft, dass du dich hier wohlfühlen wirst.«

»Ganz bestimmt«, sagte Jessica und trat ein.

Die Suite war riesig – viel größer als ihr Hotelzimmer. Alles war weiß: die Wände, Teppiche, das Bett, die Kissen und Schränke. Nirgends ein Farbtupfer. Jessica wusste, dass es schick und minimalistisch aussehen sollte, aber es wirkte nur keimfrei und unpersönlich. Im ganzen Raum waren noch mehr Schwarz-Weiß-Bilder verteilt, sodass sie das Gefühl hatte, ständig von Allegra beobachtet zu werden. Auf jeder Fläche standen Vasen mit Lilien und weißen Rosen.

Jessica starrte sie an. Sie musste plötzlich an ihre Mutter denken.

»Falls du irgendetwas brauchst, ruf einfach an«, sagte Lyndon. »Wenn du den Hörer abnimmst, wirst du sofort mit dem *Housekeeping* verbunden. Wir haben einen eigenen Koch, der die ganze Nacht Bereitschaftsdienst hat, und ein Zimmermädchen, das dir alles bringt, was du möchtest.«

»Wow! Zimmerservice rund um die Uhr. Das ist ja wie im Hotel, nur noch besser. Supercool.« Sie strahlte. Es war schwierig, die Maske nicht fallen zu lassen, aber sie musste mitspielen. Aus einem einzigen Grund. Dad.

»Aus Sicherheitsgründen gibt es hier noch ein paar Sonderregeln«, erklärte Lyndon. »Die Türen in diesem Stockwerk, auch deine, werden sich in genau fünf Minuten automatisch verriegeln. Auch der Fahrstuhl bleibt stehen.«

Sie starrte ihn mit offenem Mund an. »Sind Sie verrückt? Was ist bei einem Notfall? Was, wenn ich unbedingt raus muss?«

»Bei einem Brand wird ein Alarm ausgelöst und das Sicherheitssystem neu gestartet. Damit werden die Türen und der Lift entriegelt. Du kannst über die Nottreppe am Ende des Korridors fliehen. Ich hoffe, du verstehst, dass dieses System zur Sicherheit aller Personen besteht. Es verhindert, dass jemand aus den Labors hier hochkommt.«

Und es verhinderte auch, dass jemand zu den Labors – ein interessanter Teil des Gebäudes – hinuntergelangte. *Verflixt noch mal!*

»Ich wünsche dir eine gute Nacht und süße Träume.« Lyndon lächelte, aber sein Blick war hart.

»Danke«, sagte Jessica.

»Oh, und noch ein Letztes.« Er blieb im Türrahmen stehen. »Die Türen entriegeln sich um Punkt halb sechs. Die erste Tür rechts führt zum Frühstücksraum. Die Suite von Miss Knight befindet sich etwas weiter den Flur entlang. Sie frühstückt selten und wird dich deshalb irgendwann im Laufe des Tages sprechen. Sie hofft, dass du einen schönen Aufenthalt hast, und wünscht dir für das morgige Fotoshooting *bonne chance*.«

Als er das Zimmer verließ, setzte sich Jessica auf die Bettkante. Ein paar Minuten später verriegelte sich die Tür tatsächlich mit einem *Klick*. Sicherheitshalber drückte sie die Klinke nieder, aber sie war wirklich eingeschlossen worden. Wer sperrte denn seine Gäste nachts in ihren Zimmern ein? Höchstens ein irrer Kontrollfreak! Ihre Gastgeberin war der Albtraum! Jessica starrte auf das Gepäck auf dem Bett. Sie hasste den Gedanken, dass ein Fremder ihre Sachen durchwühlt und eingepackt hatte. Das war doch mehr als unheimlich. Hatte das jemand von AKSC auch für Sam gemacht?

Jessica guckte sich im Zimmer um, konnte aber keine Papierschwäne entdecken. Es wäre ein Hinweis gewesen, dass er das Zimmer benutzt hatte. Sie schickte Mattie eine SMS, um ihr zu sagen, dass sie nach den Shows müde war und sich schlafen legen wollte. Dann schaltete sie ihr iPhone aus. Sie nahm den gestohlenen Ausweis aus der Tasche und probierte ihn am Türsensor aus, aber es war vergebliche Mühe. Entweder der Ausweis war deaktiviert worden oder der Laborant hatte keine Erlaubnis, sich in den Allegra Towers aufzuhalten, was noch wahrscheinlicher war. Aber es musste doch noch eine andere Möglichkeit geben, das Zimmer zu verlassen! Sensoren waren über der Tür angebracht und erfassten, wann sie geöffnet und geschlossen wurde, und in der Deckenmitte befand sich ein Rauchmelder.

Das war alles. Jessica wühlte in ihrer Tasche und fand die

Zigaretten und das Feuerzeug, die sie Sara abgenommen hatte, sowie das coole Parfumfläschchen. Sie knipste das Feuerzeug unter dem Sensor an, und sofort kreischte der Feuermelder los. Sie hatte nicht viel Zeit, bis die Sicherheitsleute nach ihr schauen würden. Das Schloss klickte. Sie machte die Tür auf und lief aus dem Zimmer. Die Kamera an der Wand war ihr gleich aufgefallen, als sie vorbeigekommen war. Zu ihrer Überraschung setzte ein einziger Parfumstoß sie sofort außer Gefecht. Eigentlich hatte sie erwartet, dass von Nathans Apparaten die Hälfte nur Fälschungen waren. Eine Handvoll Schaum dehnte sich aus und deckte die Kamera innerhalb von wenigen Sekunden zu. Jessica schaltete noch eine zweite Kamera aus und schlich sich zurück. Im selben Moment, in dem sie ihre Tür wieder erreicht hatte, ging der Fahrstuhl auf. Sie besprühte das Schloss und schaffte es, sich schnell eine Zigarette anzuzünden und einen Zug zu machen, bevor jemand an ihre Tür hämmerte.

»Miss Cole? Ist alles okay da drin?«

»Ja, danke!«

Lyndon kam rein. Er hatte ein rotes Gesicht, schwitzte und sah aus, als ob er gerannt wäre.

Sie gab sich große Mühe, betreten auszusehen und ließ eine Zigarette zwischen ihren Fingern baumeln. Sie musste husten, und das war echt. Meine Güte, wie fies sie schmeckte.

»Es tut mir leid«, sagte sie, halb erstickt. »Bin ich dran schuld?« Sie schwenkte die Zigarette in der Luft herum.

»Ich hätte es dir erklären sollen«, sagte er streng. Rauchen ist nirgends im Haus erlaubt. Die Sensoren des Feuermelders sind hochempfindlich.«

Er nahm ihr die Zigarette ab und ging mit ihr ins Bad. Jessica hörte Wasser laufen, als er den Glimmstängel unter dem Hahn ausdrückte.

»Tut mir leid. Es kommt nicht wieder vor. Ich möchte mir das Rauchen nämlich abgewöhnen.«

Sein Blick wanderte durch den Raum. Hatte er erraten, dass sie etwas im Schilde führte?

»In Ordnung. Fehler passieren. Gute Nacht. Noch einmal.«

»Gute Nacht. Ich hoffe, dass ich Allegra nicht geweckt habe.«

»Das hoffe ich auch.« Sein Ton war ebenmäßig und verriet nichts.

Als sich die Tür schloss, sprang Jessica auf. Der Schaum war hart geworden und verhinderte, dass die Tür vollständig zuging.

Das Schloss klickte in einem fort. Vielleicht hatte Lyndon – *toi, toi, toi!* – tatsächlich nichts gemerkt und sie hatte keinen anderen Alarm im Haus ausgelöst. Jessica wartete ein paar Minuten, bevor sie es wagte, mit ihrem Parfumfläschchen, der Puderdose und der als Lippenstift getarnten Minitaschenlampe bewaffnet, wieder hinauszugehen. Vielleicht sollte sie die Sachen einfach mal ausprobieren, wobei sie hoffentlich noch wusste, wie sie einzusetzen waren.

Während Jessica den Korridor entlang zum Notausgang lief, sah sie, dass beide Kameras vollkommen mit Schaum bedeckt waren. Sie ging durch die Tür und knipste ihre Lippenstift-Taschenlampe an. In der Nacht war das Gebäude richtig gruselig. Die Sache war riskant. Wahrscheinlich streiften Wachleute durchs Haus, aber sie durfte sich die Chance nicht entgehen lassen, nachzuschauen, ob irgendetwas Finsteres im Gange war.

Sie schlich sich die Treppe hinunter und suchte nach einem Ausgang, aber selbst nach mindestens hundert Stufen fand sie keine einzige Tür. Das war schon seltsam, aber vielleicht gab es für die Leute im Hauptgebäude eine andere Nottreppe. Am Ende hielt sie sich schnaufend die Seite. Wieder hochklettern würde noch schlimmer sein. Sie zwang sich, die einzige Tür zu öffnen, die sie dann doch noch tief unten entdeckte. Hier war sicher das Erdgeschoss.

Jetzt musste sie noch vorsichtiger sein. Es war unmöglich, sich im Dunkeln zurechtzufinden, weshalb sie noch ein paar Minuten lang durch den Flur ging und sich dabei an der Wand entlangtastete. Plötzlich hörte sie Stimmen am Ende des Korridors.

Wächter.

Jessica drehte sich um und rannte los. Albtraum! Sie hatte immer noch nichts Brauchbares entdeckt. Sie blieb stehen. Die Tür war doch hier gewesen! Sie hatte sich nach links, dann rechts und wieder links gewandt. Oder war es rechts und dann links gewesen? Sie schaute über ihre Schulter. Jetzt hörte sie Schritte. Hatte jemand entdeckt, dass sie den Alarm außer Kraft gesetzt hatte und nicht mehr in ihrem Zimmer war? Sie lief weiter durch den Gang und probierte den Ausweis an allen Türen aus, aber er funktionierte immer noch nicht. Am Ende stellte sie fest, dass sie sich in einer Sackgasse befand.

Verflixt!

Jessica lief zurück, aber es war zu spät. Die Stimmen kamen näher. Ihr fiel der Smaragdring ein: Damit könnte sie eine Tür auflasern. Sie hielt den Ausweis an den Sensor und zerrte den Ring gleichzeitig vom Finger. Es machte *klick* und die Tür ging auf. Der Ausweis hatte endlich funktioniert. Sie brauchte keines der Geräte zu benutzen. Jessica steckte sich schnell den Ring wieder an und schlüpfte in den Raum. Sie zog die Tür bis auf einen Spalt hinter sich zu. Der Strahl einer Taschenlampe warf zwei riesige Schatten an die Wand.

»Bist du sicher, dass du es hier unten gelassen hast?«, fragte ein Mann.

»Ich kann mich nicht erinnern«, sagte ein anderer.

Er klang nervös. Der erste Mann war wahrscheinlich älter.

»Wir vergeuden Zeit. Wir müssen immer noch den Westflügel überprüfen.«

Zwei Paar Beine gingen rasch vorbei. Sie hielt die Luft an. Die Wächter hatten Maschinenpistolen. Allegra musste ihre Teenosity natürlich schützen, bevor die Creme auf den Markt kam, damit sie nicht in die Hände der Konkurrenz gelangte, die die Formel kopieren könnte – aber waren dafür Sturmgewehre nötig? Jessica hatte das furchtbare Gefühl, die Wachleute könnten in Panik geraten und schießen, falls sie sie erschreckte. Sie musste ein besseres Versteck finden. Vorsichtig zog sie die Tür ganz zu, machte ein paar Schritte rückwärts und schaute sich um. Sie war im Labor. Deshalb hatte es mit dem Ausweis geklappt. Die Mikroskope schimmerten unheimlich im Dunkeln. Sie konnte die Umrisse der Duftschränke erkennen und tastete sich darauf zu. Sie versuchte, einen zu öffnen, aber er war verschlossen.

Die Stimmen der Wachmänner wurden wieder lauter. Sie kamen zurück. Jessica schaute sich verzweifelt um. Der Reinraum war eine Möglichkeit. Geduckt rannte sie durch das Labor. Die Tür war verschlossen, aber es würde ihr sowieso nichts nützen. Sie wäre ein leichtes Opfer. Wenn die Wächter das Licht anknipsten, wäre sie durch die Scheibe zu sehen. Hier gab es keine Verstecke.

»Vielleicht hab ich es hiergelassen«, brüllte jemand an der Tür.

Gleich würden die Männer sie finden.

Aber Jessica hatte noch eine letzte Chance – der Vorratsraum. Lyndon hatte nicht gewollt, dass sie ihn zu sehen bekam. Sie rannte darauf zu und drückte auf die Klinke. Jessica schlüpfte im selben Moment aus dem Labor, als das Licht anging. Füße stapften durch den Raum. Sie hielt den Atem an und presste ihr Ohr an die Tür.

»Was ist denn das?«

»Sieht nach einem Lippenstift aus.«

Jessica tastete in ihrer Hosentasche herum. Die Taschenlampe musste herausgerutscht sein, als sie über den Fußboden kroch. Zum Glück hatte sie sie ausgeknipst, sodass die Männer ihre verborgene Funktion nicht erkennen konnten.

»Wir sollten vielleicht Alarm schlagen«, sagte einer der Männer.

»Meinst du wirklich? Mann, wir sind hier doch in einem Kosmetikbetrieb. Da liegen überall Lippenstifte rum. Wahrscheinlich hat ihn 'ne Laborantin fallen lassen.«

»Ich bin ganz sicher, dass er vorhin nicht da war.«

»Ist mir nicht aufgefallen. Schau – wieso sollen wir einen Alarm auslösen? Es scheint doch nichts weggekommen zu sein. In zehn Minuten haben wir frei. Wenn wir das melden, sind wir in drei Stunden noch da. Dann müssen wir das ganze Gebäude wegen eines blöden Lippenstifts durchsuchen.«

»Aber, wenn wir es nicht tun ...« Die Stimme des Mannes verhallte.

Sie stöhnte innerlich. Auch wenn die Wächter sie nicht gleich fanden, würde Lyndon, sobald der Alarm ertönte, merken, dass sie nicht in ihrem Zimmer war. Sie würde es nicht mehr rechtzeitig ins oberste Stockwerk schaffen. Trupps von Wachleuten würden sie bei einer umfassenden Suche entdecken.

»Gut. Ich werde dich nicht verraten, falls irgendwas passiert«, sagte der erste Mann. »Gehen wir!«

Die beiden gingen aus dem Raum und ließen Jessica in der Dunkelheit allein. Sie wartete ein paar Minuten. Vielleicht war es ja eine Falle und sie kämen zurück. Dann blickte sie sich um. Trotz der Dunkelheit konnte sie sehen, dass es kein Vorratsraum war. Zum Glück hatte sie keinen Schritt rückwärts gemacht. Sie kauerte vor einer steilen Treppe nach unten.

Kapitel Achtzehn

Jessica rutschte auf dem Hinterteil vorsichtig von Stufe zu Stufe. Sie zählte fünfundzwanzig, bevor ein Fuß an etwas Hartes stieß. Es war eine Tür.

»Mal sehen, wie weit Mr Tarasaki gehen darf«, murmelte sie.

Jessica zog den Ausweis durch und die Tür ging auf. Dieser Teil von AKSC war für Besucher ganz offensichtlich gesperrt. Sie betrat einen großen Raum, der nur spärlich beleuchtet war. Kartons türmten sich bis an die Decke. Es war eine Lagerhalle mit zwei Ausgängen. Sie nahm an, dass sie zu den Verladerampen führten. Es gab nur *eine* Möglichkeit, das rauszufinden. Sie öffnete den Deckel der silbernen Puderdose, drückte auf den blauen Stein und richtete den Röntgenblick auf die erste Tür. Das Ding war ziemlich einfach zu benutzen, selbst für eine Anfängerin wie sie. Die Puderdose offenbarte einen Korridor, der tief ins Innere des Gebäudes führte.

Jessica hörte dumpfe Geräusche hinter der zweiten Tür. Es konnten Maschinen sein, oder war es ein Lastwagen, der wendete? Mithilfe der Puderdose konnte sie direkt auf eine Laderampe schauen. Drei, nein, vier Gabelstapler luden Kartons auf Lastwagen. Ungefähr ein Dutzend Leute stand an der Seite und hielt Wache. Sie erkannte die Umrisse ihrer Sturmgewehre.

Die bewaffneten Wächter waren weit genug von ihr entfernt – sie könnte unbemerkt durch die Tür schlüpfen. Die Männer beobachteten den Ladevorgang. Links neben der Tür stand ein Stapel Kartons, hinter denen sie sich verstecken könnte. Sie zog die Magnetkarte durch, aber die Tür ging nicht auf. Mr Tarasaki hatte ausgedient. Jetzt mussten andere Dinge ran! Sie zog den Smaragdring vom Finger, richtete ihn auf die Tastatur und tippte am Edelstein, sodass er sich öffnete. Sie zögerte. Ein Laserstrahl war keine gute Idee. Sie konnte es nicht riskieren, dass jemand ein beschädigtes Schloss entdeckte.

Jessica streifte den Ring wieder über den Finger und nahm stattdessen den blauen Stein aus der Puderdose. Sie hielt ihn neben das Schloss. War das die richtige Position? Sie hatte keine Ahnung. Nathan war nicht ins Detail gegangen. Sie versuchte, die Tür zu öffnen, aber nichts passierte. Jessica schaute sich den Stein genauer an. Irgendwie musste er sich doch einschalten lassen! Sie fummelte daran herum und spürte, dass sich die Unterseite verschob und klickte. Und jetzt? Nathan hatte auch nicht gesagt, wie lang der elektromagnetische Impuls brauchte, um zu funktionieren. Vielleicht dreißig Sekunden? Sie zählte und entfernte den Stein. Dann versuchte sie wieder, die Tür zu öffnen. *Hurra!* Sie ging auf.

Geduckt lief sie hinein und versteckte sich hinter den Kartons. Sekunden danach spähte sie hervor. Niemand hatte sie bemerkt. Sie sah zu, wie die Lastwagen mit militärischer Präzision beladen wurden. Alle Kartons waren an den Seiten mit »Teenosity« und »Paris« gekennzeichnet. Allegra begann, ihre Gesichtscreme in der französischen Hauptstadt zu verteilen.

Plötzlich fiel eine Schachtel von einem Gabelstapler und

landete mit einem Knall auf dem Boden. Kaputte Flaschen fielen heraus und bespritzten den Mann, der dem Lastwagen am nächsten stand. Er schaute sich seine Hose an und wischte die Creme mit dem Ärmel weg. Er versuchte, den Fußboden sauber zu machen, als ein Alarm ertönte und die Wachleute in Aktion traten. Einer ging zu dem verdutzten Mann und führte ihn von der Unfallstelle weg, während ein anderer Wächter Befehle in ein Walkie-Talkie bellte. Fünf weitere Männer erschienen, die irgendwelche Geräte trugen. Sie besprühten die aufgeplatzte Schachtel und die zerbrochenen Teenosity-Flaschen mit Schaum.

Einer der Wachleute drehte sich um und starrte in ihre Richtung. Sie duckte sich wieder hinter die Kartons. Ihr Herz hämmerte wild. Hatte er sie gesehen? Sie hörte niemanden in ihre Richtung rennen. Jessica wagte einen erneuten Blick. *Puh!* Der Mann konzentrierte sich jetzt auf die Überwachung der Putzaktion. Sekunden später tauchte Lyndon auf und gleich dahinter Allegra. Sie marschierten auf ihn zu, und eine hitzige Debatte brach zwischen den dreien los. Allegras Arme wirbelten herum, und es sah aus, als wollte sie den Wachmann schlagen.

Lyndon schritt ein und schob den Mann beiseite. Er legte den Arm um Allegra, zog sie an sich und küsste sie tröstend auf die Stirn. Hier handelte es sich ganz eindeutig um keine normale Arbeitgeber-/Arbeitnehmer-Beziehung. Jessica richtete sich hinter den Kartons auf. Was war hier eigentlich los? Die Wachleute waren wegen dem verschütteten Zeug ausgerastet. Sie hatten total überreagiert.

Lyndon und Allegra schimpften immer noch mit dem Aufpasser, und Jessica verließ ihr Versteck und rannte zur Tür, die sie mit ihrem *echten* Lipgloss als Keil offen gelassen hatte. Während sie ihre Schritte zum Labor und in den Gang zurückverfolgte, setzte sie an jeder Ecke ihre Puderdose mit dem Röntgenblick ein. Der Alarm ertönte immer noch. Dieses Mal wusste sie, wo sich die Tür zur Treppe befand. Sie nahm zwei Stufen auf einmal und musste auf halber Strecke stehen bleiben, um zu verschnaufen.

Jessica sah kein Wachpersonal. Seine Aufmerksamkeit richtete sich jetzt wohl hauptsächlich auf den Unfall. Als sie ihr Stockwerk erreichte, wurde es endlich still, und sie benutzte die Puderdose ein letztes Mal: Der Korridor war menschenleer. Sie zögerte. Allegra und Lyndon waren unten. Ihr blieben wahrscheinlich nur wenige Minuten, bis Lyndon nach ihr sehen würde. Dies könnte ihre einzige Chance sein, in Allegras Suite herumzuschnüffeln. Jessica lief den Flur entlang und blieb vor einer weißen Tür stehen, an der die goldenen Buchstaben *A* und *K* prangten.

Jessica drückte auf die Klinke. Die Tür ging auf, und Jessica trat ein. Die Suite glich ihrer aufs Haar – weiß, weiß und noch mal weiß –, war aber größer. Ein ganzer Raum war nur für Allegras Klamotten vorgesehen. An einer Stange nach der anderen hingen Kleider, Blusen, Röcke, Hosen und Abendroben von Diane von Fürstenberg, Armani, Saint Laurent, Chanel, Christian Dior und Versace. Jessica schob ein paar Kleiderbügel beiseite. Allegra hatte an alle Kleidungsstücke ein Etikett mit dem Datum geheftet, an dem sie etwas getragen hatte – bestimmt kein einziges Stück zweimal. Außerdem hatte sie im ganzen Raum deckenhohe Spiegel anbringen lassen. So konnte sie sich beim Anziehen von jedem Winkel aus betrachten. Das nächste

Zimmer war voller Designerschuhe, zum Beispiel von Manolo Blahnik, Louboutin und Jimmy Choo. Allegra besaß mindestens dreihundert Paar.

Jessica schlich sich ins Arbeitszimmer und zog die Schreibtischschubladen auf. Sie enthielten absolut nichts Interessantes, nur teuer aussehendes Papier mit *AKSC* als Briefkopf und anderes Schreibmaterial. Sie machte kehrt und betrat das Badezimmer. Überraschung! Es war vollkommen weiß. Was hatte Allegra denn bloß gegen Farben?

Jessica schaute in die Badezimmerschränke, die mit Anti-Aging-Augen-, Hals- und Gesichtscremes und Körperlotionen von AKSC bestückt waren. Sie ging wieder ins Schlafzimmer und zog die Schublade des Nachttischs auf, in der große weiße Ordner lagen. Sie nahm einen heraus. Es ging nur um Allegra. Sie hatte ihre Karriere sorgfältig dokumentiert – angefangen mit ihrer Kindheit, als sie bereits als erfolgreiches Model für verschiedene Labels arbeitete. Mit vierzehn Jahren war sie laut einem Zeitungsartikel bei einem Model-Wettbewerb als Siegerin hervorgegangen. Jessicas Blick blieb auf einem anderen Zeitungsausschnitt auf der gegenüberliegenden Seite haften, und zwar aus dem *London Evening Standard* vom August 1961.

Valerie Knight, Dame der Gesellschaft, 38, kam gestern bei einem außergewöhnlichen Unfall in ihrem Haus in West Kensington ums Leben.

Mrs Knight erlitt einen Genickbruch, als sie in ihrem Heim, das sie mit ihrem Ehemann, dem Milliardär Wesley Knight, und ihrer vierzehnjährigen Stieftochter Allegra Knight teilte, die Treppe hinunterstürzte.

Die frühere Kellnerin war für ihre Partys berühmt, die von den reichsten und einflussreichsten Personen Londons besucht wurden, und war ein fester Bestandteil der Listen, in denen in gewissen Zeitschriften die Namen der bestgekleideten Damen aufgeführt werden. Mr Knights erste Frau Rosemary starb vor zehn Jahren an Krebs.

Allegra hatte offensichtlich eine schwere Kindheit gehabt. Sie hatte ihre Mutter bereits mit vier Jahren und später auch ihre Stiefmutter verloren. Das war ausgesprochen fies und erklärte vielleicht ihr manchmal seltsames Verhalten. Wen hätte so etwas denn nicht traumatisiert? Jessica blätterte um. Auf jeder Seite wurde Allegras Aufstieg bis an die Spitze der Model-Welt beschrieben. Sie hatte auch Zeitungsausschnitte über ihren Eintritt in den Ruhestand und den Start ihrer Marke AKSC aufbewahrt.

Jessica nahm einen neuen Ordner in die Hände. Er war voller Zeitungsartikel über Tyler, auch ältere. Allegra hatte ihre Karriere verfolgt, seit sie auf dem internationalen Flughafen von Athen von Lydia Hollings entdeckt wurde. Sie hatte Fotos von ihren Catwalk-Shows und Werbekampagnen für die Firma Naturissmo SkinCare sowie Artikel aus Magazinen gesammelt. Sie hatte Dinge unterstrichen, die sie interessant fand, wie zum Beispiel, dass die Zeitschrift *Vogue* gemeldet hatte, Tyler habe unerwartet ihr erstes Solo-Projekt für das Titelblatt abgesagt. Jessica angelte auch noch einen dritten Ordner heraus. Dieser enthielt alles Mögliche über Jaceys Karriere. Als sie sich auch die restlichen ansah, stellte sie fest, dass Allegra jeder der berühmten Fünf eine Mappe gewidmet hatte.

Jessica schaute sich auf der letzten Seite von Olinkas Ordner ein Foto vom Ball anlässlich des fünfzigjährigen Bestehens der Modelagentur Emerald an, das sie noch nie gesehen hatte. Allegra stand neben den berühmten Fünf, aber dieses Mal hatte sie mit einem schwarzen Stift etwas über ihre Gesichter gekritzelt und dabei so fest aufgedrückt, dass Löcher im Bild entstanden waren. Sie schlug den Ordner zu und holte den letzten aus der Schublade. Bevor sie ihn aufschlug, erriet sie, was sie darin vorfinden würde.

Mit zitternden Fingern schaute sie nach, und sie hatte recht gehabt. In diesem Ordner ging es um Jessica. Allegra hatte einen Artikel ausgeschnitten, der meldete, dass Primus sie unter Vertrag genommen hatte, und daneben ein paar Fotos ihrer Titelbilder als Teenager geklebt. Sie blätterte weiter und fand das Foto ihres Shootings für *Teen Mode*. Ihre Augen hatte Allegra mit dem gleichen schwarzen Kugelschreiber zerkratzt.

Jessica fiel der Ordner aus den Händen.

Allegra hasste sie alle, das war klar. War sie etwa für das Verschwinden der berühmten Fünf verantwortlich? Margurita hatte das Gerücht über die Schönheitsoperationen erwähnt. Hatte Allegra beim Ball aus Gehässigkeit einen fragwürdigen Chirurgen empfohlen? Es klang ziemlich weit hergeholt, aber damals wurden die Mädchen zum letzten Mal in der Öffentlichkeit gesehen. Warum verschwand eigentlich jeder, der mit Allegra in Kontakt kam? Sam, die berühmten Fünf und ihr Vater? Jessica schauderte. Was war mit ihnen passiert? Würde sie die Nächste sein?

Sie legte die Ordner im selben Moment in die Schublade zurück, als sich die Tür zur Suite öffnete. Allegra war wieder da. Jessica wollte nicht im Schlafzimmer oder Bad erwischt werden und lief deshalb schnell ins Ankleidezimmer. Sie drängte sich durch die Abendroben, die an einer Kleiderstange hingen, und hörte, dass Allegra das Zimmer betrat und beim Ausziehen leise vor sich hin summte. Dann wurde es still. Jessica erstarrte. Hatte Allegra sie entdeckt? Sie hatte sie nicht ins Schlafzimmer gehen gehört. War sie immer noch da? Vorsichtig spähte Jessica hinaus.

Allegra stand völlig nackt vor den Spiegeln, ihre Kleidung zu ihren Füßen. Sie strich sich die Stirn glatt und zwickte eine unsichtbare Fettrolle an ihrer Taille und unter ihren Armen. Sie musterte ihr Hinterteil im Spiegel und kniff sich in die Oberschenkel, was auffällige rote Flecken hinterließ. Dann fing sie an zu schluchzen. Sie floh ins Schlafzimmer und schlug die Tür zu. Jessica schlüpfte aus ihrem Versteck. Sie hatte genug gesehen. Allegra hatte nicht mehr alle Tassen im Schrank.

Draußen vor der Tür öffnete sie ihre Puderdose und prüfte, ob der Korridor leer war. Danach hatte sie es fast bis zu ihrem Zimmer geschafft, als sie ein *Ping* hörte. Sie wirbelte herum und tat so, als ob sie zum Aufzug ging.

»Jessica?« Lyndon trat heraus und runzelte die Stirn. »Was machst du hier?«

»Ich hab den Alarm gehört. Ich dachte, es brennt irgendwo und wollte herausfinden, was los ist.«

»Und deshalb hast du dich angezogen und dein Make-up mitgenommen?« Er starrte auf die Puderdose in ihrer Hand.

Was hätte Sara getan? Jessica öffnete das Döschen, holte ihren Lipgloss aus der Tasche und trug eine Schicht auf ihre Lippen auf.

»Ach, Sie wissen doch, wie Models sind! Wir sind ein eitles

Völkchen. Wir möchten immer gut aussehen.« Mit einem strahlenden Lächeln ließ sie die Puderdose wieder zuschnappen.

»Ich verstehe«, sagte Lyndon. »Du brauchst dir keine Sorgen zu machen. Du kannst jetzt wieder in dein Zimmer gehen.«

»Okay, aber warum ist der Alarm überhaupt losgegangen?«

»Es gab einen kleinen Unfall an der Laderampe, weiter nichts.«

»Echt? Was ist passiert?«

Er machte ein wütendes Gesicht. »Nichts, was dich angeht.« Dann strich er über seinen Bart und wurde etwas freundlicher. »Was ich noch sagen wollte – du brauchst dir keine unnötigen Gedanken zu machen. Ein Arbeiter hat aus Versehen einen Karton auf seinen Fuß fallen lassen, als er die Lastwagen mit Teenosity belud.«

»Autsch! Das hat bestimmt sehr wehgetan.«

»Es war nichts Schlimmes, nur ein gebrochener Zeh, aber wir nehmen die Sicherheit – und den Personenschutz – hier sehr ernst. Der Alarm wird den geltenden Bestimmungen entsprechend ausgelöst.«

»Ist er okay? Der Arbeiter, meine ich?«

»Es geht ihm gut. Er wird im Krankenhaus untersucht. Wenn du mich jetzt bitte entschuldigen würdest – ich muss Miss Knight Bericht erstatten. Gute Nacht.«

»Gute Nacht.« Sie schloss die Tür. Ihr Herz klopfte wild.

Lyndon hatte gelogen. Der Arbeiter hatte sich nicht am Fuß verletzt. Er hatte sich überhaupt nicht verletzt. Was ging hier vor?

Jessica fragte sich, ob er ahnte, dass sie im Haus herumgeschnüffelt hatte. Aber noch wichtiger war: Würde Allegra merken, dass jemand in ihren Akten gewühlt hatte? Wenn ja, würde sie Schwierigkeiten bekommen.

Um sich sicherer zu fühlen, klemmte sie einen Stuhl unter den Türgriff und holte schnell Beckys Handy heraus. Sie würde den MI6 außen vor lassen und gleich die Polizei anrufen. Ihr Französisch war gut genug, um eine Nummer für die örtliche Polizeistation von der Vermittlung zu erhalten. Es konnte doch nicht erlaubt sein, dass Sicherheitsleute in privaten Gebäuden mit Sturmgewehren bewaffnet durch die Gegend liefen. Sie trugen keine Uniformen, also waren sie keine Gendarmen. Die Polizei müsste einen Durchsuchungsbefehl bekommen. Nathan würde sie nicht aufhalten können. Sie selbst könnte sie zu den Gängen im Untergeschoss führen, deren Überprüfung sich echt lohnen würde. Vielleicht war ja auch Dad dort unten.

Mist!

Beckys Handy war vollkommen tot. Sie versuchte es mit ihrem eigenen Telefon, aber auch das war tot. Wie konnte das sein? Sie hatte beide Handys am Morgen aufgeladen und ihres hatte genug Saft, um Mattie eine SMS zu schicken, bevor sie das Zimmer verließ. Sie nahm die Batterien heraus und setzte sie wieder ein, aber auch das half nicht. Sie nahm den Hörer des Festnetz-Apparats in die Hand und hörte ein paar Klingeltöne.

»Hallo? Housekeeping.«

Jessica legte wieder auf. Sie bekam keine Verbindung, aber es gab noch eine andere Möglichkeit. Sie langte nach ihrem Schminkbeutel und leerte ihn auf dem Bett aus. Dann nahm sie die Lidschatten-Palette und machte den Deckel auf. Im Kästchen waren sechs kleine Fächer mit hellblauem und silbernem Lidschatten. Mit einer Haarnadel öffnete sie ein mittleres Fach, wie Nathan sie angewiesen hatte, und drückte auf eine winzige Taste. Das Gerät piepste, als es startete. Der Deckel erhellte sich und wurde zu einem kleinen Bildschirm und einer beleuchteten Tastatur.

Mithilfe der Haarnadel öffnete sie eine neue Datei und stieß sofort auf ein Problem. Nathan hatte behauptet, dass bei jeder E-Mail eine zentrale MI6-Adresse automatisch erscheinen würde. Nichts dergleichen geschah. Und vor allem hatte er nicht erklärt, was zu tun wäre, wenn die Sache nicht funktionierte. Ihr Verdacht war richtig. Das Ding war das wichtigste Gerät, das sie mit der Außenwelt verband, und es war nutzlos. Entweder es funktionierte nicht, oder Nathan hatte es absichtlich sabotiert, damit sie den MI6 nicht alarmieren konnte, was wahrscheinlicher war. Wenn die Adresse nicht etwas war, das sie erraten konnte, wie zum Beispiel helpme@MI6.co.uk, wäre sie völlig aufgeschmissen. Sie musste sich etwas anderes ausdenken.

Jessica hatte keine E-Mail-Adresse von Margaret. Mattie benutzte keine Computer und der MI6 hatte ihre zu Hause sowieso alle konfisziert. Die einzige E-Mail-Adresse, an die sie sich erinnern konnte, war die von Becky. Sie war jetzt ihre Rettungsleine. Im Lauf der nächsten Stunde gab Jessica sorgfältig ein, was sie an der Laderampe und in Allegras Suite gesehen hatte. Sie schrieb, dass sie glaube, Nathan habe es auf ihr Leben abgesehen, und dass sie ihn für den Seestern, einen heimtückischen Doppelagenten, halte. Sie fügte Matties Telefonnummer hinzu.

Ruf das Hauptquartier des MI6 in London an und sag, dass du Nathans und Margarets Chefin, Mrs T, sprechen willst. Sag ihr, sie sollen das Gebäude durchsuchen. Falls sie mauert, ruf die Londoner Polizei an. Du bist meine einzige Hoffnung, Becky. Ich weiß, dass du mich nicht im Stich lassen wirst. Deine allerbeste Freundin.

Jessica drückte auf Senden und sah zu, wie ihre Nachricht verschwand. Becky war bestimmt im Internet. Sie war ständig am Browsen der Webseiten von Agenten und las alles über die Schauspielschule RADA und berühmte Schauspielerinnen. Hoffentlich schaute sie bald ihre E-Mails an! Jetzt konnte Jessica nur noch warten.

Kapitel Neunzehn

Eine von einem Chauffeur gesteuerte Limousine traf um halb sieben ein und brachte Jessica zu einer großen, halb verfallenen Chemiefabrik am Rand von Paris. Der Fahrer hielt die Türen während der Fahrt verschlossen und die Trennscheibe oben, sodass sie ihn nicht bitten konnte, ihr sein Handy oder Ladegerät zu leihen. Aus der Ferne gesehen ragten die Stahlsäulen majestätisch in die Höhe, aber als das Auto endlich durch die mit Stacheldraht gesicherten Tore fuhr, kroch eine Atmosphäre des Verfalls über das Fabrikgelände. Die verrosteten Stahlbehälter waren schon vor langer Zeit im Stich gelassen worden und Unkraut wuchs zwischen dem Gitterwerk der Rohre. Beim Aussteigen stieg Schwefelgeruch in Jessicas Nase. Das Ganze wirkte wie ein Ort, an dem ein Berufskiller einen Auftrag erledigen würde, und nicht wie der Schauplatz eines Fotoshootings.

Jessica fand den Anblick eines Krankenwagens vor dem Gebäude auch nicht gerade entspannend. Ein Sanitäter, der eine Zigarette paffte, beäugte sie neugierig. Er nickte in Richtung einer Tür. Sie bahnte sich ihren Weg durch rostige Stahlträger und über einen Betonboden, der voller Schlaglöcher und Risse war. Die schwere schmiedeeiserne Tür knallte hinter ihr zu und schreckte ein paar Tauben auf.

Um ihre Nerven zu beruhigen, grub Jessica die Finger in ihre Handflächen. Am Fuß einer baufälligen Treppe blieb sie zögernd stehen. Farbe blätterte von den Wänden und irgendetwas roch faul. Das Ganze fühlte sich nicht richtig an.

»Hier oben!«, brüllte eine Stimme.

Jessica griff nach dem rostigen Geländer und blickte in die Höhe. Es ratterte bedenklich unter ihren Fingern und machte sie noch nervöser. Sie hasste Höhen sogar noch mehr als Schlangen. Das Gebäude sah *sehr* hoch aus. Ihre Höhenangst war aber beim Modeln bisher noch kein Thema gewesen. Während sie auf der Treppe höher und höher stieg, schlug ihr Herz lauter und lauter und in ihren Ohren klingelte es. Sie richtete den Blick fest auf die vor ihr liegende Stufe und wich einer vertrockneten Ratte aus, die alle viere von sich gestreckt auf dem Rücken lag. Im ganzen Haus roch es nach Tod. Nach ein paar Minuten kam sie oben an. Eine Windbö strich ihr über das Gesicht. Jessica holte tief Luft und schaute auf ihre Hände. Das Geländer hatte sie rot gefärbt. Sie sahen aus, als ob sie bluteten.

»Willkommen, Jessica!«

Ein dünner, blasser Mann, der ein einfaches weißes Oberhemd und Chinos trug, reckte sich ihr entgegen und schüttelte ihr kräftig die Hand. Sie erkannte ihn sofort und wäre ihm am liebsten um den Hals gefallen. Man würde sie also doch nicht ermorden! Es war Ferdinand Lathos. Er hatte bereits für alle Zeitschriften der Welt Covers geschossen, auch für die amerikanische, französische, britische und italienische *Vogue*, und Werbekampagnen für Labels wie Burberry und Louis Vuitton durchgeführt.

»Ich hoffe, du leidest nicht an Höhenangst, denn dieses

Shooting ist mein bisher abenteuerlichstes.« Er lächelte ihr aufmunternd zu.

Jessica schluckte und schüttelte den Kopf. Sie konnte doch nicht zugeben, dass ihr Magen sich bei dem Gedanken, im sechsten Stockwerk des Gebäudes zwanzig Meter über der Erde zu stehen, gefährlich drehte, oder? Als ihr Magen wieder einen Purzelbaum schlug, schloss sie die Augen. Sie spürte, dass Ferdinand sich bei ihr einhängte und sie mit sich zog.

»Heute werde ich dich an einen Kran hängen, und du wirst für mich fliegen«, sagte er.

Sie blickte auf ihre Füße. Jetzt stand sie am Rand eines großen Lochs und konnte bis zum Betonboden schauen. Die Erde schoss ihr entgegen und brachte sie aus dem Gleichgewicht. Sie konnte sich auf nichts konzentrieren. Alles war verschwommen. Ihr Hals wurde eng.

»Noch wird nicht geflogen!« Er lachte, weil er die Tatsache, dass sie kurz vor der Ohnmacht stand, für ungezähmte Begeisterung hielt. »Du kriegst einen Auffanggurt und Drähte verpasst, bevor du wie ein Vogel für mich fliegst.«

Das Einzige, was fliegen wollte, war ihr Frühstück, das drohte sich aus ihrem Magen zu katapultieren. *Sie schaffte das nicht!* Wirklich nicht. Aber bevor sie protestieren konnte, wurde sie zu einer Gruppe von Visagisten und Stylisten geführt. Ferdinand quasselte in einem fort und verkündete, dass diese Fotostrecke ein »Gleichnis für den urbanen Chic« sein würde. Er verlangte ein kräftiges Make-up und Smokey Eyes als Kontrast zur wallenden silberfarbenen Abendrobe aus Chiffon von Marc Jacobs.

»Ich stelle mir eine weltoffene Kämpferin vor – stark, aber

anmutig«, sagte er, bevor er davonschwirrte, um seine Kameras und die Beleuchtung anzubringen.

Jessicas Hände schwitzten. Sie wollte sich übergeben. Mehrmals. Ihren Mageninhalt vor allen Leuten nach oben zu schleudern, wäre aber ganz sicher nicht anmutig. Als man ihre Haare einsprühte und auf große Lockenwickler drehte, schloss sie die Augen. Während ihr Gesicht geschminkt wurde, lackierte jemand ihre Fingernägel schwarz. Ein Mann befestigte lange silbrige Wimpern an ihren Lidern und sprühte Silberfarbe auf ihre Wangen. Ein Stylist half ihr in ein speziell für die Aufnahmen angefertigtes Geschirr und anschließend in ein langes silberfarbenes Kleid mit Pailletten am Saum. Er erklärte, es sei geändert worden, um Sicherheitsdrähte durchstecken zu können. Nachdem eine Visagistin letzte Hand angelegt hatte, war Jessica endlich für das Shooting bereit.

»Was ist mit ihrem Armreif?«, fragte ein Stylist und zeigte auf den silbernen Schmuck am Handgelenk.

»Das Ding gefällt mir. Es ist modern. Und entspricht genau dem Look, den ich mir wünsche. Stark und solide«, sagte Ferdinand. »Aber die Halskette muss weg. Sie ist *so* letztes Jahr!«

Jessica wollte ihm sagen, dass der Anhänger ihrer Mutter das Kostbarste war, das sie besaß, aber sie wusste, dass ihm das egal wäre. Sie nahm die Kette ab und reichte sie einer Assistentin zum Aufbewahren. Ob Becky wohl ihre E-Mails schon gelesen und den MI6 angerufen hatte? Vielleicht müsste sie das alles hier nicht durchstehen, wenn die Firma AKSC bereits durchgekämmt wurde.

»Könnte ich mir vielleicht mal Ihr Telefon ausleihen?«, fragte sie eine Stylistin. »Meins funktioniert nicht.«

Die Frau schüttelte den Kopf. »Das ist ein handyfreies Fotoshooting. Niemand darf eines mitbringen. Ferdinand findet, dass ihn Handys bei der Arbeit ablenken. Er wird sogar wütend, wenn er irgendwo eine SMS piepsen hört.«

Jessica biss sich auf die Unterlippe, als zwei Stylisten sie auf das Loch zusteuerten. So fühlte es sich also an, wenn man in den Tod geschickt wurde. Luc, ein Stunt-Koordinator, erklärte, wie die Sicherheitsgurte funktionierten. Die Fabrik hatte in jedem Stockwerk einen Hebebalken und eine Seilwinde, die früher, als das Gebäude noch voller chemischer Ausrüstungen an Stelle von Visagisten und Stylisten war, Behälter und Pumpen bewegt hatten. Dem Koordinator war es gelungen, eine Winde so zu montieren, dass Jessica mithilfe von Sicherheitsdrähten, die am Hebebalken befestigt waren, gehoben werden konnte. Die Drähte wurden durch das Kleid hindurch am Geschirr festgeklemmt – zwei Drähte an ihren Seiten und einer auf ihrem Rücken.

»Du kannst unmöglich abstürzen«, sagte er.

»Warum steht dann ein Krankenwagen hier?«

»Aus versicherungstechnischen Gründen. Das ist eine gesetzliche Vorschrift für den Fall des Unmöglichen.«

Sie zitterte, als er die Drähte befestigte. Das Unmögliche machte ihr am meisten Angst. Ferdinand kam angehüpft. Er war so aufgeregt, dass sie sich nicht zu sagen traute, sie könne das Ganze nicht durchziehen. Er erklärte, dass er einen Stock tiefer fotografieren würde, damit es so aussähe, als würde sie zu ihm hinabtauchen. Sein Assistent würde von *diesem* Stockwerk aus fotografieren. Sie nickte, weil sie nicht sprechen konnte. Ihr Mund war furchtbar trocken.

Bevor Jessica um Wasser bitten konnte, wurde sie mithilfe der Seilwinde vom Boden gehoben und beinahe waagerecht zum Rand gesteuert. Als ein Windstoß das Kleid bauschte, schloss sie die Augen. Sie musste ruhig bleiben. Sie war nicht in Gefahr. Sie würde es schaffen, wenn sie nicht in die Tiefe schaute.

»Fantastisch! Und jetzt los!«, brüllte Ferdinand seine Anweisungen vom darunterliegenden Stockwerk aus. »Ich brauche starke, energische Blicke. Ein Mädchen, das Teenosity benutzt, kann zu wahrer Größe aufsteigen.«

Jessica zwang sich, die Augen zu öffnen, und schaltete sofort auf »Arbeitsmodus«. Sie nahm ihre erste Pose ein. Die Bewegung war zu abrupt und brachte sie aus dem Gleichgewicht. Sie drehte sich wie eine Marionette an ihren Fäden.

Hilfe, Hilfe, Hilfe!, schrie die Stimme in ihrem Kopf.

»Balancieren!«, brüllte Ferdinand. »Du musst dich an das Gefühl gewöhnen. Versuch es noch einmal!«

Jessica gehorchte. Dieses Mal war es einfacher. Sie bewegte ihren Körper langsam und gleichmäßig, damit sie nicht an den Drähten riss.

»Fantastisch, Jessica! Ich mag deinen entschlossenen Blick. Und jetzt zeig dich verletzlich!«

Kein Problem. Wie verletzlich würde *er* sich wohl fühlen, wenn ihn nur ein paar Drähte daran hinderten, zwanzig Meter tief in den Tod zu stürzen? Bei diesem Gedanken konnte sie sogar lächeln.

»Hervorragend!«, schrie Ferdinand. »Gefällt mir! Mehr davon!«

Das Fotoshooting war erschöpfend, und Ferdinand wollte unbedingt weiterarbeiten, solange er noch gutes Licht hatte. Um fünfzehn Uhr war er endlich mit einer kurzen Pause einverstanden, und Jessica verschlang ein Baguette mit Brie und Tomaten. Vor lauter Nervosität hatte sie einen Mordshunger bekommen. Nach dem Essen trugen die Visagisten geduldig ihr »Gesicht« wieder auf, und die Stylisten kümmerten sich um ihre Haare und ihr Kleid. Es war Zeit, wieder angeschnallt zu werden. Sie fühlte sich jetzt nicht mehr so nervös, weil sie das Ganze schon kannte. Schlimmer konnte es schließlich nicht werden, oder doch? Vielleicht war sie jetzt endlich so weit, dass sie ihre Ängste in den Griff bekam. Als sie sich dem Loch näherte, fiel ihr ein großer kräftiger Assistent in Jeans und schwarzer Bomberjacke auf, der sich neben der Seilwinde herumdrückte. Er hatte ihr den Rücken zugekehrt.

»Weg da!«, schimpfte Luc. »Ich bin als Einziger bevollmächtigt, den Kran zu bedienen!«

Der Mann rückte ab und stolperte dabei über ein Kabel. Jessica beobachtete, wie er sich entfernte und seine blaue Baseballkappe tief in die Stirn zog. Sie konnte sein Gesicht nicht erkennen, war aber sicher, ihn vorher nicht am Set gesehen zu haben.

Als der Kran sie über das Loch schwenkte, hob sie die Arme, um den Eindruck zu vermitteln, sie fliege. Plötzlich erschreckte sie ein lautes bohrendes Geräusch über dem Kopf. Luc brüllte und Jessica hörte es gefährlich krachen. Die Sicherheitsgurte ruckten und wirbelten die Drähte herum. Jessica stürzte mit dem Kopf voran in das Loch.

»Nein!«, schrie sie.

Als sie an Ferdinand vorbei ins nächste Stockwerk fiel, sah sie sein entsetztes Gesicht. Der Draht wickelte sich wie ein Fadenknäuel ab. Über ihrem Kopf ertönten Schreie. Weil der Luftzug so stark war, hielt sie die Augen offen und konnte sehen, wie ihr der Boden entgegensauste. Sie würde sterben! Der Gedanke war wie ein Adrenalinstoß. Sie müsste sich bremsen.

Aber wie?

Denken, denken, denken! Sie war fast unten.

Der Spider-Woman-Armreif! Sie krallte sich daran fest, fand den Verschluss, zog am Knopf und zielte auf einen Stahlträger. Etwas schwirrte. Dann wurde sie heftig in die Höhe gerissen. Die Wucht war brutal. Es knackte laut, und ein brennender Schmerz schoss durch ihren Arm, als ihre Schulter ausgerenkt wurde. Die Sicherheitsgurte fielen herab und ließen sie am Handgelenk baumeln. Sie schaute nach unten. Der Boden war nur einen Meter von ihr entfernt. Heftig schluchzend löste sie den Verschluss des Armreifs und schlug auf dem Betonboden auf. Als sie hochblickte, lief der Mann mit der Baseballkappe aus der Lagerhalle.

Dunkelheit hüllte sie wie eine warme, erstickende Decke ein.

Es dauerte eine Weile, bis ihr klar wurde, wo sie war. Jedenfalls nicht in einem Krankenhausbett. Jessica berührte die weiße Steppdecke. Sie war teuer – aus feinster Seide. Ihr weißer Bademantel war herrlich weich und duftete nach Rosen. Sie sah sich die Fotos an den Wänden an und blickte auf ein kleines weißes Sofa mit vielen Kissen. Alle weiß. Jessica stöhnte. Sie befand sich also wieder in Allegras Gäste-Suite. Sie drehte sich um und sah die Kette ihrer Mutter auf dem Nachttisch liegen. Daneben stand eine Uhr. Es war kurz vor acht. Sie war also stundenlang bewusstlos gewesen.

Jessica richtete sich langsam auf und zuckte bei dem dumpfen, pochenden Schmerz in der Schulter zusammen. Sie langte nach ihrem Pullover und ihrer Jeans, die über einem Stuhl lagen, und zog sie vorsichtig an. Sie hatte sich bei dem Sturz den Arm ausgekugelt, aber irgendjemand hatte ihn wieder eingerenkt. Davor hatte sie ganz sicher Schmerzmittel bekommen. Sie fühlte sich schwummrig, wusste aber noch, was passiert war. Die Seilwinde hatte versagt, was höchstwahrscheinlich kein Unfall war. Der Mann mit der Baseballkappe hatte daran herumgedoktert. Er hatte versucht, sie umzubringen. Ohne den Armreif wäre es ihm gelungen. Nathan würde sich selbst in den Hintern treten, weil er ihn ihr gegeben hatte. Er hatte wahrscheinlich nicht damit gerechnet, dass er funktionierte.

Sie ließ einen Fuß aus dem Bett hängen und zog ihre Tasche zu sich her. Jemand hatte sie zurückgebracht. Ihre Handys waren immer noch tot. Sie holte die Lidschatten-Palette aus dem Schminkbeutel und wollte sie gerade öffnen und eine neue E-Mail schicken, als die Tür aufging. Allegra erschien. Sie trug eine riesige schwarze Sonnenbrille und einen cremefarbenen Hosenanzug. Ein Burberry-Tuch war eng um ihren Hals geknotet.

»Willst du wo hin?« Sie glitt auf sie zu.

»Ich gehe.« Jessica erhob sich. »Ich kann nicht bleiben, nachdem jemand versucht hat, mich beim Fotoshooting umzubringen.«

»Ich fürchte, das kann ich nicht zulassen.« Allegra stand vor ihr, die Hände fest in die Hüften gestemmt.

»Sie können mich nicht aufhalten.« Jessica nahm ihre Tasche und schob sich an ihr vorbei. Allegra hatte Kleidergröße Null und wirkte so zart wie einer von Sams Schwänen. Falls nötig, wäre es ein Leichtes für Jessica, sich mit Kickboxen einen Weg aus dem Zimmer zu bahnen.

Allegra packte ihre Hand, ein Lächeln auf den eingefrorenen Lippen.

Jessica spürte einen brennenden Schmerz im Arm, und ihre Beine knickten ein. Sie klappte auf dem Teppich zusammen und schaute auf ihren Arm, in dem eine Spritze steckte.

Allegra beugte sich über sie. »Das ist ein schnell wirkendes Gift«, flüsterte sie Jessica ins Ohr. »Du wirst stundenlang gelähmt sein – jedenfalls lange genug, um unser Teenosity auf den Markt zu bringen.«

Jessica wollte reden, aber ihre Lippen waren erstarrt. Sie konnte auch die Beine nicht bewegen. Sie waren zu schwer. Sie konnte nicht aufstehen und schaute hilflos an die Decke. Die Lichter waren scharfe Diamanten, die sich in ihre Augen bohrten.

»Es hat keinen Sinn, dagegen anzukämpfen.« Allegra lachte, als sich die Tür öffnete.

Jessica konnte den Kopf nicht wenden. Ihre Augen drehten sich nach links, während ihr Herz wie wild klopfte. Es war der Mann mit der blauen Baseballkappe. Er war zurückgekehrt, um ihr den Rest zu geben.

»Ist sie schon weggetreten?« Lyndon nahm die Kappe ab.

»Fast. Es dauert nur noch ein paar Sekunden.«

»Wir haben keine Zeit zu verlieren, Darling.« Er hob Jessica hoch und warf sie wie eine Lumpenpuppe aufs Bett.

»Wenn du deinen Job heute mit dem Draht und gestern mit dem verflixten Kleid richtig gemacht hättest, müsste *ich* jetzt nicht die Dinge zu Ende bringen, *Darling*«, erwiderte Allegra zuckersüß. »Der Seestern hält dich sicher für wahnsinnig unfähig, wenn du die einfachsten Anweisungen nicht befolgen kannst.«

»Eins zu null für dich«, sagte Lyndon. »Aber wie hätte ich wissen sollen, dass Daddys kleine Helferin mit einer Art Sicherungsseil daherkommt? Der Seestern vergaß, diese kleine nützliche Info an uns weiterzuleiten, als er vorschlug, den Draht zu kappen. Und es kann ja auch kaum mein Fehler sein, wenn Jessica im letzten Moment ein anderes Kleid anzieht. Einen Backstage-Pass zu fälschen ist *eine* Sache, aber Hellsichtigkeit ist eine andere. Selbst dem Seestern fehlt diese Gabe.«

»Natürlich, mein Lieber. Ganz, wie du meinst.« Allegra riss die Lidschatten-Palette aus Jessicas erstarrter Hand. »Ich brauche nicht zu raten, wessen Werk das ist.« Allegra nahm die Kette ihrer Mutter vom Nachttisch und steckte sie in ihre Jackentasche.

»Du solltest den Seestern fragen, was für Geräte sie sonst noch hat«, murmelte Lyndon. »Sie könnten uns dienlich sein.« Er wühlte in Jessicas Schminkbeutel und untersuchte ihre Lippenstifte und einen Lidschatten-Applikator.

Allegra starrte auf Jessica hinunter. »Es macht dir doch nichts aus, Jessica, oder? Du wirst die MI6-Schätzchen nie mehr brauchen. Ich habe Camille bereits mitgeteilt, dass du beschlossen hast, nach London zurückzukehren. Niemand kann dir helfen.«

Jetzt beugte sie sich tief hinunter, bis ihre Lippen fast Jessicas Ohr berührten. Ihr Parfum roch ekelhaft süßlich und raubte Jessica den Atem.

»Vor allem dein Vater nicht«, fügte sie hinzu. »Jack fühlt sich heute nicht gut. Ich mache mir Sorgen um ihn. Wer weiß, wie lang es ein Mann in seinem Zustand ohne Medikamente aushält? Vermutlich nicht besonders lang – nach allem, was er durchgemacht hat.«

Jessica wollte den Mund öffnen, aber ihr ganzer Körper war steif. Ein schwarzer Schleier senkte sich langsam vor ihren Augen und löschte alles aus. Sie konnte nicht dagegen ankämpfen. Die Drogen waren zu stark. Sie beobachtete, wie Allegra das Zimmer verließ und Lyndon ihr folgte, den Schminkbeutel in der Hand. Als sie ganz langsam abdriftete, blieb ein einziges Wort wie Blut im Neuschnee haften.

Dad.

Kapitel Zwanzig

Jessica flog in einem Hubschrauber durch die Luft. Vor ihr saß der Pilot. Jemand war neben ihm. Die Frau hatte ihre langen blonden Haare zu einem unordentlichen Pferdeschwanz zusammengebunden. Ihr Gesicht blieb verborgen.

»Mum!«

Sie drehte sich um und lächelte. Sie hatte Fältchen in den Augenwinkeln. »Mach dir keine Sorgen, Süße. Alles wird gut. Vertrau mir!«

Der Hubschrauber hustete und spuckte.

»Was ist los? Was passiert?«

»Ich weiß nicht.« Ihre Mutter drehte sich wieder nach vorn.

»Nein! Tun Sie doch was!« Jessica rüttelte am Piloten, aber er sackte zusammen. Sie langte nach den Instrumenten.

»Es ist zu spät«, sagte ihre Mutter mit ruhiger Stimme. »Du kannst nichts mehr tun. Wir müssen unser Schicksal annehmen. Es gibt keinen anderen Weg, Jessica. Nathan hat gesagt, wir sind entbehrlich. Er hatte recht.«

»Hilf mir, Mum, bitte!«

Der Hubschrauber sauste im Sturzflug in die Tiefe. Die Erde wirbelte ihnen entgegen. Gleich würden sie zerschmettert werden. Und sie konnte es nicht verhindern.

»Mum!«

Ihre Augen öffneten sich. Ihr Atem kam stoßweise und tat ihren Rippen und ihrem Hals beim Luftholen weh. Sie lebte. Gerade noch. Jeder Knochen ihres Körpers und jeder Zentimeter ihrer Haut schrie vor Schmerzen. Ihr Kopf war schwer, und sie konnte nicht richtig denken. Es war, als ob sie durch dichten Nebel schauen wollte. Sie musste sich konzentrieren.

Denk nach! Was ist passiert?

Da war eine Spritze. Sie hatte in ihrem Arm gesteckt. Allegra hatte sie damit betäubt, und jetzt war sie teilweise gelähmt. Jessica versuchte, sich zu bewegen und konnte mit den Zehen wackeln, aber die Anstrengung erschöpfte sie. Sie ruhte sich ein paar Minuten lang aus, bis sie wieder die Kraft hatte, sich auf die Seite zu drehen. Dabei wurde ihr furchtbar schwindlig und sie musste sich heftig übergeben, bis ihr Magen vollkommen leer war.

Danach ging es ihr besser. Das Zimmer drehte sich nicht mehr, und in ihren Armen und Beinen kribbelte es, als das Gefühl zurückkam. Jessica schaute auf die Uhr auf ihrem Nachttisch. Es war halb sieben und der Tag, an dem die Teenosity-Creme in die Läden kam. Jessica war die ganze Nacht lang bewusstlos gewesen. Sie schwenkte die Beine über die Bettkante und stand auf. Sofort knickten sie wieder ein, und Jessica fiel auf den Teppich.

Aufstehen, aufstehen, aufstehen! Sie atmete durch den Mund ein und aus und versuchte, mit den Wellen der Übelkeit fertigzuwerden. Sie würde hier nicht liegen bleiben und darauf warten, dass Allegra zurückkam und sie umbrachte. Sie klammerte sich an die Bettkante. Vorsichtig setzte sie sich auf und schloss die Augen. Sobald der Schwindel vorbei war, richtete sie sich mithilfe des Bettes auf und kam langsam wieder auf die Füße.

Das Zimmer schwankte, und Jessica brach auf dem Bett zusammen. Sie wartete ein paar Minuten. Dann war sie bereit, das Ganze erneut zu versuchen. Sie konzentrierte sich auf die Tür, stand auf und schaffte drei Schritte, bevor sie stolperte. Sie riss sich zusammen und stakste weiter. Es war nur eine kurze Strecke, aber sie kam Jessica endlos vor. Dieses Mal klammerte sie sich beim Sturz an die Klinke, und die Tür ging auf. Der Alarm war abgeschaltet. Jessica zog sich hoch. Jetzt stand sie im Flur und machte sich auf den Weg zum Aufzug. Die Muskeln ihrer Beine wurden mit jedem Schritt kräftiger.

Jessica hämmerte auf den Fahrstuhlknopf und betete, dass Allegra oder Lyndon nicht auftauchten. Sie war viel zu schwach, um sich gegen sie zu wehren. Die Tür des Lifts ging auf, und Jessica warf sich hinein und sank auf die Fersen, während der Fahrstuhl ins Erdgeschoss sauste. Die Tür öffnete sich. Ein dunkler leerer Korridor führte zum Empfang. War es eine Falle? Wartete jemand am Eingang auf sie? Eine Möglichkeit. Sie könnte aber auch in wenigen Sekunden in Sicherheit sein. Wenn sie erst einmal draußen wäre, könnte sie die Polizei alarmieren.

Als sie aus dem Fahrstuhl trat, zögerte sie. Was hatte Allegra ihr ins Ohr geflüstert? Ihr Vater sei krank. Sie konnte ihn nicht im Stich lassen. Sie musste auch Sam finden. Sie mussten irgendwo hier im Gebäude sein. Das waren die Dinge – *sie* waren die Dinge, die Allegra zu Ende bringen wollte. Jessica drehte ihrem Fluchtweg den Rücken zu und stolperte weiter. Sie musste ins Untergeschoss.

Jessica schaffte den Weg zum Labor, indem sie sich an den Wänden abstützte. Sie schob sich durch die hintere Tür des Labors und ließ sich auf dem Hinterteil Stufe für Stufe die Treppe hinunter. Alle paar Minuten musste sie sich ausruhen. Am Ende erhob sie sich und drückte gegen den Ausgang. Auch hier war der Alarm bereits abgeschaltet, und die Tür ging einfach auf.

Jessica taumelte durch den Raum und spähte um den Eingang zur Verladerampe herum. Alle Lastwagen und Kartons waren verschwunden. Die Fahrer hatten Teenosity anscheinend schon in ganz Paris verteilt. Sie schlich sich in die Halle und öffnete die nächste Tür, hinter der sich ein schmaler Gang befand. Rechts daneben gab es noch eine Tür, die möglicherweise zu einer zweiten Lagerhalle führte.

Etwas knallte. Eine Tür schien ganz in der Nähe zugefallen zu sein. Jetzt konnte sie Stimmen hören. Sie wurden lauter. Jessica sah sich um. Sie konnte nicht fliehen und auch nicht kämpfen. Sie musste das zweite Lager betreten. Sie drückte auf die Klinke, aber die Tür ging nicht automatisch auf. Jessica holte den Ausweis heraus, den sie in der vergangenen Nacht benutzt hatte. Zum Glück hatte Allegra sich nicht die Mühe gemacht, in den Gesäßtaschen ihrer Jeans nachzuschauen. Sie hatte auch Nathan nichts von dem Ausweis erzählt, also war Allegra gar nicht auf die Idee gekommen, danach zu suchen.

Bitte lass es funktionieren!

Sie zog die Karte durch, die Tür ging auf und – Dunkelheit. Als zwei Wächter um die Ecke bogen, flitzte sie in den Raum. Sie drückte ihr Ohr an die Tür und hörte die Männer vorbeistapfen. Sie hatten sie nicht bemerkt. Dann schaute sich Jessica um. Ein schwaches Licht offenbarte ein zweites Labor, das allerdings klein und eng war. Der muffige Geruch erinnerte sie an den Chemieunterricht in der Schule. Ein alter Mann schlief fest auf einer Liege in der Ecke. Auf seinen dünnen Beinen lag eine Decke. Er hatte weiße Haare und sein Gesicht ließ Jessica an eine Schildkröte denken.

Er riss die Augen auf. Sie waren so blau wie frische Kornblumen und passten nicht zu seiner Haut, die aussah wie zerknittertes Pergamentpapier. Sein Blick wanderte von ihr zur Tür, als ob er etwas ausrechnen wollte. Er sprang aus dem Bett und rannte in eine dunkle Ecke, wo sein Gesicht nicht mehr zu sehen war. Jessica wunderte sich. Für einen alten Mann hatte er sich unheimlich schnell bewegt.

»Wer bist du?«, fragte er.

»Ich heiße Jessica –«, fing sie an.

»Du kannst sofort wieder zu Allegra gehen, Jessica, und ihr sagen, ich bleibe bei meinem Nein. Ich mach es nicht mehr. Sie hat das Schlimmste getan, und ich ändere meine Meinung nicht. Von mir kriegt sie nichts mehr.«

Jessica zwinkerte. Wenn sie sein Gesicht nicht gesehen hätte, hätte sie schwören können, dass die Stimme einem viel jüngeren Mann gehörte.

»Allegra weiß nicht, dass ich hier bin«, sagte sie. »Ich hab mich an den Sicherheitsleuten vorbeigeschlichen, um meinen Vater zu finden. Haben Sie ihn gesehen? Er heißt Jack Cole. Er wird vermisst.«

Der Mann blickte zur Seite und antwortete nicht.

»Helfen Sie mir bitte!«, bat sie und kam näher.

Er drückte sich an die Wand.

»Ich habe ihn nicht gesehen«, sagte er, »aber der Name ist mir bekannt.«

»Hat Allegra von ihm gesprochen? Was hat sie gesagt? Versuchen Sie sich bitte zu erinnern!«

»Es spielt keine Rolle mehr. Es ist zu spät.«

»Was meinen Sie damit?« Ihr Herz hämmerte an ihre Rippen. Sie hatte es bis hierher geschafft – es *durfte* nicht zu spät sein!

Seine blauen Augen bohrten sich in ihr Gesicht. »Allegra hat gesagt, er sucht mich, ist aber in eine Falle getappt und muss jetzt für sein Rumschnüffeln bezahlen. Anscheinend ist er ein schwer kranker Mann.«

Jessica stützte sich an der Wand ab. »Lebt er noch?« Ihre Stimme war kraftlos und piepste wie ein Vogel. Sie wartete auf seine Antwort und konnte es kaum ertragen.

»Ich glaube, ja«, sagte er, »aber wahrscheinlich nicht mehr lange. Allegra kann es nicht riskieren, ihn laufen zu lassen. Er würde reden. Sie wird ihn niemals freigeben.«

»Wo ist er?«

Der Mann hob die Schultern. »Hier irgendwo, nehm ich an, wenn sie ihn nicht verlegt haben.«

»Aber warum hat er ausgerechnet *Sie* gesucht? Das versteh ich nicht.«

»Ich weiß nicht«, erwiderte er, »aber möglicherweise hat meine Mutter ihn angeheuert, als ich verschwand. Sie würde so reagieren.«

Er tauchte aus dem Dunkel auf, setzte sich aufs Bett und hielt den Kopf in den Händen.

»Das kann nicht sein«, sagte Jessica. »Mein Vater ist hergekommen, um Sam Bishop zu suchen. Das ist ein vierunddreißigjähriger Nanotechnologe, der früher hier gearbeitet hat. Haben Sie ihn gesehen?«

Der Mann blickte auf und lachte leise. Tränen liefen ihm übers Gesicht.

»Was ist daran so lustig?«

Er wischte sich die Augen mit seinem grauen, fleckigen Hemdsärmel. »Du würdest es mir nicht glauben, wenn ich es dir erzähle.«

»Vielleicht doch?«

Er blickte ihr tief in die Augen. »Ich bin Sam Bishop.«

Jessica war sprachlos.

Der Mann brach in schallendes Gelächter aus. »Siehst du? Ich hab doch gleich gesagt, dass du mir nicht glauben wirst! Niemand wird mir glauben!«, kreischte er.

»Aber das ist doch unmöglich! Sie können nicht Sam sein! Ich hab das Foto gesehen. Er ist –«

»Ein junger Mann?«

Sie nickte.

»Ich bin ein junger Mann, im Körper eines Alten gefangen.«

Sie setzte sich neben ihn auf das Bett. Er war eindeutig nicht bei Verstand. Er konnte doch im Lauf von zwei Monaten nicht so gealtert sein – erst vierunddreißig und jetzt achtzig Jahre alt. Das war rein körperlich nicht möglich, oder doch?

»Allegra hat erklärt, dass mir niemand glauben würde, auch wenn ich fliehen könnte«, sagte er. »Man würde mich für verrückt halten und irgendwo einsperren. Ich bin jetzt schon so gut wie tot. Falls ich jemals wieder hier rauskomme, kann ich nicht nach Hause gehen. Wie kann ich mit meinem Aussehen bei meiner Mutter auftauchen? Sie würde einen Herzinfarkt kriegen und tot umfallen.«

Jessica sah ihn erschrocken an. Er meinte es ernst. Ihr fiel ein, dass Lyndon gesagt hatte, Sam hätte mithilfe der Nanotechnologie die Teenosity-Creme entwickelt.

»Die Nanoroboter in Teenosity sollten doch den Alterungsprozess aufhalten«, sagte sie.

Er lachte verbittert. »Aus irgendeinem Grund gingen die Experimente in der Schlussphase immer daneben. Es war ein völliges Desaster.«

Jessica starrte auf seine Runzeln. Es war unvorstellbar, aber die einzige logische Erklärung.

»Teenosity hat das Gegenteil bewirkt«, hauchte sie. »Die Creme hat die Alterung beschleunigt.«

»Genau. Als ich Allegra erklärte, dass der Alterungsprozess beschleunigt würde, flippte sie völlig aus. Sie hatte sich nämlich eingeredet, dass es noch zu ihren Lebzeiten ein Mittel gegen das Altern geben würde.«

Er sprang auf die Füße und schritt den Raum ab.

»Sie hat mich vierzehn Stunden am Tag schuften lassen, um die richtige Formel zu finden. Irgendwann hatte ich genug und hab gekündigt. Sie hat meine Notizen verlangt und ich habe den größten Fehler meines Lebens begangen. Ich war dumm.«

Er schwieg und spielte mit einer Reihe von Reagenzgläsern auf dem Tisch herum.

»Was haben Sie denn getan?«

»Ich hab ihr gesagt, dass ich keine Notizen mache. Meine Arbeit sei hier drin!« Er drehte sich um und tippte an seine gefurchte Stirn. »Es gelang mir, aus ihrer Suite zu fliehen und in den Fahrstuhl zu springen, bevor mich jemand aufhalten konnte. Ich machte mir nicht einmal die Mühe, ins Labor zu laufen und meine Tasche zu holen. Ich wollte nur raus, weiter nichts. Als der Fahrstuhl im dritten Stock hielt, kam Lyndon rein. Er steckte mir eine Nadel in den Oberschenkel und ich verlor das Bewusstsein. Als ich wieder zu mir kam, war ich hier.«

»Das ist ja schrecklich. Es tut mir so leid.« Jessica senkte den Blick und stellte fest, dass sie wieder an ihrer Nagelhaut gezupft hatte. Die Stelle blutete. War ihr Vater nachts auf dem Weg zum Hotel vielleicht auch so attackiert worden? Hatte er sich vielleicht Tage danach im AKSC-Gebäude selbst befreien und seinen *Code-Red*-Alarm durchgeben können?

»Das war aber nur der Anfang«, sagte Sam. »Später in der Nacht erklärte mir Allegra, die Pläne hätten sich geändert. Ich sollte die fehlerhaften Nanoroboter weiter herstellen. Das hab ich nicht begriffen und lehnte es ab. Ich drohte, zur Polizei zu gehen und sie wegen Körperverletzung und Freiheitsberaubung festnehmen zu lassen. Sie lachte und sagte, wenn ich es ablehnen würde, weiter mit ihr zusammenzuarbeiten, würde sie meine Mutter töten lassen. Jeder wusste, dass die meisten ihrer Wachmänner früher mal im Knast waren. Was konnte ich tun?«

Er zitterte und schlang die Arme um seinen mageren Körper.

»Sie hatten keine Wahl. Es war nicht Ihre Schuld.«

»Wahrscheinlich nicht, aber das machte die Sache auch nicht besser. Ich saß in der Falle. Ein Wächter hatte mein Hotelzimmer ausgeräumt. Er brachte alles hierher, auch ein paar Geräte, die ich tagsüber benutzen konnte. Nachts wurde ich zum Arbeiten ins Hauptlabor geführt. Immer die gleiche Routine, tagein, tagaus, wochenlang. Vor ein paar Tagen gelang es mir, einen Papierschwan fallen zu lassen. Ich hoffte, dass ihn jemand finden und verstehen würde, dass er mir gehörte. Ich faltete ständig Origami-Schwäne.«

»Ich hab ihn gefunden! Deshalb wusste ich, dass Allegra log.«

»Es hat also funktioniert.« Zum ersten Mal lächelte er richtig. Seine Zähne sahen in seinem runzligen Gesicht unnatürlich weiß und gesund aus. »Ich dachte, Allegra würde zur Vernunft kommen und begreifen, dass meine Arbeit sinnlos war, aber sie verrannte sich sogar noch mehr in das Projekt. Ich arbeitete rund um die Uhr, um die Nanoroboter im Alleingang zu produzieren, weil sie niemandem traute, der mir hätte helfen können. Nach dreiwöchiger Gefangenschaft versuchte ich zu fliehen, aber ich hatte wohl einen Alarm ausgelöst. Ihre Wächter stürmten herein, und ich wurde wieder außer Gefecht gesetzt und betäubt.«

»Allegra hat das mit Ihnen gemacht?« Jessica schauderte.

»Als ich wieder zu mir kam, sagte sie, es sei Zeit für einen richtigen Test. Bis dahin hatte ich nur mit einzelnen Hautzellen experimentiert. Allegra behauptete, sie könne Tierversuche nicht ertragen.«

Er setzte sich wieder aufs Bett und weinte.

»Sie brauchen nicht darüber zu reden, wenn Sie nicht wollen«, sagte Jessica und legte eine Hand auf seine Schulter.

Er schüttelte sie ab. »Nein, ich *muss* darüber reden. Ich will, dass die Leute erfahren, was sie mit mir gemacht hat.«

Er holte tief Luft, bevor er weitersprach.

»Die Wächter fesselten mich ans Bett und Allegra brachte ein Reagenzglas mit meiner Rezeptur. Ich flehte sie an, es nicht zu tun. Ich erklärte, dass der Schaden am menschlichen Körper extrem hoch und nicht rückgängig zu machen wäre. Sie lachte und sagte, das hoffe sie. Ich wehrte mich, aber es war zwecklos.«

Er schloss die Augen und klammerte sich an die Bettkante.

»Ein Wächter hielt mir die Nase zu und zwang meinen Kopf in den Nacken. Allegra flößte mir die Flüssigkeit ein. Am Anfang hatte ich nur eine Riesenangst, aber bald darauf bekam ich unerträgliche Schmerzen. Es war, als ob mir die Haut von jedem Muskel meines Körpers gezogen wurde. Ich verlor das Bewusstsein. Als ich schließlich wieder zu mir kam, hatte sich die Zerstörung stabilisiert und ich sah *so* aus.«

»Ich weiß nicht, was ich sagen soll. Das ist ja furchtbar.« Während ihr das Blut in den Kopf schoss, versuchte Jessica, sich auf die Glasflaschen auf dem Tisch zu konzentrieren. War ihrem Vater das Gleiche passiert? Mit seiner Krankheit würde er das nicht überleben.

»In gewisser Hinsicht hatte ich Glück«, fuhr Sam fort. »Ich hätte ohne Weiteres sterben können. Ich bin fit und jung, und deshalb konnte mein Körper den beschleunigten Alterungsprozess überstehen, ohne gleich den Geist aufzugeben. Einen Schwächeren hätte die Sache getötet. Allegra wäre das allerdings egal gewesen. Sie sagte, die Testphase mit mir sei erfolgreich verlaufen. Fünf weitere Testpersonen stünden bereit. Ich habe keine Ahnung, wer das ist.«

»Ach, du meine Güte! Die berühmten Fünf.«

Tyler. Olinka. Jacey. Darice. Valeriya.

Sie hatten auf dem Jubiläumsball von Emerald Champagner getrunken, während Allegra sich an Orangensaft hielt. Sie hatte sich das Foto als Trophäe an die Wand geheftet. Eine Erinnerung an ihr Verbrechen. Sie hatte sie mit Teenosity vergiftet.

»Entschuldige, wenn ich frage, aber wer sind die berühmten Fünf?«

»Fünf Topmodels. Allegra hat sie kurz vor Weihnachten auf einem Ball in London kennengelernt, und gleich danach haben sie das Modeln aufgegeben. Seitdem hat sie niemand mehr in der Öffentlichkeit gesehen. Das Gerücht geht um, sie hätten Schönheitsoperationen an sich durchführen lassen.«

»*Danach* brauchen sie die auch.« Sam schüttelte langsam den Kopf. »Aber warum hätte Allegra ausgerechnet ihnen schaden wollen?«

Jessica erinnerte sich an Allegras Vorwurf, als sie sich zum ersten Mal begegnet waren, dass sie sie vom Thron stoßen wolle. Allegra schien ihr den Durchbruch in ihrer Model-Karriere nicht zu gönnen.

»Vielleicht war sie neidisch auf ihren Erfolg. Auf dem Ball konnte sie hinter die Absperrkette der VIPs gelangen und hat wahrscheinlich was in ihren Champagner getan.«

»Das wäre möglich gewesen, wenn sie die ganze Flasche vergiftet und die fünf Gläser selbst ausgeschenkt hätte«, sagte Sam. »Die Flüssigkeit ist geschmacksfrei und geruchlos, also hätten die Models nicht gleich was gemerkt.«

»Aber, wenn *das* passiert ist – wieso wurden sie dann nicht sofort ins Krankenhaus gebracht?« Sie deutete auf Sams zerknittertes Gesicht. »Es hätte Schlagzeilen gemacht. Stattdessen sind sie einfach verschwunden.«

Er runzelte die Stirn und fuhr sich mit einer Hand voller Leberflecken durch die weißen Haare.

»Allegra muss die Dosis geändert haben«, erklärte er. »Sie wusste, dass die Menge, die sie mir verabreicht hatte, für die Mädchen zu hoch war. Wenn sie beim Ball umgekippt wären, hätte man Allegra auf der Stelle verhaftet. Die Leute hätten gewusst, dass sie ihren Drinks etwas beigemischt hatte. Sie brauchte nur einen winzigen Tropfen in die Champagnerflasche zu tun und der Abbau der Hautzellen wäre viel langsamer erfolgt. Es hätte Tage dauern können, bis die Wirkung einsetzte und die Alterung wäre nicht so dramatisch verlaufen, vor allem, wenn die Mädchen nur wenig tranken.«

»Aber es reichte aus, um ihre Karriere und ihr Leben zu ruinieren.« Jetzt war Jessica an der Reihe, den Raum abzuschreiten. »Allegra wusste, dass Emerald versuchen würde, die Sache zu vertuschen, anstatt auf die Verunstaltung der Models aufmerksam zu machen. Die Agentur hat sie in die Schweiz geschickt, um sich operieren zu lassen, bevor jemand herausfindet, was los ist.«

»Deshalb muss Allegra Einhalt geboten werden, bevor sie anderen schadet«, erklärte Sam aufgeregt. »Wenn sie dich hier erwischt, kannst du das nächste Opfer sein. Dass sie die Teenosity-Creme nicht auf den Markt bringen konnte, hat ihr den Rest gegeben.«

»Aber Teenosity wird seit heute Morgen verkauft! Ich habe gestern Abend beobachtet, wie Autos mit Kartons beladen wurden. Allegra hat Teenosity bereits in ganz Europa verteilt, damit der Verkauf heute losgehen kann.«

»Was?« Er sprang auf die Füße. »Das darf nicht sein! Allegra kann unmöglich klar sein, welche Konsequenzen –«

»Oh, doch, mir sind die Konsequenzen klar, Sam. Du bist ein naiver Dummkopf, der noch immer nicht begriffen hat, wozu ich fähig bin.«

Allegra stand im Türrahmen, von Wächtern flankiert. Ihr gepudertes Gesicht war eine Maske. Ausnahmsweise trug sie keine Sonnenbrille, und ihre blauen Augen funkelten gefährlich.

Kapitel Einundzwanzig

»Ich bin gekränkt, weil du glaubst, dass ich nicht weiß, was ich tue«, sagte Allegra. »Ich habe Nacht für Nacht von meiner Rache geträumt. Ich habe sie seit Wochen, Monaten und Jahren heimlich geplant.«

»Rache wofür?«, fragte Jessica. »Was hat man Ihnen getan?«

Allegra lachte höhnisch. »Kannst du dir vorstellen, wie es sich vor all den Jahren angefühlt hat, von Emerald ausrangiert zu werden? Ich war am Boden zerstört. Ich fühlte mich so wertlos und niedergeschlagen, dass ich monatelang mein Bett nicht verlassen konnte.«

Sie schloss die Augen und schob sich die Haare hinter die Ohren, wobei riesige Brillantstecker zum Vorschein kamen.

»Jetzt können all die dummen jungen Mädchen mal am eigenen Leib erfahren, wie es sich anfühlt, wie Abfall behandelt zu werden. Warum soll ich alleine altern, wenn ich dabei Gesellschaft haben kann? Warum muss ich mich foltern lassen, wenn ich die schönen jungen Gesichter auf den Titelblättern der Zeitschriften sehe? *Meinen* Zeitschriften? Ich kann es nicht ertragen!«

»Sie sind verrückt«, sagte Jessica. »Glauben Sie wirklich, dass Sie damit ungestraft davonkommen?«

»Schätzchen, ich *bin* ja schon davongekommen!« Allegra lachte gackernd. »Dein Vater konnte mich nicht aufhalten, und du kannst es auch nicht. Ihr seid mir beide in die Falle gegangen. Hast du wirklich geglaubt, dass ich das nette Mädel von nebenan engagieren würde, um meine Firma zu repräsentieren? Nachdem du in Paris angekommen warst, wurde mir ganz schnell klar, dass du Wege finden würdest, hier herumzuschnüffeln. Es war deshalb viel vernünftiger, dich einzuladen und gleichzeitig loszuwerden. Zwei Fliegen mit einer Klappe. Nur schade, dass wir dabei ein Kleid von Alexander McQueen ruinieren mussten.«

Jessica biss sich auf die Unterlippe. Ihre Instinkte hatten sie also nicht getäuscht. Nathan hatte am Anfang versucht, sie von AKSC fernzuhalten. Dann hatte er die Pläne aber geändert und sie ohne Rückendeckung, aber mit der fragwürdigen Lidschatten-Palette in eine Falle gelockt – ein wichtiges Gerät, von dem er wusste, dass es nicht funktionieren würde.

»In ein paar Wochen, wenn die dummen kleinen Mädchen merken, dass mit der Creme etwas nicht stimmt, wird es zu spät sein«, fuhr Allegra fort. »Sie werden den Alterungsprozess nicht aufhalten können, sondern wie Tyler und die anderen den Rest ihres Lebens mit ihren hässlichen Gesichtern verbringen müssen.«

»Aber Sie werden geschnappt und landen im Gefängnis«, sagte Jessica. »Was für eine Rache ist das denn, wenn Sie den Rest *Ihres* Lebens hinter Gittern verbringen müssen? Dann haben Sie alles weggeworfen, wofür Sie gearbeitet haben.«

»Wieder falsch. Der Seestern wird mir für ein einziges Fläschchen mit der Teenosity-Formel einen neuen Pass, die Ausreise und eine neue Identität verschaffen. Sie ist schließlich einzigartig und äußerst wertvoll.«

Sie zog einen kleinen Metallbehälter aus der Handtasche und schwenkte ihn vor Jessicas Gesicht herum.

»Um Gottes willen – nimm das Ding weg!«, brüllte Sam. »Wenn der Deckel abgeht, lässt du die Nanopartikel frei und infizierst jeden im Umkreis von fünfzig Metern, der sie einatmet. Gib es her, dann ist alles vorbei!«

»Da bin ich anderer Meinung«, sagte Allegra. »Das ist mein Ticket, um hier rauszukommen, und der Seestern wartet darauf.«

»Dann ist es also Nathan Hall, der MI6-Agent«, sagte Jessica. »*Er* ist der Seestern.«

»Ich kenne seinen wahren Namen nicht, und er ist mir auch egal.« Allegra feixte, als sie den kleinen Behälter vorsichtig in ihre Handtasche steckte. »Wir haben uns nicht mit Vornamen angeredet.«

»Ach wirklich?«

»Der Seestern ist sehr zurückhaltend – genau wie ich.« Sie zögerte und warf einen Blick über ihre Schulter. »Ehrlich gesagt, es war herrlich mysteriös. Wenn der Seestern mir etwas mitteilen wollte, benutzte er einen Voice Changer am Telefon oder irgendwelche Mittelsmänner. So hatte ich bisher noch nie Geschäfte gemacht.«

Was vollkommen normal war, wenn sie mit einem Spion oder vielmehr einem Doppelagenten zu tun hatte.

»Wie haben Sie den Seestern gefunden?«

»Er hat mich gefunden«, erwiderte Allegra. »Er wusste irgendwie – frag mich nicht woher –, dass ich Sam hatte, und schlug mir einen Deal vor, der zu gut war, um ihn auszuschlagen. Dein Vater war im Weg und hat einen guten Prügelknaben abgegeben, bis du dazwischengefunkt hast.«

»Wieso erzählt du ihr das alles?« Lyndon tauchte mit verzerrtem Gesicht an ihrer Seite auf.

Sie zuckte leicht zusammen. »Das ist doch jetzt egal, oder nicht? Wir müssen sie und ihren Vater loswerden. Das hat der Seestern gesagt. Es gehört zum Deal. Wir können nicht mehr aussteigen, *Darling.*«

»Dann lass uns die Sache zu Ende bringen, statt deine blöden Psychospiele zu spielen«, sagte er. »Sie hängen mir zum Hals raus. Wir verschwenden nur unsere Zeit.«

Während sich die beiden stritten, musterte Jessica die stämmigen Wächter. Die Männer waren größer und viel muskulöser als sie. Sie stemmten wahrscheinlich Gewichte. Aber auch wenn sie kräftiger waren, konnte man sie überrumpeln.

Jessica beugte sich vor und riss einen Ellbogen hoch. Sie traf den ersten Wächter mit einem gewaltigen *Knacks* unter dem Kinn. Er verlor das Gleichgewicht und stolperte rückwärts. Sie trat einen Schritt vor und überraschte ihn mit einem Roundhouse-Kick, gefolgt von einem Tritt in die Kniekehle. Sie war nicht so stark und nicht so sicher auf den Beinen wie sonst, aber es gelang ihr trotzdem, den Mann umzuhauen. Der zweite Wächter stürzte sich mit einer Spritze auf sie, aber sie schlug sie ihm aus der Hand. Sie umklammerte seinen Nacken und zog ihn zu sich herab. Dann hob sie das Knie so schnell, wie sie nur konnte, und landete einen Treffer auf seinem Solarplexus. Er rang nach Atem, aber sie trat ihm die Füße weg.

»Jessica! Pass auf!«, schrie Sam.

Sie wirbelte herum, war aber doch nicht schnell genug. Lyndon schlug ihr so heftig auf den Bauch, dass ihr die Luft wegblieb. Sie fiel japsend auf die Knie.

»Es wird Zeit, dass wir das dumme Gör und ihren Vater aus ihrem Elend erlösen«, meinte Lyndon. »Sie haben uns lange genug geplagt. Hebt sie auf!«

Er schnippte mit den Fingern, und die Wächter, die wieder zu Atem gekommen waren, zerrten sie grob auf die Füße und schleiften sie den Flur entlang. Allegra öffnete eine Tür. Im Raum lag eine Gestalt, die sich auf dem Boden zu einem Ball zusammengerollt hatte. Der Mann sah mit seiner weißen Haut, die sich über die hageren Wangenknochen dehnte, wie eine Leiche aus. Jessica brauchte ein paar Sekunden, bis sie ihren Vater erkannte. Er schien nicht zu atmen, aber ein leichtes Zittern machte ihr Hoffnung.

»Dad!«

Sie kämpfte mit den Wachleuten, die ihre Hände auf dem Rücken festhielten. Sie wollte ihn so gerne in die Arme nehmen, konnte sich aber nicht befreien. Ihre Peiniger waren zu stark. Hatte man ihm auch Teenosity gespritzt? Würde er vor ihren Augen altern?

»Was haben Sie mit ihm gemacht?«

»Er ist mit dem gleichen Mittel ruhiggestellt worden wie du«, antwortete Allegra leichthin.

»Wissen Sie eigentlich, was Sie getan haben?«, brüllte Jessica. »Sie können doch einem Menschen, der an Multipler Sklerose leidet, nicht so eine Droge verabreichen! Das Gefühl in seinen Armen und Beinen kehrt vielleicht nie mehr zurück!«

»Das ist mir doch egal«, sagte Allegra.

Jessica wollte sie schlagen, aber einer der Wächter verdrehte ihr die Arme. Sie schrie vor Schmerzen.

»Komm, komm, beruhige dich!«, sagte Allegra. »Es hat doch keinen Sinn, sich so zu ereifern. Das hilft deinem Vater auch nicht weiter.«

»Aufwachen!« Lyndon schüttelte ihn.

Dann zog er ihren Vater auf die Füße. Seine Augen öffneten sich kurz. Sie sahen glasig aus und rollten in ihren Höhlen zurück, bevor sie wieder zufielen. Seine Arme hingen schlapp an seinen Seiten und die Beine konnten ihn nicht tragen.

»Dad! Ich bin's, Jessica!«, brüllte sie. »Wach auf!«

Aber seine Augen öffneten sich nicht mehr. Er war in seiner eigenen weit entfernten Welt gefangen, die sie nicht erreichen konnte. Lyndon warf sich die beiden Arme ihres Vaters über die Schultern und zog ihn aus dem Raum. Sein Kopf fiel zurück, als ob er keine Kontrolle mehr darüber hätte.

»Bitte tun Sie etwas!«, bat Jessica. »Ich flehe Sie an! Das können Sie doch nicht machen! Er braucht einen Arzt. Er ist krank.«

Allegra ignorierte sie und folgte Lyndon. Jessica schwirrte der Kopf. Sie wusste nicht, was sie tun sollte. Sie konnte nicht fliehen. Und selbst wenn es ihr gelingen würde, könnte sie ihren Vater nicht tragen. Sie fühlte sich immer noch schwach, und Sam war unsicher auf den Beinen. Er konnte ihr nicht helfen. Sie waren Allegra und Lyndon ausgeliefert. Es war hoffnungslos. Ihre Telefone funktionierten nicht mehr, also konnte sie auch niemand anderen um Hilfe bitten, und die Polizei ließ sich nicht blicken. Becky hatte ihre E-Mails anscheinend noch nicht gelesen. Vielleicht würde sie erst am Abend ins Internet gehen, und dann wäre es zu spät. Sie würden alle tot sein.

Lyndon führte die Gruppe durch den Gang. Als sie an der Treppe ankamen, warf er sich den Körper ihres Vaters über die Schulter. Allegras hochhackigen Schuhe klapperten, als sie hinter ihm die Stufen erklomm. Sie stritten sich leise, während die Wächter in ihre Walkie-Talkies murmelten. Als sie das Labor erreichten, gesellten sich noch drei mit Sturmgewehren bewaffnete Wachmänner dazu.

»Hier trennen sich unsere Wege.« Allegra schubste Jessica in den Reinraum.

Lyndon schleifte ihren Vater hinein und zog sich zurück. Jessica kauerte sich neben ihn. Er atmete flach und mühsam.

»Verabschiede dich von Mr Bishop«, sagte Allegra. »Du wirst ihn nie wieder sehen. Er kommt mit uns.«

Er stolperte, als ein Wärter ihn in Allegras Richtung stieß, und klammerte sich an die Arbeitsfläche, um sein Gleichgewicht wiederzuerlangen.

Jessica stand auf. »Was werden Sie mit ihm machen?«

»Wir bringen ihn mit seiner kostbaren Formel zum Seestern und tauschen ihn gegen fünfzig Millionen Pfund ein.«

»Nein!«, schrie Jessica. »Der Seestern hat Sie getäuscht! Er wird ihn einem Terroristen übergeben. Das wollen Sie doch nicht, oder?«

»Meinst du Vectra? Er ist mein allergrößter Fan.« Allegra strahlte. »Anscheinend begeistert er sich für meine Pionierarbeit und meine Vision. Er hat große Pläne für dich, Sam. Er kann es kaum erwarten, deine Kreation an seinen Feinden auszuprobieren.«

Sam war entsetzt. »Damit will ich nichts zu tun haben!« Er versuchte, sich zurückzuziehen, aber ein Wärter stieß ihn so heftig Allegra entgegen, dass er beinah wieder auf dem Fußboden landete.

»Das kannst du mit deinem neuen Chef ausmachen, nicht mit mir«, sagte Allegra mit kalter Stimme. »Was du willst, ist mir egal. Du nutzt mir jedenfalls nichts mehr.«

»Sie können doch nicht zulassen, dass Vectra Ihre Teenosity in die Finger bekommt!«, rief Jessica aus. »Er könnte die Nanoroboter in großen Mengen produzieren und in Einkaufszentren oder Fußballstadien freilassen.«

»Sie hat recht«, sagte Sam. »Wenn Teenosity in eine Klimaanlage gelangt, könnte das Tausende von Menschen verstümmeln oder töten.«

»Geht mich nichts an«, blaffte Allegra.

Sam versuchte, sich auf Allegra zu stürzen, aber er war zu langsam. Lyndon trat dazwischen und stieß ihm einen Ellbogen in den Bauch. Sams Kopf traf mit einem ekelhaften Rums auf dem Boden auf. Er blieb reglos liegen. Jessica versuchte, an ihn heranzukommen, aber ein Wärter stieß sie zurück.

»Wehe, du hast ihn umgebracht!«, kreischte Allegra.

»Er ist nur bewusstlos«, sagte Lyndon und prüfte Sams Puls. »Und jetzt lass uns endlich weitermachen! Wir hätten die Labors längst in die Luft jagen sollen. Wir treffen zu spät an unserem Treffpunkt ein. Der Seestern wird bald da sein und uns suchen.«

»Der Seestern kann warten«, sagte Allegra mit funkelnden Augen. »Ich will die Sache genießen.«

Lyndon schaute sie wütend an. »Also, wenn *du* den Befehl nicht geben willst, dann tu ich das!«

Er schnippte wieder mit den Fingern, und zwei Wächter verzogen sich in die entfernteste Ecke des Labors. Sie kehrten ihnen den Rücken zu und gingen in die Hocke.

»Was machen sie da?«, fragte Jessica.

»Sie stellen die Timer für den Sprengstoff ein«, erwiderte Allegra. »Wenn ich mit dem Gebäude fertig bin, wird nichts mehr davon übrig sein. Ich kann nicht riskieren, dass irgendwelche Beweismittel gefunden werden, wenn ich weg bin, auch nicht eure entstellten Leichen. Ich habe nämlich mit dem Seestern und Vectra etwas ganz Besonderes geplant – nur für euch zwei.«

Sie zeigte an die Decke des Reinraums.

»Schau dir die Lüftungsschlitze über deinem Kopf an, Jessica! Bald wird dort eine tödliche, aerosolierte Dosis Teenosity herausströmen. Innerhalb von Sekunden wird dein Körper innerlich verfallen. In sechzig qualvollen Sekunden wirst du um sechsundsechzig Jahre altern und nicht mehr vierzehn, sondern achtzig sein. Danach ist der Tod im Luftstrom eine Erlösung für dich.«

Jessica starrte sie entsetzt an. Sie war verrückt genug, um ihre Drohung wahr zu machen.

»Genau. Das wird keine hübsche Angelegenheit sein«, fuhr Allegra fort. »Ich vermute, dass euch diese Sache große Schmerzen bereiten wird, aber der Seestern und Vectra halten sie für ein nützliches Experiment. Sam hat recht. Die Verschmutzung von Klimaanlagen wäre der nächste natürliche Schritt. Schauen wir doch mal, wie Teenosity luftübertragen funktioniert, nicht wahr?«

»Nein! Nicht!«, sagte eine schwache Stimme.

»Dad!« Jessica schlang die Arme um seinen Hals, als er sich mühsam aufrichtete.

»Ach, du bist doch noch bei uns, Jack?«, fragte Allegra.

»Bitte«, wisperte er. »Verschont meine Tochter! Das verdient sie nicht. Bringt mich um, aber lasst meine Tochter am Leben.«

»Nein, Dad! Ich verlass dich nicht.«

»Wie rührend«, meinte Allegra. »Ich würde euch ungern trennen. Ihr könnt gemeinsam sterben. Aber zuerst ...«

Sie trat vor und riss den Smaragdring von Jessicas Finger.

»Ich werde den Fehler nicht wiederholen. Der Seestern hat gesagt, ich soll auf das Ding da aufpassen.« Sie untersuchte den Ring. Ihre Finger öffneten geschickt den geheimen Verschluss. Ein Lasterstrahl schoss heraus und verschwand, als sie die Öffnung schnell wieder schloss. Sie legte den Ring auf den Tisch.

»Erstaunlich, wozu der MI6 heutzutage fähig ist«, sagte sie, »aber ich bin heute ganz besonders großzügig. Du kannst das hier zurückhaben, weil es wertlos ist.«

Sie warf Jessica etwas zu.

»Der Seestern hat behauptet, es hätte deiner Mutter gehört. Du möchtest es sicher gerne tragen, wenn du stirbst.«

Jessica fing die Halskette ihrer Mutter auf. Sie hielt sie fest in der Hand. Gleichzeitig wünschte sie, dass sie Nathan den Flammenwerfer oder die Puderdose entrissen und ihn damit traktiert hätte, als sie noch die Gelegenheit dazu hatte. Nur er konnte wissen, wie wichtig ihr der Anhänger war. Auf dem Foto in seiner Brieftasche hatte ihre Mutter die Kette getragen. Er sammelte Trophäen, genau wie Allegra.

»Es ist tragisch, wenn man seine Mutter verliert und noch so jung ist«, sagte Allegra plötzlich. »Wir haben mehr gemeinsam, als du denkst.«

»Das glaub ich nicht«, gab Jessica patzig zurück. »Sie sind verrückt. Ich nicht.«

Allegra schüttelte den Kopf. »Ich habe meine Mutter verloren, als ich vier war, genau wie du. Danach war nichts mehr wie zuvor. Meine Stiefmutter hat mich nie verstanden. Sie wollte nicht, dass ich Model werde. Sie wollte *mich* nicht.«

Ihre Augen wurden feucht, und die Wachleute stellten sich wieder neben sie. Sie ignorierte Lyndon, der ungeduldig auf seine Uhr schaute.

»Denken Sie jetzt an Ihre Mutter!«, stieß Jessica hervor. »Sie würde nicht wollen, dass Sie solche Sachen machen.«

»Ich hab versucht, es den Stimmen zu sagen, aber sie hören mir nicht zu.« Allegra fing an zu schluchzen. »Sie sind zu stark.«

»Welche Stimmen?«

»Die Stimmen in meinem Kopf.«

Jessica ging auf sie zu. Allegra hatte den Verstand verloren, aber Jessica hatte eine Schwachstelle entdeckt. Wenn sie Allegra dazu bringen könnte, mehr von ihrer Mutter zu erzählen, würde sie vielleicht ihr Vertrauen gewinnen.

»Die Stimmen reden wieder mit mir«, sagte Allegra und verzog die glänzenden roten Lippen zu einem kaum merklichen Lächeln.

»Was sagen sie? Sagen sie Ihnen, Sie sollen uns freilassen?«

»Nein, sie sagen, sie hätten genug von deiner Hinhaltetaktik.«

Allegra drückte auf einen Knopf an der Wand, die Tür ging zu und verriegelte sich. Sie waren eingeschlossen.

Kapitel Zweiundzwanzig

»Lassen Sie uns raus!«, schrie Jessica und hämmerte an die Glasscheibe. »Bitte!«

»Es hat keinen Sinn«, sagte ihr Vater mit schwacher Stimme. Er zwang sich mühsam, aufrecht zu sitzen. »Es tut mir leid, dass du in die Sache verwickelt worden bist. Es ist meine Schuld.«

»Nein, du bist nicht schuld. Wir dürfen nicht aufgeben, Dad! Wir müssen uns etwas überlegen.«

»Ihr habt noch zwei Minuten.« Allegra tauchte an der Scheibe auf. Ihre Stimme kam höhnisch aus der Sprechanlage.

Dann war Lyndon zu hören. »Um Himmels willen, Allegra, hör auf, dich mit denen anzulegen! Sie sitzen in der Falle und in acht Minuten fliegt das Haus in die Luft. Wir müssen raus hier – sofort!«

Allegra berührte das Glas und seufzte.

»Es tut mir richtig weh, mich zu verabschieden. Ich hätte so gern die Angst in euren Augen und den fassungslosen Blick in euren entstellten Gesichtern gesehen, wenn ihr einen schnellen Tod herbeisehnt. Dafür lass ich aber das hier als Andenken zurück.«

Sie stellte einen digitalen Timer vor die Glastür. Er zählte rückwärts – eine Minute, dreißig Sekunden.

»Nein!«

Jessica schlug auf die Scheibe, während Lyndon sich Sam über die Schultern warf und Allegra aus dem Raum schob. Die Wächter, die ihnen folgten, vermieden es, Jessica in die Augen zu sehen.

»Kommt zurück! Helft uns!«

Sie schaute sich verzweifelt um. Die Schwachpunkte waren die gläserne Trennwand und die Türen, die aus dem Reinraum führten. Sie zog verzweifelt erst an der einen Tür und dann an der anderen, aber es war zwecklos. Sie waren luftdicht versiegelt. Hätte Nathan doch bloß nichts von ihrem Laserring verraten! Damit hätten sie und ihr Vater sich befreien können. Sie schaute zu den Lüftungsschlitzen hoch. In wenigen Sekunden würden sie Teenosity verströmen.

»Hilf mir, die Öffnungen zuzustopfen, Dad!«, sagte sie. »Kannst du mir hochhelfen?«

»Wir haben nicht die Zeit, alles abzudichten. Hier, nimm das und halt dir damit Mund und Nase zu!«

Er zerriss sein Hemd und reichte ihr die Stoffstreifen. Sie wickelte sie sich um den Kopf und wusste gleichzeitig, dass es sinnlos war. Die Nanopartikel würden problemlos durch den Stoff dringen. Sie beugte sich über ihren Vater, um ihm seinen Stoffstreifen umzubinden. Dabei stach sie etwas Scharfes in den Bauch. Sie zuckte zusammen und tastete unter ihrem Pullover herum. Ihre Finger berührten etwas Kleines und Hartes. Es war der Brillant ihres Bauchnabelsteckers. Den hatte sie völlig vergessen. Und was noch wichtiger war: Der Seestern hatte vergessen, Allegra davon zu erzählen.

»Eine Minute und zwanzig Sekunden.«

Sie riss den Stecker heraus und drehte ihn, bis es klickte. Dann fuhr sie damit über die Scheibe – ringsherum – und wartete. Nichts passierte. Das Glas sollte doch beim Aufdrücken zerspringen! Was hatte Nathan noch mal gesagt? Hätte sie doch bloß besser aufgepasst!

Sechzig Sekunden. Neunundfünfzig, achtundfünfzig, siebenundfünfzig, sechsundfünfzig, fünfundfünfzig.

Mach doch, nun mach doch schon! Sie wollte es noch einmal probieren, aber ihr Vater packte sie am Handgelenk und riss sie zurück.

»Warte!«, sagte er.

Es knackte laut und eine dünnen Linie tauchte quer über der Scheibe auf.

»Weiter nichts?« Sie konnte es nicht glauben. Sie hatte versagt. Es war vorbei.

Dreißig Sekunden.

Aus den Lüftungsöffnungen über ihnen zischte es bedrohlich.

Ein fürchterlicher Knall – das Glas zersprang in tausend Scherben. Jessica packte ihren Vater an der Hand und zog ihn hinter sich her. Er raffte seine allerletzte Kraft zusammen und stieg durch die Öffnung, während die Luft aus den Lüftungsschlitzen strömte. Jessica zog ihn weiter mit sich. Sie hatte große Angst, dass sich die Nanopartikel auf sie senkten.

»Mach dir keine Sorgen«, sagte ihr Vater. »Der Raum ist drucklos, also funktioniert die Lüftung nicht mehr, aber wir haben ein größeres Problem. Das Gebäude wird explodieren. Wenn Lyndons Countdown korrekt ist, bleiben uns noch sechs Minuten. Du musst hier raus! Du musst mich zurücklassen. Ich halte dich nur auf.«

»Ich gehe nicht ohne dich. Du schaffst das, Dad, ich weiß, dass du es schaffst. Wir kommen hier beide raus!«

Jessica zog ihn wieder auf die Füße. Ihre Knie wollten nachgeben. Sie warf einen seiner Arme über ihre heile Schulter und zog ihn mit sich zur Tür. Glas knirschte unter ihren Füßen. Etwas Grünes glänzte zwischen den Scherben. Sie lehnte ihren Vater an die Wand und bückte sich, um den Smaragdring aufzuheben. Allegra hatte ihn auf dem Tisch liegen gelassen, und die Explosion hatte ihn wohl auf den Boden geschleudert. Sie steckte den Ring an ihren Finger. Vielleicht würde sie ihn brauchen.

Jessica schob ihren Vater durch die Tür. Gemeinsam stolperten sie in den Hauptgang. Minuten später erschütterte die erste Detonation das Labor. Sie lehnte sich an die Wand. Ihre Ohren klingelten. Die Beine ihres Vaters gaben nach und er sank zu Boden. Eine Staubwolke hüllte sie ein und sie mussten beide furchtbar husten.

»Ich kann das nicht«, sagte Jessicas Vater. »Lass mich zurück! Ich flehe dich an – lauf los!«

Seine Stimme klang blechern und so, als würde sie von weit, weit herkommen. Vielleicht war ihr Trommelfell geplatzt.

»Nein!«

Sie blickte den Korridor entlang. Sam lag mit dem Gesicht nach unten auf dem Boden. Die Wächter hatten die Sache anscheinend vermasselt und den Sprengstoff zu früh gezündet. Lyndon und Allegra hatten es nicht mehr geschafft, ihn vor der Explosion aus dem Haus zu schleppen, und ihn einfach im Stich gelassen. Sie meinten wahrscheinlich, dass sie ihn sowieso nicht mehr benötigten, da sie ja den kleinen Behälter hatten.

Er war immerhin fünfzig Millionen Pfund wert. Jetzt war die Chance für Jessica und ihren Vater, lebend aus dem Gebäude zu kommen, noch viel geringer, aber sie würde nicht aufgeben. Sie legte die Arme unter die Achselhöhlen ihres Vaters und stemmte ihn hoch. Sie schleppte ihn ein paar Meter weiter, als es zum zweiten Mal knallte. Aus dem Labor schoss eine Stichflamme. Beißender Rauch wälzte sich durch den Korridor, versengte ihr die Lunge und brannte in ihren Augen. Sie wurde zu Boden geschleudert und schlug mit dem Kopf auf. Ihr Vater landete in der Nähe. Sie konnte etwas Heißes und Metallisches schmecken und berührte ihre Lippen. Sie waren feucht vom Blut. Der Fußboden schwankte. Sie kam nicht mehr hoch. Wie sollte sie es schaffen, ihren Vater *und* Sam zu tragen?

Plötzlich wurde sie auf die Füße gezogen. Sie starrte in ein vertrautes Gesicht.

»Seestern!« Jessica spuckte das Wort aus wie Gift. Es traf ihn wie ein Faustschlag ins Gesicht.

»Was?« Er sah sie verwirrt an.

»Sie wollten Sam holen. Nur so konnten Sie wissen, dass wir hier sind.«

»Du täuschst dich!«, brüllte Nathan. »Deine Freundin Becky hat den MI6 in London alarmiert.«

»Sie lügen! Sie haben mich hergebracht, damit ich sterbe. Sie wollten mich und meinen Vater loswerden. Meine Mutter war für Sie ja auch *entbehrlich*. Sie haben uns verraten!«

Er packte sie grob am Arm. »Ich habe keine Zeit für deine Verschwörungstheorien. Wir müssen hier raus, bevor wir *alle* sterben.«

Er zerrte sie durch den Korridor zu ihrem Vater, als drei bewaffnete Männer mit Beatmungsgeräten auftauchten. Einer hob Sam hoch und ein anderer legte sich ihren Vater über die Schulter. Sie versuchte, sich von Nathan loszureißen.

»Lassen Sie mich los! Ich hasse Sie! Sie haben versucht, mich umzubringen!«

»Komm mit, du Irre!«, schrie er zurück. »Sonst gehen wir alle drauf!«

Die nächste Explosion warf sie und die anderen auf den Boden. Wieder regnete es Gesteinsbrocken auf sie herab. Flammen sausten von der Decke. Sie bedeckte den Mund mit ihrem Ärmel. Es fühlte sich an, als ob ihr der Sauerstoff aus der Lunge gesaugt würde. Sie konnte nicht mehr atmen. Die Flammen versengten ihre Kleidung und die Haare.

»Wir sind gleich da«, japste Nathan und zog sie wieder hoch. »Hier lang!«

Sie rannten durch den Korridor und bogen rechts ab. Jetzt waren sie in der Lobby. Die Männer, die Sam und ihren Vater trugen, flohen als Erste durch den geborstenen Eingang. Jessica und Nathan folgten. Die nächste Explosion war noch heftiger als die anderen. Fenster flogen heraus und Flammen schossen aus den Öffnungen.

»Lauft!«, brüllte einer der Männer.

Als Scherben auf sie herabregneten, gingen sie in Deckung. Jessica blickte auf und sah, dass ein großer brennender Brocken auf sie zuraste. Sie schrie. Sie spürte Nathans Hand im Rücken. Er schubste sie. Sie fiel zu Boden und rollte sich weg. Sie sah, dass er stolperte. Er wurde hart getroffen und stürzte. Flammen breiteten sich über seinem Körper aus. Feuerwehrleute sprangen auf ihn zu und zogen ihn in Sicherheit. Sie bedeckten ihn mit Schaum, bevor Sanitäter herbeieilten, auf seine Brust drückten und Mund-zu-Mund-Beatmung durchführten.

Jessica beobachtete alles voller Entsetzen. *Sie* hätte es treffen sollen. Der Brocken hatte sie um Millimeter verpasst. Nathan hatte ihr das Leben gerettet. Er hatte die Lage falsch eingeschätzt, als er sie in Richtung des herabstürzenden Gebäudeteils stieß. Sie war dem Aufprall nur knapp entgangen, während er selbst schwer verletzt wurde. Als die Feuerwehrleute ihre Schläuche auf die Flammen richteten, taumelte sie zurück.

Jessica sah, dass ihr Vater und Sam mit Sauerstoffmasken auf Tragen in Krankenwagen geschoben wurden. Sie stolperte ihnen entgegen. Margaret Becker stand in der Nähe und redete mit einer Gruppe von Sanitätern. Sie trug ein knallrotes Tuch um den Hals, das ihr Gesicht blass und angespannt aussehen ließ. Sie nickte Jessica kurz zu und wandte sich ab, um einen Anruf auf dem Handy entgegenzunehmen.

»Dad!« Jessica sprang in den Krankenwagen und legte ihren Kopf auf seine Brust.

Er nahm seine Sauerstoffmaske ab. »Ist alles okay, Jellybean?«

Sie konnte nicht aufhören zu zittern. »Nathan Hall hat gerade versucht, mich umzubringen!«

Ihr Vater wollte etwas sagen, aber ein schrecklicher Hustenanfall hinderte ihn daran. Ein Sanitäter setzte ihm wieder die Sauerstoffmaske auf das Gesicht und prüfte seinen Puls. Sein Atem wurde regelmäßiger.

»Es geht mir gut, Dad. Um *dich* mache ich mir Sorgen.«

Sie blickte über ihre Schulter und sah, dass Margaret einstieg.

»Gott sei Dank bist du in Sicherheit, Jack«, sagte sie. »Und du auch, Jessica. Ich hab gesehen, was passiert ist. Du hattest Glück, Nathans Anschlag auf dein Leben zu entgehen.«

Ihr Vater murmelte etwas und versuchte wieder, die Maske abzunehmen. »Ich muss –«

Ein Sanitäter schob seine Hand weg.

»Der Sauerstoffgehalt ist gefährlich niedrig«, sagte der Mann. »Hören Sie auf, Ihre Energie mit Reden zu verschwenden. Wir müssen Sie schnell ins Krankenhaus bringen.«

»Mach dir keine Sorgen, Dad. Wir können später miteinander sprechen, wenn es dir besser geht.« Jessica hielt seine Hand. Sie schaute zu Margaret hoch. »Sie müssen Allegra Knight stoppen! Sie bringt eine Creme auf den Markt, die Tausende von Teenagern verunstalten wird.«

»Wo ist sie jetzt?«

»Um neun findet auf dem Eiffelturm eine Presseveranstaltung statt. Es gibt eine Fernsehübertragung – live –, um für Teenosity zu werben. Ich sollte eigentlich dabei sein.«

»Wir wollen sie nicht enttäuschen, nicht wahr? Kommst du mit?«

Jessica fühlte sich hin und her gerissen. Sie wollte bei ihrem Vater sein, aber sie musste auch helfen, Allegra aufzuhalten.

»Wir müssen gleich los«, sagte Margaret. »Ich kann nicht warten.« Sie stieg aus.

Jessica schaute ihren Vater an. Er drückte ihre Hand.

»Bist du sicher?«, fragte sie.

Er nickte.

Sie gab ihm schnell einen Kuss auf die Stirn und lief Margaret hinterher. Als sie sie einholte, hörte sie, wie Margaret über ihr Handy Befehle austeilte und anordnete, dass sämtliche

Teenosity-Flaschen in ganz Europa aufgespürt und konfisziert werden sollten. Margaret stieg in einen schwarzen Mercedes und stieß die Beifahrertür für Jessica auf. Sie stellte eine Sirene auf das Autodach, die sofort losheulte.

»Schnall dich an!«, sagte sie und wendete mit Höchstgeschwindigkeit.

Margaret raste in Straßen hinein und wieder heraus, vermied Staus und haute auf die Hupe, wenn andere Fahrer ihre Sirene ignorierten. Jessica schaute auf die Uhr am Armaturenbrett. Es blieben nur fünfzehn Minuten bis zum Event.

»Das schaffen wir«, sagte Margaret. »Ich habe eine Vorausmannschaft losgeschickt.«

Jessica klammerte sich an den Türgriff, als sie mit quietschenden Reifen um eine scharfe Kurve rasten. Als sie sich dem Eiffelturm näherten, sah sie, dass Polizisten den Bereich absperrten. Ein paar Touristen standen hinter ihnen und beobachteten neugierig, was sich dort abspielte. Der Mercedes kam kreischend zum Stehen.

»Bereit?«, fragte Margaret.

Jessica nickte. Sie sprangen aus dem Auto und rannten zu den Aufzügen des Bauwerks, das von acht mit Sturmgewehren bewaffneten Polizisten bewacht wurde. Sechs weitere Beamte folgten ihnen in den Fahrstuhl. Als sie in die Höhe sausten, drückte sich Jessica an die Wand. Sie schloss die Augen und versuchte sich darauf zu konzentrieren, dass Allegra das Handwerk gelegt werden würde, anstatt darüber nachzudenken, wie hoch sie waren. Sie konnte doch jetzt nicht zulassen, dass ihre Höhenangst sie lähmte.

Die Fahrstuhltür öffnete sich. Sie hatten noch zwei Minuten Zeit. Vor ihnen drängten sich Fotografen und Journalisten. Allegra stand neben einem riesigen Plasmabildschirm am Mikrofon. In einem blauen, seidenen Wickelkleid von Diane von Fürstenberg und einer langen Perlenkette sah sie wie immer makellos aus. Ihr Markenzeichen, die Sonnenbrille, saß an Ort und Stelle, aber ihr roter Lippenstift war verschmiert.

»Ich danke Ihnen, dass Sie mir an einem so wichtigen Tag für die Schönheitsindustrie Gesellschaft leisten«, sagte sie. »Heute ist ein Wendepunkt in der Entwicklung von Cremes gegen die Hautalterung. Ich präsentiere Ihnen Teenosity!«

Glänzende weiße Flaschen mit Gesichtscreme tauchten auf dem Bildschirm neben ihr auf, während die Menge begeistert applaudierte.

»Teenager müssen sich dank einer bahnbrechenden Erfindung in der Nanotechnologie niemals wieder Sorgen um ihr Aussehen machen. Ich bin hier, um Ihnen heute zu sagen, dass ich, die weltberühmte Allegra Knight, ein Mittel gegen die Alterung gefunden habe. Teenosity hält den Abbau der Hautzellen auf.«

Die Journalisten schnappten nach Luft. Einige jubelten und klatschten.

»Meine Gesichtscreme gibt der nächsten Generation Hoffnung, und ich kann mir niemanden vorstellen, der Teenosity besser vertreten könnte als das begehrteste neue Model der Branche – Jessica Cole«, sagte Allegra.

Jessicas Foto erschien und zeigte, wie sie im funkelnden Kleid von Marc Jacobs durch die Luft segelte. Die Aufnahme stammte aus der Lagerhalle, kurz vor dem Mordanschlag.

»Leider kann Jessica wegen anderen Verpflichtungen heute

nicht bei uns sein, aber ich weiß, dass sie meine Begeisterung für Teenosity teilt«, erklärte Allegra. »Diese Veranstaltung wird in Tausenden von Kosmetik- und Modegeschäften in ganz Europa übertragen. Wenn ich ihnen das Go gebe, werden sie anfangen Teenosity zu verkaufen.«

Auf dem Bildschirm tauchten Bilder von Kosmetik-Tresen in verschiedenen Läden auf. Verkäuferinnen schauten vor den ausgestellten Teenosity-Flaschen erwartungsvoll in die Kamera.

»In Jessicas Abwesenheit möchte ich Sie bitten, mir beim Herunterzählen zu helfen. Der Verkauf von Teenosity beginnt in zehn Sekunden, neun, acht –«

»Stopp!« Jessica drängte sich durch die Menge.

Kapitel Dreiundzwanzig

»Sie sieht aus wie Jessica Cole«, sagte Trudy Tressler, die berühmte Redakteurin einer Modezeitschrift, laut. »Hat Allegra nicht behauptet, sie könnte nicht kommen?«

Die Gäste starrten Jessica an, als sie sich – gefolgt von Polizisten – ihren Weg nach vorn bahnte.

»Es ist vorbei, Allegra«, sagte Jessica mit fester Stimme. »Sie können nicht weitermachen. Der MI6 und die Polizei haben Sie umzingelt. Sie müssen sich ergeben.«

Allegra wurde kreidebleich. Lyndon trat vor und flüsterte ihr etwas ins Ohr. Sie schien sich zu ärgern und scheuchte ihn mit einer Handbewegung weg.

»Ich habe keine Ahnung, wovon du sprichst«, behauptete sie. »Die Markteinführung beginnt wie geplant. Sieben Sekunden, sechs …«

Jessica ergriff das Mikrofon und schob Allegra zur Seite. Allegras Brille flog weg und gab den Blick auf ihre aufgequollenen Augen und ihren wilden Gesichtsausdruck frei.

»Teenosity ist giftig und verunstaltet jeden, der es benutzt. Sie dürfen es nicht verkaufen!«, schrie Jessica.

»Miss Cole hat recht«, sagte Margaret und nahm ihr das Mikrofon aus den Händen. »Diese Cremes dürfen nicht verkauft werden. Alle Geschäfte sollten die Flaschen aus ihren Auslagen entfernen und dafür sorgen, dass die Siegel auf den Verpackungen intakt bleiben.«

Die Menge schnappte hörbar nach Luft, und Fotografen rempelten sich gegenseitig an, um Jessica aufzunehmen.

»Wie können Sie es wagen?«, zischte Allegra. Sie wandte sich den Leuten zu. »Hören Sie nicht auf sie! Dies ist mein Lebenswerk. Sie versuchen, mich zu ruinieren, weil sie neidisch sind auf meinen Erfolg.«

»Es ist vorbei«, wiederholte Jessica.

»Nein, es ist nicht vorbei!«, schrie Allegra. »Es ist erst dann vorbei, wenn ich es sage! Sie müssen Teenosity verkaufen. Die Mädchen müssen bezahlen!« Sie langte in ihre Handtasche.

»Sie hat immer noch den Behälter!«, schrie Margaret. »Sie wird das Ding ausleeren! Schaffen Sie sie weg!«

Ein Polizist warf sich auf Allegra und rang mit ihr am Boden. Margaret riss ihr die Dose aus den Fingern und hielt sie triumphierend hoch.

»Ich hab sie! Wir sind in Sicherheit!«

Zwei Polizisten hielten Allegra fest, während ein anderer Lyndon Handschellen anlegte.

»Was fällt Ihnen ein? Hände weg von mir!« Als die Polizisten auch Allegra Handschellen anlegen wollten, trat sie mit ihren silbernen Jimmy-Choo-Stilettos nach ihnen.

»Wissen Sie überhaupt, wer ich bin?«, kreischte sie. »Ich bin Allegra Knight, das größte Topmodel der Welt! *So* können Sie mich nicht behandeln!«

Die Gäste sahen erschüttert zu, wie sie zum Aufzug geschleppt wurde.

»Es tut mir leid, meine Damen und Herren, aber die Markteinführung von Teenosity wurde abgesagt«, verkündete ein französischer Polizeibeamter. »Soweit mich meine britischen Kollegen informiert haben, ist es Jessica Cole zu verdanken, dass eine größere Katastrophe verhindert wurde.«

Die Journalisten strömten auf sie zu und bellten Fragen.

»Was ist Teenosity?«

»Was ist damit nicht in Ordnung?«

»Sie müssen die Polizei fragen«, antwortete Jessica höflich. »Entschuldigen Sie mich bitte, aber ich möchte jetzt zu meinem Vater.«

Margaret half ihr durch die Menge, um zum Fahrstuhl zu gelangen. Als sich die Tür schloss, sackte Jessica gegen die Wand.

»Meinen Sie, Allegra hätte den Behälter geöffnet?«, fragte sie.

»Das werden wir zum Glück nie erfahren«, sagte Margaret. »Aber in diesem Job lernt man, das Unerwartete zu erwarten.«

Sie zögerte, als der Aufzug ruckte und dann in die Tiefe fuhr.

»Ich wollte dir sagen, wie leid es mir tut, dass ich dir und deinem Vater nicht von Anfang an geglaubt habe. Ich hatte mich getäuscht. Ich hätte nicht auf Nathan hören sollen, aber er hat uns alle davon überzeugt, dass dein Vater der Seestern ist.«

»Der Seestern war schon immer Nathan, nicht wahr? Alles ergab plötzlich einen Sinn, als ich mithörte, was er in seinem Hotelzimmer am Telefon sagte, und das Foto in seiner Brieftasche fand.«

Margaret schob sich die Haare hinter die Ohren. »Ich fürchte, du hast recht. Wir haben herausgefunden, dass er die Datei, die deinen Vater mit Vectra in Verbindung brachte, auf seinen Computer geladen und ein Phantom-Konto eröffnet hat. Die fünfhunderttausend Pfund haben nie existiert. Sie sind auf dem Kontoauszug deines Vaters erschienen, aber nie auf seinem Konto gelandet.«

Das war schlau – und gemein. Er wäre fast damit durchgekommen.

»Allegra hat behauptet, dass der Seestern mich und Dad gleichzeitig loswerden wollte. Deshalb war Nathan am Ende damit einverstanden, dass ich zu AKSC gehe.«

»Ihr seid ihm beide in die Quere gekommen und wart entbehrlich«, sagte Margaret. »Als ihm klar wurde, dass der MI6 das Gebäude stürmen und seinen Plan ruinieren würde, hat er versucht, dich vorher zu schnappen. Er hätte dich beinahe umgebracht.«

Jessica spürte immer noch Nathans Hand, als die Trümmer sie fast erwischten. Es lief ihr eiskalt über den Rücken.

»Wir hätten Nathan früher überprüfen sollen, nachdem wir von der Sache mit deinem Vater wussten«, fuhr Margaret fort. »Wir haben dich im Stich gelassen – *ich* habe dich im Stich gelassen –, und dafür entschuldige ich mich. Mrs T möchte sich auch noch ganz persönlich bei dir entschuldigen.«

»Danke«, sagte Jessica. »Das bedeutet mir viel, aber was passiert jetzt?«

»Sobald Nathan wieder bei Bewusstsein ist, wird er verhört. Er hat sein Land verraten, versucht, dich umzubringen, und wir vermuten, dass er auch etwas mit dem Mord an Lara Hopkins zu tun hatte. Er darf nicht ungestraft davonkommen. Er wird strafrechtlich verfolgt und zur Rechenschaft gezogen werden.«

Kapitel Vierundzwanzig

Zwei Tage später saß Jessica vorsichtig auf der Bettkante und achtete darauf, keinen Druck auf die Beine ihres Vaters auszuüben. Seine Augen blieben geschlossen. Er hatte kurz nach der Ankunft im Krankenhaus das Bewusstsein verloren, aber sein Zustand war stabil. Obwohl er immer noch an einem Beatmungsgerät und Herzfrequenzmonitor angeschlossen war, sah er jetzt viel gesünder aus. Sein Gesicht war blass und eingefallen, wies aber nicht mehr die schreckliche graue Farbe eines Menschen auf, der dem Tod nahe war.

»Er ist stark. Er wird durchkommen.« Mattie drückte ihre Schulter. »Er wacht auf, wenn er bereit ist. Du wirst sehen.«

»Ich weiß.« Sie lächelte ihre Großmutter an.

Jessica hatte sie angerufen, nachdem Allegra verhaftet worden war, und Mattie war sofort nach Paris geflogen. In Anbetracht der vielen Lügen, die Jessica ihr in den letzten Tagen aufgetischt hatte, reagierte ihre Großmutter ziemlich gelassen. Allerdings hatte sie ihr mit Hausarrest gedroht, und zwar bis zum achtzehnten Geburtstag. Aber sie war nicht *total* ausgeflippt und es schien ihr bedeutend wichtiger zu sein, wie es ihr und ihrem Vater ging.

Mattie setzte sich neben sie auf das Bett und zog ihre marineblaue Chanel-Jacke aus. Sie lächelte Jessica an und drückte die Hand ihres Vaters.

»Er wird so stolz auf dich sein, wenn er erfährt, was du getan hast«, sagte sie. »Natürlich bin ich immer noch wütend, dass du hinter meinem Rücken einfach verschwunden bist, aber ich bin auch stolz auf dich. Wenn du nicht gewesen wärst, wäre Jack heute nicht hier.«

»Wir hatten beide Glück«, sagte Jessica. »Aber Mum nicht. Ich weiß jetzt, dass sie eine MI6-Spionin war und dass sie bei der Arbeit umgekommen ist.«

Mattie stieß einen leisen Schrei aus und ließ die Hand ihres Vaters los. »Wer hat dir das erzählt?«

»Spielt keine Rolle. Wichtig ist dagegen: Warum habt ihr – du und Dad – es mir nicht gesagt?«

»Weil sie das auch nicht zurückgebracht hätte«, erwiderte Mattie und kämpfte mit den Tränen. »Wir wollten beide, dass in deinem Leben ein bisschen Normalität herrscht, obwohl deine Familie nicht normal war. Ganz im Gegenteil! Wir wollten, dass du glückliche Erinnerungen hast.«

Sie schaute weg und weigerte sich, Jessica in die Augen zu sehen.

»Ich habe glückliche Erinnerungen, aber es gibt noch etwas anderes, das du mir nicht erzählst.« Jessica stand auf. »Das spüre ich. Was ist es? Du glaubst, dass du mich schützt, aber du tust es nicht.«

»Die letzte Woche hat mir klargemacht, dass ich dich nicht vor allem bewahren kann«, sagte Mattie traurig. »Auch wenn ich es so gerne täte.«

»Dann sag's mir!«

Mattie spielte mit dem Saphirring an ihrem Zeigefinger. »Was ich zu sagen habe, wird schwierig für dich sein, aber du sollst wissen, dass sich die Dinge ändern werden, wenn wir wieder zu Hause sind. Jack und ich werden immer für dich da sein, wenn du über deine Mutter reden möchtest. Das versprech ich dir.«

»Was ist es denn?« Jessica hatte plötzlich Angst. Sie wünschte sich, dass ihr Vater sofort aufwachte. Er würde sie Jellybean nennen, bevor er sie in die Arme nähme, und ihr das Gefühl geben, dass alles okay wäre.

Mattie holte tief Luft. »Der Hubschrauberabsturz«, platzte es aus ihr heraus. »Dein Vater vermutete, dass es kein Unfall war. Deshalb reden wir nie darüber. Wir dachten, dass du es nicht ertragen könntest.«

Jessica hatte das Gefühl, dass sich das Zimmer drehte. »Du meinst, es war Absicht?«

»Wir wissen es nicht mit Sicherheit. Sachverständige stellten fest, dass sich im Blut des Piloten große Mengen Schlafmittel befanden. Er war fluguntauglich. Möglicherweise verlor er das Bewusstsein oder schlief beim Fliegen ein.«

»Dann war es seine Schuld?« Ihre Stimme klang wie von weit her.

»Er war nicht drogensüchtig«, sagte Mattie. »Kann sein, dass ihm jemand was ins Getränk getan hat, aber dein Vater konnte nichts beweisen.«

Jessica betrachtete ihren Vater und versuchte, ihm in Gedanken gut zuzureden, das Bewusstsein wiederzuerlangen.

»Er hat Nathan Hall die Schuld gegeben, nicht wahr? Nach dem Absturz haben sie sich zerstritten.«

Mattie sah sie seltsam an. »Ja, das stimmt.«

»Also hätte Nathan dem Piloten etwas in den Drink tun und dafür sorgen können, dass er selbst den Flug verpasste. Seitdem hat er etwas gegen unsere Familie.«

Mattie schüttelte den Kopf. »Das kann nicht sein.«

»Doch! Verstehst du nicht? Er ist der Seestern – ein Doppelagent. Er hat Dad hereingelegt und sich mit einem Terroristen zusammengetan. Und er hat versucht, mich umzubringen.«

»Er ist dein Patenonkel, Jessica. Er soll dich beschützen.«

»*Was?*« Sie starrte Mattie ungläubig an.

»Du konntest dich natürlich nicht an ihn erinnern. Du hast ihn nicht mehr gesehen, seit du ein kleines Mädchen warst. Der Kontakt zwischen ihm und deinem Vater war abgebrochen.«

»Das glaub ich dir nicht.«

»Es stimmt. Deshalb hat ihn Jack für den Fall einer Notsituation zu deiner Kontaktperson gemacht.«

Jessica dachte an das Foto in seiner Brieftasche und an die Art, wie er im Eurostar ihre Hand ergriffen hatte, um sie zu trösten. Sie schüttelte die sentimentalen Bilder aus dem Kopf. Das alles machte seinen Verrat noch viel, viel schlimmer.

»Er hat mich unter die herabfallenden Trümmer geschubst!«

»Bist du sicher, dass du dich nicht irrst? Kann es nicht sein, dass er dich retten wollte? Die Krankenschwestern sagen, er liegt immer noch im Koma. Das könntest *du* sein, Jessica.«

Sie funkelte Mattie an. Warum musste sie ihr immer widerspechen?

»Du warst nicht dabei. Ich weiß, was passiert ist, und ich weiß, dass Dad ihm die Schuld für Mums Tod gegeben hat. Es hat also keinen Sinn, das vor mir zu verbergen.«

Mattie wurde sauer. »Ja, ich gebe zu, er war wütend, weil Nathan nicht bemerkt hatte, in welchem Zustand sich der Pilot damals befand.« Sie verschränkte die Arme.

»Und was noch?«

»Dein Vater hat ihm bei einem Streit den Vorwurf gemacht, seine Hände im Spiel gehabt zu haben. Das war der Grund für das Zerwürfnis.«

»Siehst du? Wieso verteidigst du ihn dann?«

»Weil dein Vater damals vor Kummer ganz verzweifelt war. Er hat denjenigen, die ihm am nächsten standen, hart zugesetzt. Er wusste nicht, was er sagte. Ich habe seine Anschuldigungen nicht ernst genommen. Niemand hat sie ernst genommen.«

»Ich glaube, er wusste genau, was er sagte.« Jessica berührte den Arm ihres Vaters. »Er hält Nathan für hundsgemein, und das tu ich auch. Der MI6 ebenfalls. Sie haben Beweise, dass er der Seestern ist.«

»Welche Beweise? Was genau werfen sie ihm denn vor?«

Jessica tappte ungeduldig mit dem Fuß. »Ich kann den MI6 bitten, eine ausführliche Nachbesprechung mit dir abzuhalten, da du mir ja offensichtlich kein einziges Wort glaubst.«

»Das habe ich nicht gesagt.«

Jessica funkelte sie an. »War auch nicht nötig. Man kann es dir von der Stirn ablesen. Du glaubst lieber einem hinterlistigen Mörder als mir und Dad.«

»Meine Güte, Jessica! Hör auf, so melodramatisch zu sein! Ich sage doch nur –«

»Er ist ein Verräter, kapiert? Er hat Mum verraten, er hat Dad verraten und er hat mich verraten!«

Jessica stürmte aus dem Zimmer. Sie nahm alles, was sie über

Mattie gedacht hatte – dass sie auf die Geschehnisse ziemlich gelassen reagierte –, zurück. Warum hörte sie ihr nie zu? Sie bog um die Ecke und stieß mit einer Putzfrau im rosa Overall zusammen, die einen Wagen schob, auf dem sich Lappen und Desinfektionsmittel türmten.

»*Pardonnez-moi*«, sagte Jessica und drängte sich an ihr vorbei.

Jessica ging den Korridor entlang. Sie wünschte sich so sehr, dass ihr Vater aufwachte – auch Nathan, damit sie ihn zwingen könnte, alles zuzugeben. Vielleicht würde Mattie ihr dann glauben. Aus Allegra würde man nichts mehr herausbekommen. Laut Margaret befand sie sich in einem nahe gelegenen psychiatrischen Krankenhaus und war völlig gaga, während Lyndon und die Sicherheitsleute sich weigerten, mit der Polizei zu kooperieren.

Als sie sich dem Schreibtisch der Stationsschwester näherte, blieb sie stehen.

»Ach, du meine Güte!«

Die dunkelhaarige Frau blickte stirnrunzelnd auf. »Was gibt es?«, fragte sie auf Französisch.

»Da stimmt was nicht!«

Jessica rannte zurück. Ihr waren die Schuhe der Putzfrau aufgefallen, als sie mit ihr zusammenstieß. Es waren glänzende schwarze Lackleder-Pumps gewesen und nicht die Art von Schuhen, die eine Putzfrau normalerweise bei der Arbeit trägt.

Sie stürmte gerade noch rechtzeitig in das Einzelzimmer ihres Vaters, um zu sehen, wie Mattie mit einer Spritze in Allegras Hand kämpfte. Ihrer Großmutter gelang es, ein Knie in Allegras Bauch zu rammen und ihr ins Gesicht zu schlagen. Allegra schlug zurück und warf Mattie gegen die Wand. Sie rutschte auf den Boden.

Allegra blickte auf. »Du!« Sie kochte vor Wut und stürzte sich mit gezückter Spritze auf das Bett.

»Nein!«, schrie Jessica. »Lassen Sie meinen Vater in Ruhe!«

Sie warf sich quer durch das Zimmer auf Allegra und schlug ihr die Spritze aus der Hand. Allegras Faust traf sie hart im Magen. Für eine zierliche Gestalt wie Allegra war sie erstaunlich kräftig. Jessica ging nach Luft ringend zu Boden. Allegra sprang wie eine Katze über sie hinweg und verschwand. Jessica zwang sich, den Schmerz zu ignorieren und auf Mattie zuzukriechen, als eine Krankenschwester mit rotem Gesicht atemlos ins Zimmer stürmte.

»Was ist passiert?«, fragte sie.

»Rufen Sie den Sicherheitsdienst!«, japste Jessica. »Wir wurden überfallen.«

Die Schwester drückte auf einen Alarmknopf an der Wand und rannte hinaus.

Jessica schaute ängstlich in Matties Gesicht. »Ist alles okay?«

»Es geht mir gut. Sie hat es nicht geschafft, mir etwas zu spritzen.« Sie richtete sich wimmernd an der Wand auf.

»Es tut mir leid, Mattie. Alles.« Jessica küsste sie auf die Stirn. Ein Arzt eilte ins Zimmer, gefolgt von einer anderen Krankenschwester. »Ich bin bald zurück – versprochen.«

»Warte! Bleib stehen!« Mattie versuchte, ihre Hand zu ergreifen, aber sie war zu schnell.

Jessica rannte aus der Tür und schaute in beiden Richtungen den Flur entlang. Von rechts stürmten Krankenschwestern auf sie zu. Ein Alarm ertönte. Wenn Allegra an ihnen vorbeigerannt war, hätten sie sie gesehen. Jessica wandte sich deshalb nach links, verließ die Station und lief auf die Treppe zu. Sie beugte sich über das Geländer, konnte aber keinen rosa Overall entdecken. Sie rannte weiter den Flur entlang und sah einen Notausgang. Sie lief schnell ins Freie. Allegras rosa Overall lag auf den Stufen. Es sah aus, als hätte sie ihn auf halbem Weg die Treppe hinunter von sich geschleudert. Jessica fielen Allegras Spiele ein. Dieses Mal würde sie sich von ihr nicht austricksen lassen.

Sie kletterte die Treppe – drei Stufen auf einmal nehmend – hinauf. Oben riss sie die Tür auf und war auf dem Dach. Die kalte Luft wirkte wie ein Schlag ins Gesicht. Allegra stand am Rand des Daches. Ihr wirres Haar wehte im Wind. Sie hatte die Arme ausgestreckt, als ob sie springen wollte.

»Nein!«, schrie Jessica.

Allegra wippte auf den Fersen. Sie lachte schallend.

»Du hattest es auf mich abgesehen, nicht wahr, Valerie?«, sagte sie. »Vom ersten Moment an, als wir uns kennenlernten, warst du eifersüchtig auf die Aufmerksamkeit, die mir Daddy geschenkt hat. Du wolltest ihn ganz für dich alleine haben, und als du gemerkt hast, dass er mich mehr liebt als dich, hast du mich Tag für Tag dafür bestraft.«

Sie halluzinierte. Allegra hielt sie für ihre Stiefmutter.

»Ich bin nicht Valerie, ich bin Jessica«, sagte sie. »Sie müssen von der Dachkante weg.«

»Ich muss nicht tun, was du mir sagst. Ich lebe nicht mehr in deinem Haus, verstanden?«

Allegra drehte sich um. Ihre Augen funkelten vor Zorn.

»Ich kann Ihnen helfen, aber Sie müssen sich stellen«, sagte

Jessica. »Sie brauchen die richtige medizinische Behandlung. Sie müssen wieder ins Krankenhaus.«

Jessica stand nah genug, um Allegra packen zu können, falls sie versuchen sollte, sich hinunterzustürzen.

»Das könnte dir so passen, Valerie!«, schrie Allegra. »Du willst, dass ich den Rest meines Lebens hinter Gittern verbringe, damit ich dir keine Konkurrenz mehr mache. Du willst mir meine Model-Karriere zerstören, aber das wird dir nicht gelingen. Ich werde *dich* zerstören.«

Sie sah Jessica mit einem merkwürdigen Ausdruck an.

»Dabei hab ich dich ja schon zerstört, nicht wahr? Du hast erst gesehen, dass ich hinter dir stand, als es zu spät war. Ich hab zugeschaut, wie du gefallen bist. Stufe für Stufe. Ich hab den Knacks gehört, als du dir das Genick gebrochen hast. Ich hab zugesehen, wie du dein Leben ausgehaucht hast, und jede Minute genossen.«

Hilfe! Jessica erinnerte sich an den Zeitungsausschnitt über Valerie Knights tödlichen Unfall. Allegra hatte ihre Stiefmutter getötet!

»Ich bin nicht Ihre Stiefmutter«, sagte sie.

»Die Stimmen sagen, du lügst. Als Nächstes wirst du behaupten, dass Wachleute unterwegs sind, um mich auf die geschlossene Station zurückzubringen.«

»Das stimmt«, bluffte Jessica. »Sie werden jeden Moment auftauchen. Ich hab ihnen gesagt, dass ich hier oben bin.«

»Wirklich? Warum sind sie dann dort unten?« Allegra schaute über die Dachkante und zeigte auf den Erdboden. »Sie sperren die Treppe vor dem Eingang und die Ausgänge ab. Niemand weiß, dass du hier oben bist, Jessica. Niemand außer mir.«

Kapitel Fünfundzwanzig

Jessica trat einen Schritt zurück. Ihr wurde klar, dass sie einen schrecklichen Fehler begangen hatte, aber die langen scharfen Krallen von Allegra umklammerten bereits ihr Handgelenk. Sie zerrte Jessica nach vorn und hielt sie im Würgegriff. Jessica verlor das Gleichgewicht, und der Parkplatz raste auf sie zu. Sie machte den Mund auf, aber es kam nur ein tonloser, nach innen gerichteter Schrei heraus. Plötzlich überkam sie der verzweifelte Wunsch, ihren Vater noch einmal zu sehen.

»Ganz schön tief, was?« Allegra lachte ihr ins Ohr. »Ich fand das Märchen von meiner Stiefmutter gut. Du auch? War das nicht eine nette Geschichte – auch die von den Stimmen in meinem Kopf, die mir sagen, was ich alles Böses tun muss? Psychiater lieben so was. Sie haben sich im Krankenhaus gierig darauf gestürzt, genau wie du im Labor. Die Idioten glaubten, sie könnten mich mit einem Drogencocktail heilen. Aber es war immerhin besser als Knast. Ich hätte nicht so leicht ausbrechen können.«

»Es war alles nur erfunden?«

»Oh, nein, nicht alles. Ich habe meine Stiefmutter tatsächlich ermordet. Sie hatte es verdient. Und jetzt ermorde ich dich. Ich glaube, das werde ich genauso genießen.«

»Sie sind wahnsinnig!«

Jessica versuchte, ihr Gleichgewicht zurückzugewinnen, aber Allegras Arm umklammerte immer noch ihren Hals. Sie konnte es nicht riskieren, sich herauszuwinden. Eine falsche Bewegung und sie würden beide vom Dach stürzen. Sie musste auf Zeit spielen. Es war ihre einzige Hoffnung.

»Wie haben Sie es denn geschafft, aus dem Krankenhaus zu fliehen?«, keuchte sie. Sie konnte kaum atmen, weil Allegras Arm ihr die Luftröhre abdrückte.

»Es war erstaunlich leicht«, gab Allegra zu. »Ich habe einem Arzt den Kartenschlüssel geklaut und mich mit einer Spritze und Medikamenten aus der Apotheke versorgt. Dann hab ich noch ein paar Anziehsachen und Geld mitgenommen und mich mit der Schmutzwäsche aus dem Haus geschmuggelt. Es war nicht besonders angenehm, aber eine Sache hat mich bei der Stange gehalten. Weißt du, was es war?«

Ihr Griff wurde noch fester. Jessica zerrte verzweifelt an ihrem Arm, aber er hielt sie weiter im Würgegriff.

»Es war Rache«, zischte Allegra. »Ihr – du und dein Vater – habt alles, wofür ich gearbeitet habe, zerstört. Ich musste zusehen, wie *mein* Traum, *mein* Teenosity von einem sommersprossigen Dummkopf und einem Krüppel vernichtet wurde. Ich musste euch beide finden, und ich wusste, dass dies das einzige Krankenhaus war, in das man deinen Vater in seinem Zustand bringen würde. Jetzt wird zurückgezahlt. Hast du noch ein paar letzte Wünsche, bevor du stirbst?«

»Nur … nur … eine Frage: Was hat der Seestern Ihnen von meiner Mutter erzählt?«

Die Frage überraschte Allegra. Sie lockerte ihren Griff. Ihre

Füße schwankten und sie und Jessica wären beinahe vom Dach gestürzt.

»Was meinst du damit?«

»Der Seestern wollte, dass Sie mir vor meinem Tod die Kette meiner Mutter geben, und ich weiß, dass Sie mich mit den Blumen in meinem Zimmer verhöhnt haben. Nur der Seestern konnte Ihnen verraten haben, dass meine Mutter Lily hieß und dass ihre Lieblingsblumen Rosen waren. Es musste jemand sein, der meine Mutter gut kannte.«

»Immer geht alles auf unsere Mütter zurück, nicht wahr?« Allegra seufzte. »Wir vermissen sie beide so sehr. Das ist wie eine Wunde, die nie heilt. Ich denke jeden Tag an meine.«

Sie schwieg.

»Wahrscheinlich spielt es jetzt keine Rolle mehr. Der Seestern hat mir gesagt, ich soll dich töten, weil du deine Nase immer in Dinge steckst, die dich nichts angehen. *Wie die Mutter, so die Tochter. Es ist besser, wenn beide tot sind.* Das waren haargenau die Worte des Seesterns.«

Jessica packte eine unglaubliche Wut, die Adrenalin durch ihren Körper pumpte. Sie versuchte, Allegras Arm von ihrem Hals zu zerren, aber er war steif und unverrückbar. Sie spürte, dass sich der Smaragdring an ihrem Zeigefinger unter dem Griff von Allegra drehte und sich in ihren Arm bohrte.

»Mach dir keine Sorgen«, sagte Allegra und schaute in die Tiefe. »Ich werde deinem Vater aus einer herrlichen, sonnigen Gegend einen wunderschönen Kranz und eine Beileidskarte schicken. Er wird verzweifelt sein. Die Ehefrau zu verlieren ist schlimm genug, aber dann auch noch die Tochter. Ts, ts, ts. Also, das nenne ich unvorsichtig.«

Jessica ließ Allegras Arm los, der kurz davor war, sie über die Dachkante zu schleudern. Sie schob die Fassung des Edelsteins zurück, und ein Laserstrahl durchbohrte Allegras Wange. Es roch sofort nach verbranntem Fleisch.

»Aaaaiiii!« Allegra schrie wie ein Tier.

Jessica duckte sich unter ihrem Arm, während Allegra rückwärts taumelte und umkippte. Jessica versuchte, sie festzuhalten, aber sie glitt ihr kreischend aus den Fingern. Jessica sank erschrocken zu Boden. Sie konnte es nicht ertragen, den Aufprall zu sehen. Es schien Minuten zu dauern, aber es waren nur Sekunden. Als Nächstes hörte sie Schreie von unten, dann Gejohle und Applaus.

Wie abartig war das denn?

Welche Idioten klatschten Beifall, wenn jemand sich zu Tode stürzte? Sie spähte über die Dachrinne und sah, wie Allegra sich aufrappelte.

Was zum –? Das war unmöglich. So einen Sturz konnte sie unmöglich überlebt haben.

»Haltet sie auf!«, schrie Jessica.

Sie beugte sich über den Rand und beobachtete erschüttert, wie Allegra zu einem Taxistand hinkte. Sie drehte sich um und winkte Jessica zu, bevor sie in ein Taxi stieg. Es fuhr los und fädelte sich in den Verkehr ein. Dann bog es um die Ecke und verschwand.

Jessica raffte sich auf und stellte fest, dass ihre Hand sich in irgendetwas verheddert hatte. Sie schaute genauer hin. Eine dünne, kaum sichtbare Schnur war an einem Haken im Dach verankert. Sie flatterte im Wind. Es war der gleiche Nanofaden, der ihr in der Lagerhalle das Leben gerettet hatte.

Allegra hatte ihn wohl ins psychiatrische Krankenhaus geschmuggelt und sich damit am Haus befestigt. Sie wollte, dass sie beide fielen, aber nur sie selbst überleben würde.

Jessica schloss die Augen, holte tief Luft und berührte den Anhänger ihrer Mutter. Sie hätte schwören können, dass Rosenduft aus der Klimaanlage strömte. Plötzlich fiel ihr ein Kinderreim ein, den ihre Mutter ihr beim Zubettgehen immer aufgesagt hatte.

Lauf, lauf so schnell du nur kannst.

Du erwischst mich nicht, ich bin der Lebkuchenmann.

Allegra konnte laufen, aber Jessica würde sie irgendwann einholen. Das schwor sie bei der Kette ihrer Mutter.

Zwei Wochen später

Jessica nahm eine Auflaufform mit vegetarischer Lasagne aus dem Ofen. Sie trug sie ins Esszimmer und achtete darauf, dass kein geschmolzener Käse auf ihr neuestes Fundstück vom Portobello-Markt tropfte: ein altes pfefferminzgrünes Ballkleid aus Chiffon von Chanel. Der Tisch war mit Salaten, Quiches und Kuchen voll beladen, aber sie fand trotzdem noch einen Platz für die Lasagne. Mattie hatte sich als Gastgeberin wirklich nicht lumpen lassen.

Die Willkommen-zu-Hause-nach-dem-Krankenhaus-Party für Jessicas Vater war in vollem Gang. Gäste gingen umher, redeten und aßen. All dies schien Welten von dem entfernt zu sein, was passiert war. Jessica erwartete fast, dass sich Allegra oder Vectra auf sie stürzten. Sie liefen immer noch frei herum. Vectra war in Paris seiner Festnahme entgangen, obwohl die

Polizei ihn in einer Lagerhalle umzingelt hatte. Er stand im Verdacht, die MI6-Agentin Lara Hopkins und noch viele andere Leute ermordet zu haben.

Jessica war vorläufig in Sicherheit, und ihr Vater sagte, sie müsse sich auf alles Positive konzentrieren. Sie waren wieder zusammen, und sie und Mattie waren sich nähergekommen – etwas, das sie vor wenigen Monaten nicht für möglich gehalten hätte. Sie hatte Tausende von Teenagern davor bewahrt, sich zu verunstalten, und jede Flasche Teenosity war in einer sicheren staatlichen Anlage vernichtet worden.

Dann gab es natürlich auch noch den PZF – ihren potenziellen zukünftigen Freund. Daumen drücken. Alles drücken.

Sie und Jamie hatten sich in letzter Zeit ziemlich oft eine SMS geschickt, und sie hatte ihn zur Party eingeladen. Sie hatten noch keine Gelegenheit gehabt, miteinander zu reden. Er stand in einer Ecke und unterhielt sich mit Becky und Sam Bishop – so hieß er allerdings nicht mehr. Er war jetzt Tony Harper, pensionierter Chemiker. Wenn sie Jamie beobachtete, bekam sie Schmetterlinge im Bauch. Er sah einfach umwerfend aus.

Becky und Jamie glaubten, mit einem Rentner zu sprechen. Sie hatten keine Ahnung, wer Sam wirklich war. Der MI6 hatte ihn gezwungen, sich mit seiner Unterschrift zur Geheimhaltung zu verpflichten und eine neue Identität anzunehmen. Es bestand nämlich die Gefahr, dass Vectra immer noch hinter ihm her sein könnte. Sein Zustand war stabil, aber es gab kein Gegenmittel, um den Schaden zu beheben. Er hatte geschworen, seine Forschungsarbeit fortzusetzen, um selbst eine Heilmethode zu finden. Jessica war sicher, dass es ihm irgendwann gelingen würde, aber niemand wusste, ob es früh genug wäre, um Tyler und den anderen verunstalteten Supermodels zu helfen. Sie hatten alle Schönheitsoperationen hinter sich, um ihre gealterten Gesichter zu reparieren, allerdings mit geringem Erfolg.

Tyler war die Einzige, die bisher mit ihrer Tortur an die Öffentlichkeit gegangen war, und hatte ihre Story für eine Million Pfund an das Magazin *OK!* verkauft. Bevor sie sich operieren ließ, hatte sie ein Foto von sich freigegeben. Sie sah aus wie eine Fünfzigjährige und nicht wie achtzehn. Sie hatte Krähenfüße an den Augen und tiefe Falten auf der Stirn und in den Wangen. Auch ihre Brust war runzlig. Als Ursache für ihre dramatische Alterung gab sie ein Fotoshooting an, das im vergangenen Jahr in der Nähe eines Atomkraftwerks stattgefunden hatte. Sie verklagte die Anlage, die Bekleidungsfirma und Emerald, setzte sich für eine sichere Atommüllentsorgung ein. Der MI6 entschied sich für eine Schadensbegrenzung und hatte sie und die anderen Supermodels nie darüber informiert, dass sie tatsächlich auf dem Emerald-Ball von Allegra ruiniert worden waren.

Jessica schaute sich im Raum um. Schnüffler der Regierung, die sich als Beamte des Außenministeriums ausgaben, mischten sich unter die Models und ihre Schulfreundinnen. Wenn Becky wüsste, wer einige dieser Leute waren, würde sie wahrscheinlich hyperventilieren. Margaret winkte ihr zu. Heute trug sie ein pinkes Liberty-Tuch. Sie sah glücklich und entspannt aus, während ihre beiden Enkel herumsprangen und Verstecken spielten.

Jessica konnte ihren Vater nirgends entdecken. Er fühlte sich auf Partys nie wohl. Wo verbarg er sich bloß? Sie ging unbemerkt zu seinem Arbeitszimmer.

»Da bist du ja!«, sagte sie und guckte um den Türrahmen herum. »Deine Gäste wundern sich bestimmt, wo du bleibst.«

Ihr Vater fuhr mit seinem Rollstuhl um den Schreibtisch. Seit Allegras Spritze konnte er nicht mehr ohne Hilfe gehen. Sein Gesicht war blass und sah aus, als ob er geweint hätte.

»Das war eben Mrs T am Telefon.« Er nahm das Bild ihrer Mutter, das auf dem Schreibtisch stand, in die Hände. »Nathan ist in ein Londoner Krankenhaus verlegt worden, das sich auf Koma-Patienten spezialisiert hat.«

Jessica schloss die Tür hinter sich. »Du bist aufgeregt. Das verstehe ich. Vielleicht werden wir von Nathan nie eine Erklärung bekommen. Ich möchte auch erfahren, warum er es getan hat.«

Jessicas Vater schüttelte den Kopf. »Das ist es nicht. Ich bin nicht mehr dazu gekommen, mich zu entschuldigen.«

»*Was?*« Jessica starrte ihn fassungslos an. Es war das Letzte, was sie erwartet hatte.

»Es tut mir leid, dass ich ihm vorgeworfen habe, am Tod deiner Mutter beteiligt gewesen zu sein. Das habe ich immer bedauert.«

Sie schwieg, während sie das Gehörte sacken ließ. »Du glaubst nicht mehr, dass er etwas damit zu tun hat?«

»Ich habe es damals auch nicht geglaubt. Ich habe es nur im Eifer des Gefechts behauptet, weil ich ihm wehtun wollte – weil ich irgendjemandem wehtun wollte, als das mit Lily geschah. Ich war zu stolz, um mich zu entschuldigen. Und jetzt ist es zu spät.«

Im Ernst? Es war *unglaublich* nach allem, was passiert war.

Allegra hatte den Seestern bei ihrem Showdown auf dem Krankenhausdach eindeutig mit dem Tod ihrer Mutter in Verbindung gebracht. Warum verteidigten ihr Vater und Mattie Nathan immer noch? Erinnerungen aus der Vergangenheit schienen sie blind zu machen. Ein Glück, dass sie selbst noch klar denken konnte.

»Ich glaube, deine Instinkte haben dich nicht getäuscht«, sagte Jessica. »Der MI6 hat einen Haufen Beweise, dass er der Seestern ist. Ich habe Margarets Zeugenaussage über das, was vor dem AKSC-Gebäude passiert ist, gelesen. Sie ist sich ganz sicher, dass er mich umbringen wollte. Und *ich* glaube das auch.«

Ihr Vater schaute ins Leere. »Ich weiß noch, wie vernarrt er in dich war, als du noch klein warst. Er wollte dich vor allem beschützen. Wir hatten uns zerstritten, aber ich habe ihm immer noch vertraut, sonst hätte ich ihn nicht zu deiner Kontaktperson bestimmt. Natürlich glaube ich dir, wenn du meinst, dass er dich umbringen wollte. Ich muss mich getäuscht haben. Ich hatte in vielen Dingen unrecht – Dingen, die ich dir vorenthalten habe. Das war falsch.«

Seine Augen wurden wieder feucht, als er das Foto ihrer Mutter betrachtete.

»Dad?«

»Sie war ungefähr in deinem Alter, als sie damit anfing, weißt du? Mattie auch.«

»Mit dem Modeln? Ich weiß. Das *hast* du mir erzählt.«

»Nein, ich meine mit dem Spionieren.«

Jessica starrte ihn an. »Was? Machst du Witze?«

»Mattie und deine Mutter fingen beide als Teenager an zu

modeln und zu spionieren. Sie waren dir sehr ähnlich – wissbegierig und zielstrebig.«

»Unmöglich!« Mattie war die Letzte, die sie für eine Spionin gehalten hätte. Sie mochte Chanel-Kostüme, Kreuzworträtsel, guten Wein und Streitgespräche mit Jessica. Andererseits war nicht nur ihre Zunge extrem scharf, sondern auch ihr Verstand. Außerdem war es ihr im Krankenhaus gelungen, sich gegen Allegra zur Wehr zu setzen. Für eine Frau, zu deren Hobbies Yoga und Gesellschaftstanz gehörten, war sie erstaunlich schlagkräftig.

»Wollte Mattie deshalb nicht, dass ich in deine Arbeit verwickelt werde? Sie wollte nicht, dass aus mir auch eine Spionin wird – eine wie sie und Mum?«

»Sie hatte Angst, dass du ebenfalls Westwood beitreten würdest.«

»Hmm. Was ist das?«

»Eine Abteilung des MI6, die Models rekrutiert. Dazu gehören auch Fotografen, Designer, Stylisten – Leute, die reisen und in vielen Ländern der Welt uneingeschränkten Zugang zu VIP-Bereichen erhalten.«

Jessica ließ sich hinter seinem Schreibtisch auf den Stuhl sinken. »Du machst dich lustig, oder?«

»Es klingt seltsam, ich weiß, aber Models sind für den MI6 ideal«, fuhr ihr Vater fort. »Sie reisen um die Welt und treffen reiche und mächtige Leute. Manchmal findet der MI6 heraus, dass ein Waffenhändler in der Stadt ist, wenn seine Freundin bei einer Modenschau in der ersten Reihe sitzt. Oder man entdeckt, dass ein ausländischer Diplomat Geld wäscht, wenn seine Frau Hunderttausende von Pfund für Luxusklamotten ausgibt – viel mehr, als sie auf ihrem Bankkonto hat. Solche Informationen sind unschätzbar.«

»Warum erzählst du mir das alles? Warum jetzt?«

»Du hast gesagt, dass du keine Geheimnisse mehr willst, dass wir alle ehrlicher miteinander umgehen sollten. Ich will dir nichts mehr verschweigen. Ich wollte auch, dass du alle Fakten kennst, bevor du eine Entscheidung triffst.«

»Ob ich Westwood beitrete? Ist das dein Ernst?«

»Mrs T hat ihre Einladung gerade am Telefon ausgesprochen. Sie war sehr beeindruckt davon, wie du dich in Paris verhalten hast. Ich übrigens auch.«

Jessica war zu schockiert, um noch richtig denken zu können. Ihr Hirn musste erst alles verdauen. »Soll ich es tun? Was meinst du?«

»Ich finde, Spionage ist ein riskantes Geschäft, aber das weißt du bereits. Wie Mattie möchte auch ich dich beschützen. Aber ich weiß auch, dass ich dir, so wie du bist, und dem, was aus dir werden kann, nicht im Wege stehen darf.«

»Ich weiß nicht, was ich sagen soll.«

Es klopfte an der Tür.

Ihr Vater lächelte. »Du brauchst noch gar nichts zu sagen. Überleg es dir!«

Margaret guckte um die Tür. »Da seid ihr ja beide. Es ist Zeit für die gefürchteten Reden.« Sie zwinkerte Jessica zu. »Ich werde versuchen, euch beide nicht zu sehr zu blamieren.«

Sie verschwand leise pfeifend.

»Lass uns später noch einmal darüber sprechen«, sagte Jessicas Vater ruhig. »In der Zwischenzeit erzähl deinen Freunden nichts davon. Die Sache muss natürlich vertraulich behandelt werden.«

»Okay.«

Als sie ihm ins Wohnzimmer folgte, fühlte sie sich leicht verwirrt. Sie entdeckte Mattie sofort, die mit Sara und Camille, ihrem Anstandswauwau in Paris, in einer Ecke in ein Gespräch vertieft war. Jetzt wusste sie mit Sicherheit, dass Sara eine Spionin war, aber Camille? Sie konnten beide Westwood angehören. Tauschten sie Spionagegeschichten mit Mattie aus? Für Jessica würde Mattie nie mehr dieselbe sein. Sie schaute sich um. Die Models waren MI6-Agentinnen, und die jungen Männer in der Ecke, die behaupteten, IT-Berater im Außenministerium zu sein, waren ebenfalls Schnüffler. War irgendjemand im Raum die Person, die er vorgab zu sein?

Margaret nahm ein Sektglas in die Hand und klopfte mit einem Messer dagegen.

»Darf ich für eine Minute um Ihre Aufmerksamkeit bitten?«

Das Gemurmel verstummte.

Jessica spürte eine Hand im Rücken. Sie zitterte leicht. Es war Jamie.

»Ist mit dir alles okay?«, fragte er.

»Jetzt ja«, antwortete sie lächelnd.

Jamie war einer der wenigen Leute im Raum, die keine zweite Identität hatten – abgesehen natürlich von Mitschüler/schnuckeliger Liebesgott. So nannte ihn Becky jedenfalls. Er würde tot umfallen, wenn er es wüsste.

»Ich möchte Ihnen allen dafür danken, dass Sie heute hierhergekommen sind, um Jack nach seinem Aufenthalt im Krankenhaus willkommen zu heißen«, sagte Margaret. »Einige von Ihnen wissen zweifellos, dass Jack und ich eine eher durchwachsene Vergangenheit haben. Wir waren nicht immer einer Meinung, aber das haben wir jetzt hinter uns. Ich spreche für alle im Außenministerium, wenn ich sage, dass wir für die Arbeit, die er geleistet hat, unglaublich dankbar sind. Ich darf verraten, dass ein terroristischer Anschlag dank ihm verhindert werden konnte.«

Jessicas Vater grinste, als die Gäste ihm mit Champagner zuprosteten. Jemand rief: »Gut gemacht, Jack!«

»Natürlich muss ich an dieser Stelle auch seine Tochter Jessica erwähnen«, sagte Margaret. »Bitte füllen Sie Ihre Gläser neu und trinken Sie auf Jessica und ihre Tapferkeit und Treue, die sie nicht nur ihrer Familie, sondern auch ihrem Land gegenüber bewiesen hat.«

Als die Gäste ihre Gläser hoben, bekam Jessica einen Kloß im Hals.

»Auf dich!«

»Eine Rede! Eine Rede!«, tönten einige Stimmen.

Jessica schüttelte den Kopf und wurde furchtbar rot.

»Nein, ehrlich, ich kann nicht«, sagte sie.

»Oh doch, du kannst!« Jamie lachte und schob sie nach vorn.

»Schieß los!«, brüllte Becky und pfiff laut.

»Ein Nein lassen wir nicht gelten!«, sagte Mattie.

»Komm schon, Jessica!«, brüllte Sara. »Sei nicht so schüchtern!«

»Nein, echt.«

»Du bist zu bescheiden«, sagte ihr Vater lächelnd.

»Wie die Mutter, so die Tochter«, erklärte Margaret und hob ihr Glas.

Jessica erstarrte. Ihr war, als ob sie jemand in den Bauch geboxt hätte.

»Ist alles in Ordnung, Jess?«, fragte Jamie.

Sie schaute sich um. Alle Blicke waren auf sie gerichtet. Mattie, Becky und ihr Vater sahen sie verwundert an, während Margaret sie hart und herausfordernd anstarrte. Jessica spürte, wie ihr das Blut in die Ohren schoss und summte.

»Ich bin gleich wieder da«, sagte sie.

Sie rannte aus dem Zimmer, Allegras Stimme im Kopf.

Wie die Mutter, so die Tochter.

Es ist besser, wenn beide tot sind.

Das waren haargenau die Worte des Seesterns.

Jessica glaubte nicht an Zufälle. Sie erinnerte sich plötzlich an das, was Margaret auf dem Eiffelturm gesagt hatte.

Sie hat immer noch den Behälter! Sie wird das Ding ausleeren!

Niemand hatte Margaret von der Dose erzählt. Sie hätte nur davon wissen können, wenn sie erwartet hätte, dass Allegra sie ihr übergeben würde. Allegra hatte sich verspätet und das Treffen mit dem Seestern nicht mehr geschafft. Sie war stattdessen direkt zum Eiffelturm gefahren, um rechtzeitig beim Start von Teenosity anwesend zu sein, was Margaret aber nicht wusste.

Jessica klammerte sich an die Tischplatte, als sie von einer neuen Übelkeitswelle überrollt wurde.

Margaret war der Seestern, nicht Nathan.

Margaret hatte ihren Vater hereingelegt und Jessica mit Chloroform attackiert, als sie sie beim Hochladen der Datei auf seinen Computer gestört hatte. Mit einem Stimmenversteller, der sie männlich klingen ließ, hatte sie Allegra angerufen. Sie hatte ihr beim Essen in Paris schlauerweise Zweifel in den Kopf gesät und behauptet, dass Nathan gegen ihren Vater arbeitete und etwas zu verbergen hatte. Margaret hatte ihn getäuscht, und Jessica hatte jedes Wort, das sie sagte, geglaubt. In der Zwischenzeit hatte sie versucht, Jessica umzubringen: Sie hatte Allegra und Lyndon angewiesen, das Kleid zu vergiften, den Draht beim Fotoshooting zu durchtrennen und schließlich das aerosolierte Teenosity an ihr und ihrem Vater auszuprobieren.

Leider hatte Nathan, auch was *sie* betraf, recht gehabt. Jessica war eigensinnig und zog voreilige Schlüsse. Sie ließ sich Nathans Telefongespräch im Ritz noch einmal durch den Kopf gehen.

Lily und Jack waren also entbehrlich? Und jetzt ist es Jessica auch? Richtig?

Wenn sie doch bloß genauer hingehört hätte! Es war keine Frage gewesen, sondern eine Feststellung. Er hatte sich mit Mrs T gestritten, weil sie Jessica zu AKSC schickte. Er hatte sie weggeschubst, als die Trümmer herabfielen, und sie nicht darunter gestoßen, weil er ihr Patenonkel war. Er wollte sie schützen. Das hatte er ständig getan, auch als er verhindern wollte, dass sie nach Paris fuhr und zu AKSC ging.

Meine Güte! Meine Güte! Meine Güte! Was hatte sie getan?

Sie hatte es Margaret leicht gemacht. Sie hatte ihr geholfen, mit der Sache durchzukommen. Jetzt hatte sie keine Beweise. Nun wäre es die Aussage einer angesehenen MI6-Agentin gegen ihre. Margaret hatte inzwischen sicher alle Beweismittel, die in ihre Richtung führten, vernichtet und alles Nathan in die Schuhe geschoben. Sie hatte bereits dafür gesorgt, dass das Phantom-Konto auf seinen Computer zurückgeführt werden konnte. Danach hatte sie ihre Zeugenaussage gemacht und behauptet, er habe versucht, Jessica vor dem AKSC-Gebäude zu töten. Niemand wusste, ob Nathan aus seinem Koma erwachen würde. Es war möglich, dass er wegen ihr nie mehr die Chance bekam, seinen guten Ruf wiederherzustellen.

Jessica zuckte zusammen, als jemand ihren Arm berührte.

»Vorsicht! Ist alles in Ordnung? Du hast vorhin ausgesehen, als ob du ein Gespenst erblickt hättest.« Ihr Vater stellte sich mit seinem Rollstuhl vor ihr auf.

»Ja, so was in der Art.«

»Was ist los?«

Sie hob das Kinn. »Ich möchte, dass du Mrs Ts Angebot akzeptierst. Ich möchte Westwood beitreten.«

»Bist du sicher, dass du das wirklich willst?«

»Ich war mir in meinem ganzen Leben noch nie so sicher. Ich *muss* das machen. Für mich. Für Mum.«

Margaret sollte sich vorsehen! Sie würde ihr und Allegra auf der Spur sein. Aber dieses Mal hätte sie Helfer des MI6 hinter sich.

»Ich kann Mrs T gleich anrufen, wenn du willst«, sagte ihr Vater.

»Zuerst muss ich aber wieder rein und einen Toast ausbringen.«

Er hob eine Augenbraue. »Wirklich? Auf wen?«

»Auf offene Rechnungen«, sagte Jessica und nahm seine Hand.

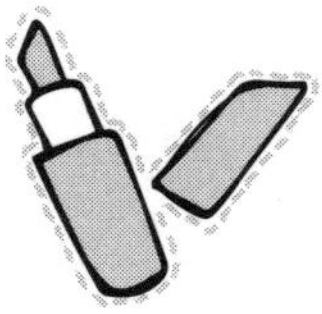

Sky, Sarah:
Topmodel undercover
Geheimwaffe: roter Lippenstift
978 3 522 50484 3

Aus dem Englischen übersetzt von Gerda Bean
Einbandgestaltung und -typografie:
Semper smile Werbeagentur GmbH, München
Innentypografie und Satz: Tanja Haaf
Reproduktion: Medienfabrik GmbH, Stuttgart
Druck und Bindung: CPI books GmbH Ebner und Spiegel, Ulm
Printed in Germany.

FSC www.fsc.org MIX Papier aus verantwortungsvollen Quellen FSC® C083411

Die englische Originalausgabe erschien unter dem Titel
Jessica Cole: Model Spy 1:. Code Red Lipstick bei Scholastic Ltd.

Gallagher Girls

Die Spionage-Serie für taffe Mädchen

Die Gallagher Akademie für hochbegabte junge Mädchen ist alles andere als eine gewöhnliche Mädchenschule, denn hier werden die Top-Agentinnen von morgen ausgebildet! Doch was passiert, wenn sich ein Gallagher Girl in einen ganz normalen Jungen verliebt? Cameron „Cammie" Morgan beherrscht zwar 14 Sprachen, kann sich wie ein Chamäleon tarnen und CIA-Codes knacken, aber die Gallagher Akademie hat sie nicht auf das erste Herzklopfen vorbereitet. Als sie Josh trifft, wird ihr Leben komplett auf den Kopf gestellt ...

Ally Carter
Band 1: Spione küsst man nicht
304 Seiten · Broschur
ISBN 978-3-522-50331-0

Ally Carter
Band 2: Mädchen sind die besseren Spione
256 Seiten · Broschur
ISBN 978-3-522-50332-7

Ally Carter
Band 3: Auch Spione brauchen Glück
272 Seiten · Broschur
ISBN 978-3-522-50333-4

Ally Carter
Band 4: Mit Spionen spielt man nicht
288 Seiten · Broschur
ISBN 978-3-522-50334-1

Ally Carter
Band 5: Spione lieben gefährlich
320 Seiten · Broschur
ISBN 978-3-522-50468-3

Ally Carter
Band 6: Spione fürs Leben
320 Seiten · Broschur
ISBN 978-3-522-50469-0

PLANET!

www.planet-verlag.de

Best Friends Forever –
oder etwa nicht?!

Hortense Ullrich
Luca & Vanessa: Plötzlich Schwestern!
240 Seiten · Broschur · ISBN 978-3-522-50426-3

Luca ist happy mit ihrem Leben, ihrer coolen Atelier-Wohnung im alternativen Viertel und mit ihrem Künstler-Vater Paul. Und auf ein Mal soll alles anders werden? Nur weil sich Paul in eine reiche Galeristin verliebt hat? Das darf einfach nicht sein! Doch ehe Luca weiß, wie ihr geschieht, ziehen sie ins Villenviertel und sie hat auf einmal eine gleichaltrige „Schwester" – die jedoch gar keine Lust darauf hat, ihre BFF zu werden. Denn Vanessa ist alles andere als begeistert davon, einen Underdog wie Luca in ihr Haus zu lassen …

Bianka Minte-König
Du & ich – für immer?
240 Seiten · Broschur · ISBN 978-3-522-50425-6

Hilfe! An Motzis 13. Geburtstag gleicht ihr Leben einer Achterbahn der Gefühle und ihr Gehirn einer Bahnhofsbaustelle. Gar nicht lustig! Doch ihre schlaue BFF Miss Sofie hat immer ein offenes Ohr für sie. Kein noch so peinliches Thema ist zwischen ihnen tabu. Weder Priscillas Superbusen noch Gerrits schöner Kussmund. Sofie kennt auch jede Menge Tricks, wie man dieses verflixte Lebensjahr ohne allzu viele Kopf-, Bauch- und Herzschmerzen überstehen könnte, aber Motzi will ja unbedingt ihre Erfahrungen selbst machen … Chaos vorprogrammiert!

Hortense Ullrich

Luca & Vanessa: Ziemlich beste Feindinnen

240 Seiten · Broschur
ISBN 978-3-522-50475-1

Bianka Minte-König

Du & ich – gegen den Rest der Welt!

240 Seiten · Broschur
ISBN 978-3-522-50453-9

PLANET!

www.planet-verlag.de